U0117000

全国计算机等级考试

NCRE
Examination

新大纲

National Computer
Rank Examination

2009 年版

考点分析·分类精解·全真模拟

二级Access数据库程序设计

全国计算机等级考试命题研究组　组编

机械工业出版社
CHINA MACHINE PRESS

本书是全国计算机等级考试二级 Access 数据库程序设计的考前辅导，主要内容有：考点概览、重点考点和复习建议，考点分类精解，典型题的详解，大量"强化训练"题，模拟试卷及精辟解析，备考策略。本书的配套光盘，提供了全真模拟考试环境和大量全真试题。

　　本书适用于备战全国计算机等级考试二级Access数据库程序设计的考生以及各类考点培训班的学员。

图书在版编目（CIP）数据

考点分析·分类精解·全真模拟. 二级 Access 数据库程序设计/全国计算机等级考试命题研究组组编. —2 版. —北京：机械工业出版社，2009.1

（全国计算机等级考试）

ISBN 978-7-111-23233-9

Ⅰ.考… Ⅱ.全… Ⅲ.① 电子计算机—水平考试—自学参考资料 ② 关系数据库—数据库管理系统，Access—水平考试—自学参考资料 Ⅳ. TP3

中国版本图书馆 CIP 数据核字（2009）第 001612 号

机械工业出版社（北京市百万庄大街 22 号　邮政编码 100037）
责任编辑：孙　业
责任印制：杨　曦

三河市国英印务有限公司印刷

2009 年 1 月·第 2 版第 1 次印刷
184mm×260mm·13 印张·385 千字
5001－9000 册
标准书号：ISBN 978-7-111-23233-9
　　　　　　ISBN 978-7-89482-526-1（光盘）
定价：29.80 元（含 1CD）

前　　言

全国计算机等级考试是由教育部考试中心主办，面向社会，用于考查应试人员计算机应用知识与能力的全国性计算机水平考试体系。由于计算机技术发展迅速，应用广泛，许多单位、部门都已把掌握一定的计算机知识和应用技能，作为干部录用、职务晋升、职称评定、上岗资格的重要依据之一，而等级考试，就是一种客观公正的评定标准。

▶▶▶ 本书主要特点

（1）内容针对性强

本书针对等级考试的考点，进行分类精解。我们认为，在考试辅导书中，面面俱到并非是一个优势，针对性强才会真正对考生有益。

（2）独具特色的知识点建构方式

每个知识点的复习，是这样建构的：先通过对考点的讲析搭建系统框架；然后用"典型题解"重现重点难点，完成从理论到应用的转变，"强化训练"再次重现知识点，使读者在专注于重点难点的同时不至于遗漏了其他知识，造成考试中的盲点；最后通过做模拟试卷从整体上把握考试题型和解题方法，使读者心中有数。

（3）配套光盘：强有力的辅助练习

等级考试的上机考试有这样的特点，如果没有熟悉具体的考试系统，即使知道怎样做，而且做对了，也可能因为操作错误而不能得分。考试系统因为是自动判分，存在一些不是很人性化的地方，需要考生在考前心中有数，否则可能会前功尽弃。

本书配套光盘包括模拟上机题，考生能通过光盘进行上机考试练习，并自动判分，且每道题都附有答案和分析，读者可以边学边练，不断提高。

▶▶▶ 本书主要内容

本书根据教育部考试中心的 2009 版教程编写，主要内容有：

① 针对每章内容概括考点分值、重点考点提示和复习建议。

② 分类精解，精要讲析考点，考点覆盖全面，重点突出；"典型题解"讲解细致透彻，考生可以举一反三，相同类型的题目完全可以迎刃而解；大量"强化训练"题加深印象，巩固知识点。

③ 模拟试卷给出大量全真模拟题以及精辟解析。

④ "备考策略"提出考试复习建议和技巧以及上机考试过程说明。

⑤ 随书多媒体光盘中，有大量题库和考试模拟环境，读者可以在考试之前进行训练和预测。模拟系统按照实际考试系统编写，附有笔试模拟题 10 套和上机模拟题 50 套，能够自动判分，给出答案和分析。另外，还提供上机系统的操作过程录像，并附有全程语音讲解。

▶▶▶ 编写人员和联系方法

参加本书编写的人员有：侯佳宜、陈河南、戴军、余强、韦笑、王雷、龚亚萍、李志云、陈安南、李晓春、陈安华、孙宏、赵成璧、戴文雅。由于时间较紧，书中难免有疏漏之处，如果您有疑问，或有更好的意见和建议，请与我们联系：books_better@126.com。

编　者

目　　录

第1章 公共基础知识

考点概览

公共基础知识在二级的各科笔试考试中占30分，其中，选择题的前10题占20分，填空题前5题占10分。

重点考点

① 数据结构：算法复杂度的基本概念；栈、队列、线性链表等数据结构的特点；各种查找方法的适用范围；各种排序方法的比较。其中，二叉树的性质和遍历、各种排序方法在最坏情况下的比较次数是难点。

② 程序设计基础知识：程序设计方法与风格；结构化程序设计的特点；内聚和耦合的概念；面向对象方法的基本概念。

③ 软件工程基础：软件工程和软件生命周期的概念；软件工具与软件开发环境；结构化分析和设计方法；软件测试方法，白盒测试与黑盒测试；程序调试。注意测试与调试的区别。

④ 数据库设计基础：数据库、数据库管理系统、数据库系统的概念与关系；数据模型，实体联系模型及E-R图；关系代数运算；数据库设计方法和步骤。注意各种关系运算的特点。

复习建议

① 公共基础知识的考核，基本上都是概念性的纯记忆性知识，题目比较简单，本章考查的知识点较多，应全面系统地阅读教材，牢固掌握基本概念。

② 在理解基础知识的基础上，要特别注意有关二叉树的知识，比如给出某个条件要求计算二叉树的结点数或叶子结点数，需要理解和掌握二叉树的性质。另外，二叉树的前序、中序和后序遍历方法，应当通过做题真正掌握。

1.1 数据结构与算法

▶▶▶ 考点1 算法

1. 算法的基本概念

算法一般应具有以下几个基本特征：可行性、确定性、有穷性、拥有足够的情报。

算法是对解题方案的准确而完整的描述，是一组严谨地定义运算顺序的规则，并且每一个规则都是有效和明确的，此顺序将在有限的次数下终止。

2. 算法的基本要素

① 算法中对数据的运算和操作。通常有4类：算术运算、逻辑运算、关系运算和数据传输。

② 算法的控制结构。算法的功能不仅取决于所选择的操作,还与操作之间的执行顺序及算法的控制结构有关。

3. 算法设计基本方法

算法设计的基本方法有列举法、归纳法和递推法、递归法和减半递推技术。

4. 算法复杂度

算法的复杂度主要包括时间复杂度和空间复杂度。

(1)算法的时间复杂度

算法的时间复杂度是指执行算法所需要的计算工作量。算法的工作量用算法所执行的基本运算次数来度量,而算法所执行的基本运算次数是问题规模的函数。

在同一问题规模下,如果算法执行所需的基本运算次数取决于某一特定输入时,可以用两种方法来分析算法的工作量:平均性态分析和最坏情况分析。

(2)算法的空间复杂度

算法的空间复杂度,一般是指执行这个算法所需要的内存空间。一个算法所占用的存储空间包括算法程序所占的空间、输入的初始数据所占的存储空间以及算法执行过程中所需要的额外空间。

典型题解

【例 1-1】下列叙述中正确的是(   )。

A)算法的效率只与问题的规模有关,而与数据的存储结构无关

B)算法的时间复杂度是指执行算法所需要的计算工作量

C)数据的逻辑结构与存储结构是一一对应的

D)算法的时间复杂度与空间复杂度一定相关

【解析】数据的结构,直接影响算法的选择和效率。而数据结构包括两方面,即数据的逻辑结构和数据的存储结构。因此,数据的逻辑结构和存储结构都影响算法的效率。选项A的说法是错误的。

算法的时间复杂度是指算法在计算机内执行时所需时间的度量;与时间复杂度类似,空间复杂度是指算法在计算机内执行时所需存储空间的度量。因此,选项B的说法是正确的。

数据之间的相互关系称为逻辑结构。通常分为4类基本逻辑结构,即集合、线性结构、树形结构、图状结构或网状结构。存储结构是逻辑结构在存储器中的映像,它包含数据元素的映像和关系的映像。存储结构在计算机中有两种,即顺序存储结构和链式存储结构。可见,逻辑结构和存储结构不是一一对应的。因此,选项C的说法是错误的。

有时人们为了提高算法的时间复杂度,而以牺牲空间复杂度为代价。但是,这两者之间没有必然的联系。因此,选项D的说法是错误的。综上所述,本题的正确答案为选项B。

强化训练

(1)以下内容不属于算法程序所占的存储空间的是(   )。

A)算法程序所占的空间   B)输入的初始数据所占的存储空间

C)算法程序执行过程中所需要的额外空间   D)算法执行过程中所需要的存储空间

(2)以下特点不属于算法的基本特征的是(   )。

A)可行性   B)确定性   C)无穷性   D)拥有足够的情报

(3)下面叙述正确的是(   )。

A)算法的执行效率与数据的存储结构无关

B）算法的空间复杂度是指算法程序中指令（或语句）的条数

C）算法的有穷性是指算法必须能在执行有限个步骤之后终止

D）以上三种描述都不对

（4）下列叙述中正确的是（　）。

A）一个算法的空间复杂度大，则其时间复杂度也必定大

B）一个算法的空间复杂度大，则其时间复杂度必定小

C）一个算法的时间复杂度大，则其空间复杂度必定小

D）上述三种说法都不对

【答案】

（1）D　（2）C　（3）C　（4）D

▶▶▶ 考点2　数据结构基本概念

数据结构是指反映数据元素之间关系的数据元素集合的表示。

所谓数据的逻辑结构，是指反映数据元素之间逻辑关系的数据结构。数据的逻辑结构有两个要素：一是数据元素的集合；二是数据元素之间的关系。

各数据元素在计算机存储空间中的位置关系与它们的逻辑关系不一定是相同的。数据的逻辑结构在计算机存储空间中的存放形式称为数据的存储结构（也称数据的物理结构）。

典型题解

【例1-2】数据的逻辑结构在计算机存储空间中的存放形式称为数据的____。

【解析】数据的逻辑结构在计算机存储空间中的存放形式称为数据的存储结构。此处填写存储结构或物理结构。

▶▶▶ 考点3　线性表和线性链表

1. 线性结构与非线性结构

根据数据结构中各数据元素之间前后件关系的复杂程度，一般将数据结构分为两大类型：线性结构与非线性结构。如果一个非空的数据结构满足下列两个条件：

① 有且只有一个根结点。

② 每一个结点最多有一个前件，也最多有一个后件。

则称该数据结构为线性结构。线性结构又称线性表。

如果一个数据结构不是线性结构，则称之为非线性结构。

2. 线性表的基本概念

线性表是由 n（n≥0）个数据元素 a_1，a_2，…，a_n 组成的一个有限序列，表中的每一个数据元素，除了第一个外，有且只有一个前件，除了最后一个外，有且只有一个后件。

3. 线性表的顺序存储结构

线性表的顺序存储结构具有以下两个基本特点：线性表中所有元素所占的存储空间是连续的；线性表中各数据元素在存储空间中是按逻辑顺序依次存放的。

在线性表的顺序存储结构中，其前后件两个元素在存储空间中是紧邻的，且前件元素一定存储在后件元素的前面。

在顺序存储结构中，线性表中每一个数据元素在计算机存储空间中的存储地址由该元素在线性表中的位置序号唯一确定。

4. 线性链表

大的线性表,特别是元素变动频繁的大线性表不宜采用顺序存储结构,而应采用链式存储结构。

在链式存储结构中,要求每个结点由两部分组成:一部分用于存放数据元素值,称为数据域;另一部分用于存放指针,称为指针域。其中指针用于指向该结点的前一个或后一个结点。

在链式存储结构中,存储数据结构的存储空间可以不连续,各数据结点的存储顺序与数据元素之间的逻辑关系可以不一致,而数据元素之间的逻辑关系是由指针域来确定的。

线性表的链式存储结构称为线性链表。一般来说,在线性表的链式存储结构中,各数据结点的存储序号是不连续的,并且各结点在存储空间中的位置关系与逻辑关系也不一致。栈和队列也是线性表,也可以采用链式存储结构。

5. 线性链表的基本运算

线性链表的基本运算有:在非空线性链表中寻找包含指定元素值 x 的前一个结点 P,线性链表的插入,线性链表的删除。

6. 循环链表及其基本运算

循环链表的结构与一般的单链表相比,具有以下两个特点:

① 在循环链表中增加了一个表头结点,其数据域为任意或者根据需要来设置,指针域指向线性表的第一个元素的结点。循环链表的头指针指向表头结点。

② 循环链表中最后一个结点的指针域不是空,而是指向表头结点。

典型题解

【例 1-3】下列对于线性链表的描述中正确的是（　　）。

A）存储空间不一定是连续,且各元素的存储顺序是任意的

B）存储空间不一定是连续,且前件与元素一定存储在后件元素的前面

C）存储空间必须连续,且前件元素一定存储在后件元素的前面

D）存储空间必须连续,且各元素的存储顺序是任意的

【解析】在链式存储结构中,存储数据的存储空间可以不连续,各数据结点的存储顺序与数据元素之间的逻辑关系可以不一致,数据元素之间的逻辑关系,是由指针域来确定的。由此可见,选项 A 的描述正确。因此,本题的正确答案为 A。

强化训练

（1）下列关于链式存储的叙述中正确的是（　　）。

A）链式存储结构的空间不可以是不连续的

B）数据结点的存储顺序与数据元素之间的逻辑关系必须一致

C）链式存储方式只可用于线性结构

D）链式存储也可用于非线性结构

（2）下列关于线性表叙述中不正确的是（　　）。

A）可以有几个结点没有前件

B）只有一个终端结点,它无后件

C）除根结点和终端结点,其他结点都有且只有一个前件,也有且只有一个后件

D）线性表可以没有数据元素

（3）下列叙述中正确的是（　　）。

A）线性表是线性结构　　　　　　　　　　B）栈与队列是非线性结构

C）线性链表是非线性结构　　　　　　　　D）二叉树是线性结构

（4）数据结构分为逻辑结构与存储结构，带链的栈属于_____。

（5）在一个容量为 15 的循环队列中，若头指针 front＝6，尾指针 rear＝14，则该循环队列中共有____个元素。

【答案】

（1）D　（2）A　（3）A　（4）存储结构　（5）8

▶▶▶ 考点 4　栈和队列

栈是限定在一端进行插入与删除的线性表。栈是按照"先进后出"或"后进先出"的原则组织数据的。栈的运算有入栈运算、退栈运算、读栈顶元素。

队列是指允许在一端进行插入，而在另一端进行删除的线性表。队列又称为"先进先出"或"后进后出"的线性表，它体现了"先来先服务"的原则。

所谓循环队列，就是将队列存储空间的最后一个位置绕到第一个位置，形成逻辑上的环状空间，供队列循环使用。循环队列的初始状态为空，即 rear＝front＝m。

循环队列主要有两种基本运算：入队运算与退队运算。

典型题解

【例 1-4】 设栈 S 初始状态为空。元素 a、b、c、d、e、f 依次通过栈 S，若出栈的顺序为 c、f、e、d、b、a，则栈 S 的容量至少应该为（　）。

A）6　　　　　　　B）5　　　　　　　C）4　　　　　　　D）3

【解析】 根据题中给定的条件，可做如下模拟操作：①元素 a、b、c 进栈，栈中有 3 个元素，分别为 a、b、c；②元素 c 出栈后，元素 d、e、f 进栈，栈中有 5 个元素，分别为 a、b、d、e、f；③元素 f、e、d、b、a 出栈，栈为空。可以看出，进栈的顺序为 a、b、c、d、e、f，出栈的顺序为 c、f、e、d、b、a，满足题中所提出的要求。在第二次进栈操作后，栈中元素达到最多，因此，为了顺利完成这些操作，栈的容量应至少为 5。本题答案为 B。

强化训练

（1）下列关于栈的叙述中正确的是（　）。

A）在栈中只能插入数据　　　　　　　　　B）在栈中只能删除数据

C）栈是先进先出的线性表　　　　　　　　D）栈是先进后出的线性表

（2）一个栈的进栈顺序是 1，2，3，4，则出栈顺序为（　）。

A）4，3，2，1　　　B）2，4，3，1　　　C）1，2，3，4　　　D）3，2，1，4

（3）设栈 S 的初始状态为空。元素 a，b，c，d，e，f 依次通过栈 S，若出栈的顺序为 b，d，c，f，e，a，则栈 S 的容量至少应该为（　）。

A）3　　　　　　　B）4　　　　　　　C）5　　　　　　　D）6

（4）下列关于栈的描述正确的是（　）。

A）在栈中只能插入元素而不能删除元素

B）在栈中只能删除元素而不能插入元素

C）栈是特殊的线性表，只能在一端插入或删除元素

D）栈是特殊的线性表，只能在一端插入元素，而在另一端删除元素

（5）下列数据结构中具有记忆功能的是（   ）。

A）队列　　　　　　B）循环队列　　　　　C）栈　　　　　　D）顺序表

（6）下列对队列的叙述正确的是（   ）。

A）队列属于非线性表　　　　　　　　　B）队列按"先进后出"原则组织数据

C）队列在队尾删除数据　　　　　　　　D）队列按"先进先出"原则组织数据

【答案】

（1）D　（2）A　（3）A　（4）C　（5）C　（6）D

▶▶▶ 考点5　树与二叉树

1. 树的基本概念

树是一种简单的非线性结构。树结构中，每一个结点只有一个前件，称为父结点。在树中，没有前件的结点只有一个，称为树的根结点，简称为树的根。在树结构中，每一个结点可以有多个后件，它们都称为该结点的子结点。没有后件的结点称为叶子结点。

在树结构中，一个结点所拥有的后件个数称为该结点的度。

树结构具有明显的层次关系，树是一种层次结构。根结点在第1层。同一层上所有结点的所有子结点在下一层。树的最大层次称为树的深度。

在树中，以某结点的一个子结点为根构成的树称为该结点的一棵子树。在树中，叶子结点没有子树。

2. 二叉树的特点

① 非空二叉树只有一个根结点；每一个结点最多有两棵子树，且分别称为该结点的左子树与右子树。

② 在二叉树中，每一个结点的度最大为2，即所有子树（左子树或右子树）也均为二叉树。而树结构中的每一个结点的度可以是任意的。另外，二叉树中的每一个结点的子树被明显地分为左子树与右子树。在二叉树中，一个结点可以只有左子树而没有右子树，也可以只有右子树而没有左子树。当一个结点既没有左子树也没有右子树时，该结点即是叶子结点。

3. 二叉树的性质

① 在二叉树的第 k 层上，最多有 $2^{k-1}(k \geq 1)$ 个结点。

② 深度为 m 的二叉树最多有 $2^m - 1$ 个结点。

③ 在任意一棵二叉树中，度为0的结点（即叶子结点）总是比度为2的结点多一个。

④ 具有 n 个结点的二叉树，其深度至少为[log2n]+1，其中[log2n]表示取 log2n 的整数部分。

4. 满二叉树与完全二叉树

① 满二叉树。除最后一层外，每一层上的所有结点都有两个子结点。这就是说，在满二叉树中，每一层上的结点数都达到最大值，即在满二叉树的第 k 层上有 2^{k-1} 个结点，且深度为 m 的满二叉树有 $2^m - 1$ 个结点。

② 完全二叉树。除最后一层外，每一层上的结点数均达到最大值；在最后一层上只缺少右边的若干结点。

对于完全二叉树来说，叶子结点只可能在层次最大的两层上出现；对于任何一个结点，若其右分支下的子孙结点的最大层次为 p，则其左分支下的子孙结点的最大层次为 p，或为 p+1。

满二叉树也是完全二叉树，而完全二叉树一般不是满二叉树。

具有 n 个结点的完全二叉树的深度为 $[\log_2 n]+1$。

5. 二叉树的存储结构

二叉树通常采用链式存储结构。与线性链表类似，用于存储二叉树中各元素的存储结点也由两部分组成：数据域与指针域。

6. 二叉树的遍历

二叉树的遍历是指不重复地访问二叉树中的所有结点。在遍历二叉树的过程中，一般先遍历左子树，然后再遍历右子树。在先左后右的原则下，根据访问根结点的次序，二叉树的遍历可以分为3种：前序遍历、中序遍历和后序遍历。

① 前序遍历（DLR）。所谓前序遍历是首先访问根结点，然后遍历左子树，最后遍历右子树；并且，在遍历左、右子树时，仍然先访问根结点，然后遍历左子树，最后遍历右子树。因此，前序遍历二叉树的过程是一个递归的过程。

② 中序遍历（LDR）。所谓中序遍历是首先遍历左子树，然后访问根结点，最后遍历右子树；并且，在遍历左、右子树时，仍然先遍历左子树，然后访问根结点，最后遍历右子树。因此，中序遍历二叉树的过程也是一个递归的过程。

③ 后序遍历（LRD）。所谓后序遍历是首先遍历左子树，然后遍历右子树，最后访问根结点，并且，在遍历左、右子树时，仍然先遍历左子树，然后遍历右子树，最后访问根结点。因此，后序遍历二叉树的过程也是一个递归的过程。

典型题解

【例1-5】某二叉树中度为2的结点有18个，则该二叉树中有____个叶子结点。

【解析】二叉树具有如下性质：在任意一棵二叉树中，度为0的结点（即叶子结点）总是比度为2的结点多一个。根据题意，度为2的结点为18个，那么，叶子结点就应当是19个。因此，本题的正确答案为19。

【例 1-6】设一棵二叉树的中序遍历结果为 ABCDEFG，前序遍历结果为 DBACFEG，则后序遍历结果为____ 。

【解析】本题比较难，如果掌握了本题，有关二叉树遍历的问题基本上都会迎刃而解。基本思路如下：①确定根结点。在前序遍历中，首先访问根结点，因此可以确定前序序列DBACFEG中的第一个结点D为二叉树的根结点。②划分左子树和右子树。在中序遍历中，访问根结点的次序为居中，首先访问左子树上的结点，最后访问右子树上的结点，可知，在中序序列ABCDEFG中，以根结点D为分界线，子序列ABC在左子树中，子序列EFG在右子树中，如图1-1所示。③确定左子树的结构。对于左子树ABC，位于前序序列最前面的一个结点为子树的根结点，根据前序遍历结果，B为该子树的根结点，中序序列中位于该根结点前面的结点构成左子树上的结点子序列，位于该根结点后面的结点构成右子树上的结点子序列，所以A为该左子树的左结点，C为右结点。现在可确定左子树的结构如图1-2所示。④确定右子树的结构。同理，可知右子树的结构。

本二叉树恢复的结果如图1-3所示。

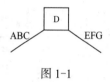

图 1-1

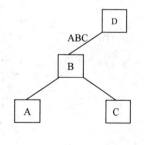

图 1-2

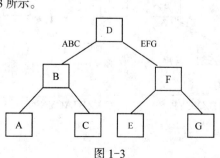

图 1-3

根据后序遍历的原则，该二叉树后序遍历的结果为 ACBEGFD。

强化训练

（1）在一颗二叉树上第 4 层的结点数最多是（　　）。

  A）6   B）8   C）16   D）7

（2）设一棵二叉树中有 3 个叶子结点，有 8 个度为 1 的结点，则该二叉树中总的结点数为（　　）。

  A）12   B）13   C）14   D）15

（3）如下图所示的 4 棵二叉树中，不是完全二叉树的是（　　）。

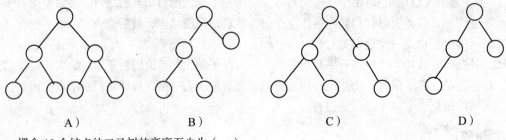

   A）   B）   C）   D）

（4）一棵含 18 个结点的二叉树的高度至少为（　　）。

  A）3   B）4   C）5   D）6

（5）在深度为 5 的满二叉树中，叶子结点的个数为（　　）。

  A）32   B）31   C）16   D）15

（6）对下图二叉树进行后序遍历的结果为（　　）。

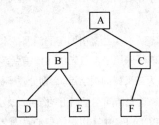

  A）ABCDEF   B）DBEAFC   C）ABDECF   D）DEBFCA

（7）设有如下图所示的二叉树：

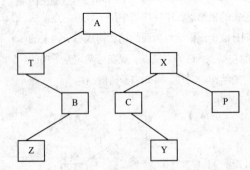

  对此二叉树前序遍历的结果为（　　）。

  A）ZBTYCPXA   B）ATBZXCYP   C）ZBTACYXP   D）ATBZXCPY

（8）设有如下图所示的二叉树：

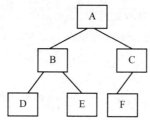

对此二叉树中序遍历的结果为（　　）。

A）ABCDEF　　　　　　B）DBEAFC　　　　　　C）ABDECF　　　　　　D）DEBFCA

（9）以下数据结构中不属于线性数据结构的是（　　）。

A）队列　　　　　　　B）线性表　　　　　　　C）二叉树　　　　　　　D）栈

（10）在深度为 5 的完全二叉树中，度为 2 的结点数最多为____。

（11）一棵二叉树中共有 90 个叶子结点与 10 个度为 1 的结点，则该二叉树中的总结点数为____。

（12）若按层次顺序将一棵有 n 个结点的完全二叉树的所有结点从 1 到 n 编号，那么当 i 为偶数且小于 n 时，结点 i 的右兄弟是结点____，否则结点 i 没有右兄弟。

【答案】

（1）B　（2）B　（3）C　（4）C　（5）C　（6）D　（7）B　（8）B　（9）C　（10）15　（11）189　（12）i+1

▶▶▶ 考点 6　查找技术

1. 顺序查找

顺序查找又称顺序搜索。顺序查找一般是指在线性表中查找指定的元素。

如果线性表中的第一个元素就是被查找的元素，则只需做一次比较就查找成功，最坏的情况是被查元素是线性表中的最后一个元素，或者被查元素在线性表中根本不存在，则为了查找这个元素需要与线性表中所有的元素进行比较。平均情况下，利用顺序查找法在线性表中查找一个元素，大约要与线性表中一半的元素进行比较。

2. 二分法查找

二分法查找只适用于顺序存储的有序表。

设有序线性表的长度为 n，被查元素为 x，则对分查找的方法为：将 x 与线性表的中间项进行比较，如果中间项的值等于 x，则说明查到，查找结束；如果 x 小于中间项的值，则在线性表的前半部分以相同的方法进行查找；如果大于中间项的值，则在线性表的后半部分以相同的方法进行查找。这个过程一直进行到查找成功或子表长度为 0（说明线性表中没有该元素）为止。

当有序线性表为顺序存储时才能采用二分法查找，效率比顺序查找高得多。对于长度为 n 的有序线性表，在最坏的情况下，二分查找只需要比较 $\log_2 n$ 次。

典型题解

【例1-7】在长度为64的有序线性表中进行顺序查找，最坏情况下需要比较的次数为（　　）。

A）63　　　　　　　　B）64　　　　　　　　C）6　　　　　　　　D）7

【解析】在长度为 64 的有序线性表中，其中的 64 个数据元素是按照从大到小或从小到大的顺序排列的。在这样的线性表中进行顺序查找，最坏的情况就是查找的数据元素不在线性表中或位于线性表的最后。按照线性表的顺序查找算法，首先用被查找的数据和线性表的第一个数据元素进行比较，若相等，则查找成功；否则，继续进行比较，即和线性表的第二个数据元素进行比较。同样，若相等，则查找成功；否则，继续进行比较。

依此类推，直到在线性表中查找到该数据或查找到线性表的最后一个元素，算法才结束。因此，在长度为 64 的有序线性表中进行顺序查找，最坏的情况下需要比较 64 次。答案为选项 B。

强化训练

（1）在顺序表（3,6,8,10,12,15,16,18,21,25,30）中，用二分法查找关键码值 11，所需的关键码比较次数为（　　）。

　　A）2　　　　　　　　B）3　　　　　　　　C）4　　　　　　　　D）5

（2）在长度为 n 的有序线性表中进行二分法查找，需要的比较次数为（　　）。

　　A）$\log_2 n$　　　　　B）$n\log_2 n$　　　　　C）n/2　　　　　D）(n+1)/2

（3）下列数据结构中，能用二分法进行查找的是（　　）。

　　A）顺序存储的有序线性表　　　　　　　　B）线性链表

　　C）二叉链表　　　　　　　　　　　　　　D）有序线性链表

（4）在长度为 n 的线性表中查找一个表中不存在的元素，需要的比较次数为_____。

【答案】

（1）C　（2）A　（3）A　（4）n

▶▶▶ 考点7　排序技术

排序是指将一个无序序列整理成按值非递减顺序排列的有序序列。

1. 交换类排序法

交换类排序法是指借助数据元素之间的互相交换进行排序的一种方法。冒泡排序法和快速排序法都属于交换类的排序方法。

① 冒泡排序。假设线性表的长度为 n，则在最坏情况下，冒泡排序需要经过 n/2 遍的从前往后的扫描和 n/2 遍的从后往前的扫描，需要的比较次数为 n(n−1)/2。

② 快速排序。快速排序法的基本思想为：从线性表中选取一个元素，设为 T，将线性表后面小于 T 的元素移到前面，而前面大于 T 的元素移到后面，结果就将线性表分成了两部分，T 插入到分界线的位置处，这个过程称为线性表的分隔。如果对分割后的各子表再按上述原则进行分割，并且，这种分割过程可以一直做下去，直到所有子表为空为止，则此时的线性表就变成了有序表。

2. 插入排序法

所谓插入排序，是指将无序序列中的各元素依次插入到已经有序的线性表中。

① 简单插入排序法。在简单插入排序中，每一次比较后最多移掉一个逆序，因此，这种排序方法的效率与冒泡排序法相同。在最坏情况下，简单插入排序需要 n(n−1)/2 次比较。

② 希尔排序法。希尔排序的效率与所选取的增量序列有关。如果选取增量序列，则在最坏情况下，希尔排序所需要的比较次数为 $O(n^{1.5})$。

3. 选择类排序

① 简单选择排序。简单选择排序在最坏情况下需要比较 n(n−1)/2 次。

② 堆排序。在最坏情况下，堆排序需要比较的次数为 $O(n\log_2 n)$。

典型题解

【例1-8】在最坏情况下，下列排序方法中时间复杂度最小的是（　　）。

A）冒泡排序　　　　B）快速排序　　　　　C）插入排序　　　　D）堆排序

【解析】在最坏情况下：冒泡排序、快速排序和插入排序需要的比较次数均为 n(n−1)/2，堆排序需要比较的次数为 O(nlog$_2$n)。可知，在最坏情况下，堆排序的时间复杂度最小，本题的正确答案为选项 D。

强化训练

（1）对于长度为 10 的线性表，在最坏情况下，下列各排序法所对应的比较次数中正确的是（　　）。

A）冒泡排序为 5　　　　B）冒泡排序为 10　　　　C）快速排序为 10　　　　D）快速排序为 45

（2）对长度为 10 的线性表进行冒泡排序，最坏情况下需要比较的次数为＿＿＿。

（3）对输入的 N 个数进行快速排序的平均时间复杂度是＿＿＿＿＿。

【答案】

（1）D　（2）45　（3）O(Nlog$_2$N)

1.2　程序设计基础

▶▶▶　考点 1　程序设计方法与风格

就程序设计方法和技术的发展而言，程序设计主要经过了结构化程序设计和面向对象的程序设计阶段。要形成良好的程序设计风格，主要应注意和考虑下述一些因素。

1. 源程序文档化

① 符号的命名：符号名应具有一定的实际含义，以便于对程序功能的理解。

② 程序注释：正确的注释能够帮助读者理解程序。注释一般分为序言性注释和功能性注释。

③ 视觉组织：为使程序的结构一目了然，可以在程序中利用空格、空行、缩进等技巧使程序层次清晰。

2. 数据说明的方法

数据说明的风格一般应注意：数据说明的次序规范化；说明语句中变量安排有序化；使用注释来说明复杂数据的结构。

3. 语言结构

程序应简单易懂，语句构造应简单直接。

4. 输入和输出

输入输出的方式和格式应尽可能方便用户的使用。

典型题解

【例 1-9】对建立良好的程序设计风格，下面描述正确的是（　　）。

A）程序应简单、清晰、可读性好　　　　　　　B）符号名的命名只需符合语法

C）充分考虑程序的执行效率　　　　　　　　　D）程序的注释可有可无

【解析】良好的程序设计风格主要包括设计的风格、语言运用的风格、程序文本的风格和输入输出的风格。设计的风格主要体现在 3 个方面：结构要清晰；思路要清晰；在设计程序时应遵循"简短朴实"的原则，切忌卖弄所谓的"技巧"。语言运用的风格主要体现在两个方面：选择合适的程序设计语言以及不要滥用语言中的某些特色。特别要注意，尽量不用灵活性大、不易理解的语句成分。程序文本的风格主要体现在 4 个方面：注意程序文本的易读性；符号要规范化；在程序中加必要的注释；在程序中要合理地使用分隔符等。输入输出的风格主要体现在 3 个方面：对输出的数据应该加上必要的说明；在需要输入数据时，应该给出必要的提示；以适当的方式对输入数据进行检验，以确认其有效性。总而言之，程序设计的风格应该强调简单和清晰，程序必

须是可以理解的，强调"清晰第一，效率第二"。

综上所述，符号名的命名不仅要符合语法，而且符号名的命名应具有一定的实际含义，以便于对程序功能的理解。因此，选项 B 中的说法是错误的。由于程序设计的风格强调的是"清晰第一，效率第二"，而不是效率第一。因此，选项 C 中的说法也是错误的。程序中的注释部分虽然不是程序的功能，计算机在执行程序时也不会执行它，但不能错误地认为注释是可有可无的部分。在程序中加入正确的注释能够帮助读者理解程序，注释是提高程序可读性的重要手段。因此，选项 D 中的说法也是错误的。

因此，本题的正确答案为 A。

强化训练

源程序文档化要求程序应加注释。注释一般分为序言性注释和____ 。

【答案】
功能性注释

▶▶▶ 考点2 结构化程序设计

1. 结构化程序设计的原则

结构化程序设计方法的主要原则为自顶向下，逐步求精，模块化，限制使用 goto 语句。

① 自顶向下：程序设计时，应先考虑总体，后考虑细节；先考虑全局目标，后考虑局部目标；先从最上层总目标开始设计，逐步使问题具体化。

② 逐步求精：对复杂问题，应设计一些子目标作为过渡，逐步细化。

③ 模块化：一个复杂问题，是由若干个简单问题构成的。模块化是把程序要解决的总目标分解为分目标，再进一步分解为具体的小目标，把每个小目标称为一个模块。

④ 限制使用 goto 语句：滥用 goto 语句有害，应尽量避免。

2. 结构化程序的基本结构和特点

采用结构化程序设计方法编写程序，可使程序结构良好、易读、易理解、易维护。程序设计语言仅用顺序、选择、重复 3 种基本控制结构就可以表达出各种其他形式结构的程序设计方法。

① 顺序结构：顺序结构是顺序执行结构，所谓顺序执行，就是按照程序语句行的自然顺序，一条语句一条语句地执行程序。

② 选择结构：又称为分支结构，它包括简单选择和多分支选择结构。这种结构根据设定的条件，判断应该选择哪一条分支来执行相应的语句。

③ 重复结构：又称循环结构，它根据给定的条件，判断是否需要重复执行某一相同的或类似的程序段，利用重复结构可简化大量的程序行。重复结构有两类循环语句：先判断后执行循环体的称为当型循环结构，先执行循环体后判断的称为直到型循环结构。

遵循结构化程序的设计原则，按结构化程序设计方法设计出的程序具有的优点为：其一，程序易于理解、使用和维护；其二，提高了编程工作的效率，降低了软件开发成本。

3. 结构化程序的设计原则和方法的应用

在结构化程序设计的具体实施中，要注意把握如下因素：

① 使用程序设计语言的顺序、选择、循环等有限的控制结构表示程序的控制逻辑。

② 选用的控制结构只准许有一个入口和一个出口。

③ 程序语句组成容易识别的块，每块只有一个入口和一个出口。

④ 复杂结构应该采用嵌套的基本控制结构进行组合嵌套来实现。

⑤ 语言中所没有的控制结构，应该采用前后一致的方法来模拟。

⑥ 严格控制 goto 语句的使用。

典型题解

【例 1-10】下面描述中，符合结构化程序设计风格的是（　　）。

A）使用顺序、选择和重复（循环）3 种基本控制结构表示程序的控制逻辑

B）模块只有一个入口，可以有多个出口

C）注重提高程序的执行效率

D）不使用 goto 语句

【解析】应该选择只有一个入口和一个出口的模块，故 B 选项错误；首先要保证程序正确，然后才要求提高效率，故 C 选项错误；严格控制使用 goto 语句，必要时可以使用，故 D 选项错误。因此，本题的正确答案为 A。

强化训练

（1）结构化程序设计主要强调的是（　　）。

　　A）程序的规模　　　　B）程序的易读性　　　　C）程序的执行效率　　　　D）程序的可移植性

（2）符合结构化原则的 3 种基本控制结构为：顺序结构，选择结构和＿＿＿。

（3）＿＿＿是按照程序语句行的自然顺序，依次执行语句。

【答案】

（1）B　（2）重复结构（循环结构）　（3）顺序结构

▶▶▶ 考点 3　面向对象的程序设计

1. 面向对象方法的主要优点

面向对象方法的主要优点为：与人类习惯的思维方式一致；稳定性好；可重用性好；易于开发大型软件产品；可维护性好。

2. 面向对象技术的基本概念

① 对象。面向对象的程序设计方法中涉及的对象是系统中用来描述客观事物的一个实体，是构成系统的一个基本单位，它由一组表示其静态特征的属性和它可执行的一组操作组成。

② 类和实例。类是具有共同属性、共同方法的对象的集合。类是对象的抽象，它描述了属于该对象类型的所有对象的性质，而一个对象是其对应类的一个实例。类同对象一样，也包括一组数据属性和在数据上的一组合法操作。

③ 消息。消息是一个实例与另一个实例之间传递的信息，它请求对象执行某一处理或回答某一要求的信息，它统一了数据流和控制流。消息的使用类似于函数调用，消息中指定了某一个实例，一个操作和一个参数表。

④ 继承。继承是使用已有的类定义作为基础建立新类的定义技术。在面向对象技术中，把类组成为具有层次结构的系统：一个类的上层可以有父类，下层可以有子类；一个类直接继承其父类的描述（数据和操作）或特性，子类自动地共享基类中定义的数据和方法。

⑤ 多态性。对象根据所接受的信息而做出动作，同样的消息被不同的对象接受时可导致完全不同的行动，该现象称为多态性。

典型题解

【例 1-11】 在面向对象方法中，类的实例称为____。

【解析】 类描述的是具有相似性质的一组对象。例如，每本具体的书是一个对象，而这些具体的书都有共同的性质，它们都属于更一般的概念"书"这一类对象。一个具体对象称为类的实例。因此，本题的正确答案为对象。

强化训练

（1）下面对对象概念描述错误的是（　　）。

    A）任何对象都必须有继承性　　　　　　　　B）对象是属性和方法的封装体

    C）对象间的通信靠消息传递　　　　　　　　D）操作是对象的动态属性

（2）在面向对象方法中，如果"人"是一类对象，"男人"、"女人"等都继承了"人"类的性质，因而是"人"的（　　）？

    A）对象　　　　　　B）实例　　　　　　C）子类　　　　　　D）父类

（3）在面向对象方法中，一个对象请求另一对象为其服务的方式是通过发送（　　）。

    A）调用语句　　　　B）命令　　　　　　C）口令　　　　　　D）消息

（4）下面概念中，不属于面向对象方法的是（　　）。

    A）对象　　　　　　B）继承　　　　　　C）类　　　　　　　D）过程调用

（5）类是一个支持集成的抽象数据类型，而对象是类的____。

（6）在面向对象的程序设计中，类描述的是具有相似性质的一组____。

（7）在面向对象方法中，属性与操作相似的一组对象称为____。

（8）在面向对象的程序设计中，用来请求对象执行某一处理或回答某些信息的要求称为____。

【答案】

（1）A　（2）C　（3）D　（4）D　（5）实例　（6）对象　（7）类　（8）消息

1.3 软件工程基础

▶▶▶ 考点 1 软件工程基本概念

1. 软件及软件工程的定义

软件是计算机系统中与硬件相互依存的另一部分，是包括程序、数据及相关文档的完整集合。程序是软件开发人员根据用户需求开发的，用程序设计语言描述的、适合计算机执行的指令序列。数据是使程序能正常操纵信息的数据结构。文档是与程序开发、维护和使用有关的图文资料。

软件工程学是用工程、科学和数学的原理与方法研制、维护计算机软件的有关技术及管理方法的一门工程学科。软件工程是应用于计算机软件的定义、开发和维护的一整套方法、工具、文档、实践标准和工序。

软件工程包括 3 个要素，即方法、工具和过程。方法是完成软件工程项目的技术手段；工具支持软件的开发、管理、文档生成；过程支持软件开发的各个环节的控制、管理。

2. 软件生命周期

软件产品从提出、实现、使用维护到停止使用退役的过程称为软件生命周期。一般包括可行性研究与需求分析、设计、实现、测试、交付使用以及维护等活动。还可将软件生命周期分为软件定义、软件并发及软件运行维护 3 个阶段。软件生命周期的主要活动阶段是：可行性研究与计划指定、需求分析、软件设计、软件实现、软件测试、运行和维护。

3. 软件开发工具与软件开发环境

软件开发工具与软件开发环境的使用提高了软件的开发效率、维护效率和软件质量。

典型题解

【例 1-12】下面不属于软件工程 3 个要素的是（　　）。

A）工具　　　　　　　B）过程　　　　　　　C）方法　　　　　　　D）环境

【解析】软件工程包括 3 个要素，即方法、工具和过程。方法是完成软件工程项目的技术手段；工具是指支持软件的开发、管理、文档生成；过程是支持软件开发的各个环节的控制、管理。由此可知，环境不属于软件工程的 3 个要素之一。因此，本题的正确答案为 D。

强化训练

（1）下面内容不属于使用软件开发工具好处的是（　　）。

　　A）减少编程工作量

　　B）保证软件开发的质量和进度

　　C）节约软件开发人员的时间和精力

　　D）使软件开发人员将时间和精力花费在程序的编制和调试上

（2）在软件开发中，下面任务不属于设计阶段的是（　　）。

　　A）数据结构设计　　　　B）给出系统模块结构

　　C）定义模块算法　　　　D）定义需求并建立系统模型

（3）软件是程序、数据和相关____的集合。

（4）软件工程研究的内容主要包括：____技术和软件工程管理。

（5）软件开发环境是全面支持软件开发全过程的____集合。

【答案】

（1）D （2）D （3）文档 （4）软件开发 （5）软件工具

▶▶▶ 考点 2　结构化分析方法

1. 需求分析与需求分析方法

软件需求是指用户对目标软件系统在功能、行为、性能、设计约束等方面的期望。需求分析的任务是发现需求、求精、建模和定义需求的过程。

需求分析阶段的工作，可概括为以下几方面：需求获取、需求分析、编写需求规格说明书、需求评审。

常见的需求分析方法有结构化分析方法和面向对象的分析方法。

2. 结构化分析方法

结构化分析方法是结构化程序设计理论在软件需求分析阶段的运用。结构化分析方法是着眼于数据流，自顶向下，逐层分解，建立系统的处理流程，以数据流图和数据字典为主要工具，建立系统的逻辑模型。

结构化分析的常用工具有数据流图、数字字典、判断树、判断表。

① 数据流图（DFD）。数据流图是描述数据处理过程的工具，是需求理解的逻辑模型的图形

表示，它直接支持系统的功能建模。数据流图从数据传递和加工的角度，来刻画数据流从输入到输出的移动变换过程。数据流图中的主要图形元素如图 1-4 所示。

　　加工（转换）　　　　　数据流　　　存储文件（数据源）　　　源（潭）

图 1-4

建立数据流图的步骤：由外向里，自顶向下，逐层分解。

② 数据字典（DD）。数据字典是结构化分析方法的核心。数据字典是对所有与系统相关的数据元素的一个有组织的列表。数据字典的作用是对数据流图中出现的被命名的图形元素的确切解释。数据字典包含的信息有名称、别名、何处使用/如何使用、内容描述、补充信息等。

3. 软件需求规格说明书

软件需求规格说明书把在软件计划中确定的软件范围加以展开，制定出完整的信息描述、详细的功能说明、恰当的检验标准以及其他与要求有关的数据。

典型题解

【例 1-13】在结构化方法中，用数据流程图（DFD）作为描述工具的软件开发阶段是（　　）。

　　A）可行性分析　　　　B）需求分析　　　　C）详细设计　　　　D）程序编码

【解析】结构化分析方法是结构化程序设计理论在软件需求分析阶段的运用。而结构化分析就是使用数据流图（DFD）、数据字典（DD）、结构化语句、判定表和判定树等工具，来建立一种新的、称为结构化规格说明的目标文档。所以数据流图是在需求分析阶段使用的。因此，本题的正确答案为 B。

强化训练

（1）需求分析的最终结果是产生（　　）。

　　A）项目开发计划　　　B）需求规格说明书　　　C）设计说明书　　　D）可行性分析报告

（2）数据流图用于描述一个软件的逻辑模型，数据流图由一些特定的图符构成。下列图符名称标识的图符不属于数据流图合法图符的是（　　）。

　　A）控制流　　　　　　B）加工　　　　　　　C）数据存储　　　　　D）源和潭

（3）数据流图的类型有＿＿＿和事务型。

（4）数据流图仅反映系统必须完成的逻辑功能，所以它是一种＿＿＿模型。

【答案】

（1）B　（2）A　（3）变换型　（4）功能

▶▶▶ 考点 3　结构化设计方法

1. 软件设计的基本概念

从技术观点来看，软件设计包括结构设计、数据设计、接口设计、过程设计。从工程管理角度来看，软件设计分两步完成，即概要设计和详细设计。

2. 软件设计的基本原理

衡量软件的模块独立性，使用耦合性和内聚性两个定性的度量标准。耦合性是模块间互相联结的紧密程度的度量。内聚性是一个模块内部各个元素间彼此结合的紧密程度的度量。一般较优秀的软件设计，应尽量做到高内聚、低耦合。

3. 概要设计

概要设计也称总体设计。软件概要设计的任务是：设计软件系统结构、数据结构及数据库设计、编写概要设计文档、概要设计文档评审。

常用的软件设计工具为程序结构图。

典型的数据流类型有两种：变换型和事务型。

设计准则：提高模块独立性；模块规模适中；深度、宽度、扇入和扇出适当；使模块的作用域在该模块的控制域内；应减少模块的接口和界面的复杂性；设计成单入口、单出口的模块；设计功能可预测的模块。

4. 详细设计

详细设计为软件结构图中的每一个模块确定实现算法和局部数据结构，用某种选定的表达工具表示算法和数据结构的细节。

设计工具：图形工具（程序流程图、N-S、PAD、HIPO）、表格工具（判定表）、语言工具（伪码）。

典型题解

【例 1-14】为了使模块尽可能独立，要求（　　）。

A）模块的内聚程度要尽量高，且各模块间的耦合程度要尽量强

B）模块的内聚程度要尽量高，且各模块间的耦合程度要尽量弱

C）模块的内聚程度要尽量低，且各模块间的耦合程度要尽量弱

D）模块的内聚程度要尽量低，且各模块间的耦合程度要尽量强

【解析】系统设计的质量主要反映在模块的独立性上。评价模块独立性的主要标准有两个：一是模块之间的耦合，它表明两个模块之间互相独立的程度；二是模块内部之间的关系是否紧密，称为内聚。一般来说，要求模块之间的耦合程度尽可能弱，即模块尽可能独立，而要求模块的内聚程度尽量高。综上所述，选项 B 的答案正确。

强化训练

（1）概要设计是软件系统结构的总体设计，以下选项中不属于概要设计的是（　　）。

　A）把软件划分成模块　　　　　　　　B）确定模块之间的调用关系

　C）确定各个模块的功能　　　　　　　D）设计每个模块的伪代码

（2）程序流程图中的箭头代表的是（　　）。

　A）数据流　　　　　B）控制流　　　　　C）调用关系　　　　　D）组成关系

（3）在结构化方法中，用表达工具表示算法和数据结构的细节属于下列软件开发中的阶段是（　　）。

　A）详细设计　　　　B）需求分析　　　　C）概要设计　　　　　D）编程调试

（4）软件详细设计的主要任务是确定每个模块的（　　）。

　A）算法和使用的数据结构　　　　　　B）外部接口

　C）功能　　　　　　　　　　　　　　D）编程

（5）在数据流图（DFD）中，带有名字的箭头表示（　　）。

　A）模块之间的调用关系　　　　　　　B）程序的组成成分

　C）控制程序的执行顺序　　　　　　　D）数据的流向

（6）在结构化方法中，软件功能分解属于下列软件开发中的阶段是（　　）。

A）概要设计　　　　　B）需求分析　　　　　C）详细设计　　　　　D）编程调试

（7）模块的独立性一般用两个准则来度量，即模块间的＿＿＿和模块的内聚性。

【答案】

（1）D　（2）B　（3）A　（4）A　（5）D　（6）A　（7）耦合性

▶▶▶　考点 4　软件测试

1. 软件测试方法和技术

软件测试是为了发现错误而执行程序的过程，其主要过程涵盖了整个软件生命期的过程。

若从是否需要执行被测软件的角度划分，软件测试方法和技术可以分为静态测试和动态测试方法。若按照功能划分，可以分为黑盒测试和白盒测试。

（1）白盒测试

白盒测试方法也称结构测试或逻辑驱动测试。白盒测试把测试对象看做一个打开的盒子，允许测试人员利用程序内部的逻辑结构及有关信息来设计或选择测试用例，对程序所有的逻辑路径进行测试。白盒测试在程序内部进行，主要用于完成软件内部操作的验证。

白盒测试的基本原则是：保证所测模块中每一独立路径至少执行一次；保证所测模块所有判断的每一分支至少执行一次；保证所测模块每一循环都在边界条件和一般条件下至少各执行一次；验证所有内部数据结构的有效性。

白盒测试的主要方法有逻辑覆盖、基本路径测试等。

（2）黑盒测试方法

黑盒测试方法也称功能测试或数据驱动测试。黑盒测试完全不考虑程序内部的逻辑结构和内部特性，只依据程序的需求和功能规格说明，检查程序的功能是否符合它的功能说明。黑盒测试在软件接口处进行。

黑盒测试主要诊断功能不对或遗漏、界面错误、数据结构或外部数据库访问错误、性能错误、初始化和终止条件错误。

黑盒测试的主要诊断方法有等价类划分法、边界值分析法、错误推测法、因果图法等，主要用于软件确认测试。

2. 软件测试的实施

软件测试一般按 4 个步骤进行，即单元测试、集成测试、确认测试和系统测试。通过这些步骤的实施来验证软件是否合格，能否交付用户使用。

典型题解

【例 1-15】 下列对于软件测试的描述中正确的是（　　）。

A）软件测试的目的是证明程序是否正确

B）软件测试的目的是使程序运行结果正确

C）软件测试的目的是尽可能多地发现程序中的错误

D）软件测试的目的是使程序符合结构化原则

【解析】 软件测试的目标是在精心控制的环境下执行程序，以发现程序中的错误，给出程序可靠性的鉴定。测试不是为了证明程序是正确的，而是在设想程序有错误的前提下进行的，其目的是设法暴露程序中的错误和缺陷。可见选项 C 的说法正确。

强化训练

（1）软件测试方法中的（　　）属于静态测试方法。

　　A）黑盒法　　　　　　B）路径覆盖　　　　　　C）错误推测　　　　　　D）人工检测

（2）用黑盒技术设计测试用例的方法之一为（　　）。

　　A）因果图　　　　　　B）逻辑覆盖　　　　　　C）循环覆盖　　　　　　D）基本路径测试

（3）在进行单元测试时，常用的方法是（　　）。

　　A）采用白盒测试，辅之以黑盒测试　　　　B）采用黑盒测试，辅之以白盒测试

　　C）只使用白盒测试　　　　　　　　　　　D）只使用黑盒测试

（4）检查软件产品是否符合需求定义的过程称为（　　）。

　　A）确认测试　　　　　　B）集成测试　　　　　　C）验证测试　　　　　　D）验收测试

（5）若按功能划分，软件测试的方法通常分为白盒测试方法和＿＿＿测试方法。

（6）软件测试的目的是尽可能发现软件中的错误，通常＿＿＿是在代码编写阶段可进行的测试，它是整个测试工作的基础。

【答案】

（1）D　（2）A　（3）A　（4）A　（5）黑盒　（6）单元测试

▶▶▶ 考点5　程序的调试

　　程序进行了成功的测试之后进入调试阶段，程序调试是诊断和改正程序中潜在的错误。调试主要在开发阶段。

　　程序的调试活动由两部分组成：一是根据错误的迹象确定程序中错误的确切性质、原因和位置；二是对程序进行修改，排除错误。

　　程序调试的基本步骤为：错误定位，修改设计和代码，进行回归测试。

　　软件调试的方法从是否跟踪和执行程序的角度，可分为静态调试和动态调试。静态调试主要指通过人的思维来分析源程序代码和排错，是主要的调试手段，而动态调试是辅助静态调试的。

　　主要的调试方法为：强行排错法，回溯法，原因排除法。

典型题解

　　【例1-16】下列叙述中正确的是（　　）。

　　A）测试工作必须由程序编制者自己完成

　　B）测试用例和调试用例必须一致

　　C）一个程序经调试改正错误后，一般不必再进行测试

　　D）上述三种说法都不对

　　【解析】测试不是为了证明程序是正确的，而是在设想程序有错误的前提下进行的，其目的是设法暴露程序中的错误和缺陷，一般应当避免由开发者测试自己的程序，因此，选项A错误；测试是为了发现程序错误，不能证明程序的正确性，调试主要是推断错误的原因，从而进一步改正错误，调试用例与测试用例可以一致，也可以不一致，选项B错误；测试发现错误后，可进行调试并改正错误；经过调试后的程序还需进行回归测试，以检查调试的效果，同时也可防止在调试过程中引进新的错误，选项C错误。综上所述，选项D为正确答案。

强化训练

（1）软件调试的目的是（　　）。

　　A）发现错误　　　　B）改正错误　　　　C）改善软件的性能　　　D）挖掘软件的潜能

（2）下面几种调试方法中不适合调试大规模程序的是（　　）。

　　A）强行排错法　　　B）回溯法　　　　　C）原因排除法　　　　　D）静态调试

【答案】

（1）B　（2）B

1.4 数据库设计基础

▶▶▶ **考点1　数据库系统的基本概念**

1. 数据、数据库、数据库管理系统

① 数据。数据是描述事物的符号记录。

② 数据库。数据库是数据的集合，它具有统一的结构形式并存放于统一的存储介质内，是多种应用数据的集成，并可被各个应用程序所共享。

③ 数据库管理系统。数据库管理系统（Database Management System，DBMS）是位于用户与操作系统之间的一个数据管理软件。负责数据库中的数据组织、数据操纵、数据维护、控制及保护和数据服务等。

④ 数据库管理员。由于数据库的共享性，因此对数据库的规划、设计、维护、监视等需要有专人管理，称他们为数据库管理员。主要工作有数据库设计、数据库维护、改善系统性能和提高系统效率等。

⑤ 数据库系统。数据库系统（Database System，DBS）由数据库（数据）、数据库管理系统（软件）、数据库管理员（人员）、硬件平台（系统平台之一）和软件平台（系统平台之一）5 部分组成。在数据库系统中，硬件平台包括：计算机和网络，软件平台包括：操作系统、数据库系统开发工具和接口软件。

2. 数据库系统的发展

数据管理的发展经历了 3 个阶段：

（1）人工管理阶段

人工管理阶段主要用于科学计算，硬件没有磁盘，数据被直接存取，软件没有操作系统。

（2）文件系统阶段

文件系统阶段具有简单的数据共享和数据管理能力，无法提供统一的、完整的管理和数据共享能力。

（3）数据库系统阶段

数据库系统阶段具有以下特点：

① 数据的集成性：采用统一的数据结构方式；按照多个应用的需要组织全局的统一的数据结构；每个应用的数据是全局结构中的一部分。

② 数据的高共享性与低冗余性：数据共享可减少数据冗余及存储空间，避免数据的不一致。

③ 数据独立性：这是数据与程序间的互不依赖性，即数据库中数据独立于应用程序而不依赖

于应用程序。也就是说，数据的逻辑结构、存储结构与存取方式的改变不会影响应用程序。数据独立性分为物理独立性和逻辑独立性。

④ 数据统一管理与控制：主要包含 3 个方面，即数据的完整性检查、数据的安全性保护和并发控制。

3. 数据库系统的内部结构体系

数据库系统的三级模式：概念模式、外模式、内模式。

数据库系统的二级映射：概念模式到内模式的映射，外模式到概念模式的映射。

典型题解

【例 1-17】下列模式中，能够给出数据库物理存储结构与物理存取方法的是（　　）。

A）内模式　　　　　　B）外模式　　　　　　C）概念模式　　　　　　D）逻辑模式

【解析】能够给出数据库物理存储结构与物理存取方法的是内模式。外模式是用户的数据视图，也就是用户所见到的数据模式。概念模式是数据库系统中全局数据逻辑结构的描述，是全体用户的公共数据视图。没有逻辑模式这一说法。因此，本题的正确答案为 A。

强化训练

（1）下述关于数据库系统的叙述中正确的是（　　）。

　　A）数据库系统减少了数据冗余

　　B）数据库系统避免了一切冗余

　　C）数据库系统中数据的一致性是指数据类型一致

　　D）数据库系统比文件系统能管理更多的数据

（2）支持数据库各种操作的软件系统叫做（　　）。

　　A）数据库管理系统　　　　　　B）文件系统　　　　　　C）数据库系统　　　　　　D）操作系统

（3）数据独立性是数据库技术的重要特点之一。所谓数据独立性是指（　　）。

　　A）数据与程序独立存放　　　　　　　　　B）不同的数据被存放在不同的文件中

　　C）不同的数据只能被对应的应用程序所使用　　D）以上三种说法都不对

（4）数据库是指按照一定的规则存储在计算机中的＿＿＿的集合，它能被各种用户共享。

（5）数据独立性分为物理独立性和逻辑独立性。当数据的存储结构改变时，其逻辑结构可以不变，因此，基于逻辑结构的应用程序不必修改，称为＿＿＿。

【答案】

（1）A　（2）A　（3）D　（4）数据　（5）物理独立性

▶▶▶　考点 2　数据模型

1. 数据模型的基本概念

数据是现实世界符号的抽象，而数据模型是数据特征的抽象。数据模型所描述的内容有 3 个部分：数据结构、数据操作和数据约束。数据模型按不同的应用层次分成 3 种类型，分别是概念数据模型、逻辑数据模型和物理数据模型。

概念数据模型与具体的数据库管理系统无关，与具体的计算机平台无关。较为有名的概念模型有 E-R 模型、扩充的 E-R 模型、面向对象模型及谓词模型等。

逻辑数据模型又称数据模型，是一种面向数据库系统的模型。概念模型只有在转换成数据模型后才能在数据库中得以表示。大量使用过的逻辑数据模型有层次模型、网状模型、关系模型和面向对象模型等。

物理数据模型又称物理模型，它是一种面向计算机物理表示的模型，此模型给出了数据模型在计算机上物理结构的表示。

2. E-R 模型

（1）E-R 模型的基本概念

现实世界中的事物可以抽象成为实体，实体是概念世界中的基本单位，它们是客观存在的且又能相互区别的事物。凡是有共性的实体可组成一个集合，称为实体集。

属性刻画了实体的特征。一个实体可以有若干个属性。每个属性可以有值，一个属性的取值范围称为该属性的值域或值集。

现实世界中事物间的关联称为联系。

（2）实体间的联系

实体集间的联系可以归结为 3 类：

① 一对一的联系，简记为 1:1。

② 一对多的联系，简记为 M:1（m:1）或 1:M（1:m）。

③ 多对多的联系，简记为 M:N 或 m:n。

（3）E-R 模型的图示法

E-R 模型可以用一种直观图的形式来表示，这种图称为 E-R 图。

3. 层次模型

层次模型的基本结构是树形结构，自顶向下，层次分明。由于层次模型形成早，受文件系统影响大，模型受限制多，物理成分复杂，操作与使用均不理想，且不适用于表示非层次性的联系。

4. 网状模型

网状模型是不加任何条件限制的无向图。网状模型在数据表示和数据操纵方面比层次模型更高效、更成熟。但网状模型在使用时涉及系统内部的物理因素较多，用户使用操作并不方便，其数据模式与系统实现也不甚理想。

5. 关系模型

（1）关系的数据结构

关系模型采用二维表来表示，简称表。二维表由表框架和表的元组组成。表框架由 n 个命名的属性组成，每个属性有一个取值范围称为值域。在框架中按行可以存放数据，每行数据称为元组。

在二维表中能唯一标识元组的最小属性集称为该表的键或码。二维表中可能有若干个键，它们称为该表的候选码或候选键。从二维表的所有候选键中选取一个作为用户使用的键称为主键或主码。表 A 中的某属性集是某表 B 的键，则称该属性集为 A 的外键或外码。

表中一定要有键，如果表中所有属性的子集均不是键，则表中属性的全集必为键。在关系元组的分量中允许出现空值表示信息的空缺。主键中不允许出现空值。

关系框架与关系元组构成一个关系。一个语义相关的关系集合构成一个关系数据库。关系的框架称为关系模式，而语义相关的关系模式集合构成了关系数据库模式。

关系模式支持子模式，关系子模式是关系数据库模式中用户所见到的那部分数据模式的描述。关系子模式也是二维表结构，关系子模式对应的用户数据库称为视图。

（2）关系的操纵

关系模型的数据操纵，即是建立在关系上的数据操纵，一般有查询、增加、删除及修改 4 种。

（3）关系中的数据约束

关系模型允许定义 3 类数据约束，它们是实体完整性约束、参照完整性约束和用户完整性约束。

典型题解

【例 1-18】 如果一个工人可管理多台设备，而一台设备只被一个工人管理，则实体"工人"与实体"设备"之间存在____关系。

【解析】 实体之间的联系可以归结为 3 类：一对一的联系，一对多的联系，多对多的联系。设有两个实体集 E1 和 E2，如果 E2 中的每一个实体与 E1 中的任意个实体（包括零个）有联系，而 E1 中的每一个实体最多与 E2 中的一个实体有联系，则称这样的联系为"从 E2 到 E1 的一对多的联系"，通常表示为"1:n 的联系"。由此可见，工人和设备之间是一对多关系。

强化训练

（1）设计数据库前，常常先建立概念数据模型，用（　　）来表示实体类型及实体间的联系。

　　A）数据流图　　　　　B）E-R 图　　　　　　C）模块图　　　　　　D）程序框图

（2）在关系数据库中，用来表示实体之间联系的是（　　）。

　　A）树形结构　　　　　B）网状结构　　　　　C）线形表　　　　　　D）二维表

（3）一个学生关系模式为（学号，姓名，班级号，……），其中学号为关键字；一个班级关系模式为（班级号，专业，教室，……），其中班级号为关键字；则学生关系模式中的外关键字为____。

（4）关系模型的完整性规则是对关系的某种约束条件，包括实体完整性、____和自定义完整性。

（5）关系中的属性或属性组合，其值能够唯一地标识一个元组，该属性或属性组合可选作____。

（6）在关系数据库中，把数据表示成二维表，每一个二维表称为____。

【答案】

（1）B　（2）D　（3）班级号　（4）参照完整性　（5）键 或 码　（6）关系 或 关系表

▶▶▶ 考点 3　关系代数

关系数据库系统建立在数学理论的基础之上，使用关系代数可以表示关系模型的数据操作。由于操作是对关系的运算，而关系是有序组的集合，因此，可以将操作看成是集合的运算。

1. 关系模型的基本运算

（1）插入

设有关系 R 需插入若干元组，要插入的元组组成关系 R′，则插入可用集合并运算表示为 R∪R′。

（2）删除

设有关系 R 需删除若干元组，要删除的元组组成关系 R′，则删除可用集合差运算表示为 R−R′。

（3）修改

修改关系 R 内的元组内容可以用下面的方法实现：设需修改的元组构成关系 R′，则先作删除得 R−R′。设修改后的元组构成关系 R″，此时将其插入即得到结果：(R−R′)∪R″。

（4）查询

① 投影运算：投影运算是在给定关系的某些域上进行的运算。经过投影运算后，会取消某些列，而且有可能出现一些重复元组。

② 选择运算：关系 R 通过选择运算后，由 R 中满足逻辑条件的元组组成。

③ 笛卡儿积运算：对于两个关系的合并操作可以用笛卡儿积表示。设有 n 元关系 R 及 m 元关

系 S，它们分别有 p、q 个元组，则关系 R 与 S 经笛卡儿积记为 R×S，该关系是一个 n+m 元关系，元组个数是 p×q，由 R 与 S 的有序组组合而成。

2. 关系代数中的扩充运算

① 交运算。关系 R 与 S 经交运算后所得到的关系是由那些既在 R 内又在 S 内的有序组所组成，记为 R∩S。

② 除运算。当关系 T=R×S 时，则可将除运算写为 T÷R=S 或 T/R=S。设有关系 T、R，T 能被 R 除的充分必要条件是：T 中的域包含 R 中的所有属性；T 中有一些域不出现在 R 中。在除运算中 S 的域由 T 中那些不出现在 R 中的域所组成。

③ 连接与自然连接运算。连接运算又可称为 θ 连接运算，通过它可以将两个关系合并成一个大关系。

典型题解

【例 1-19】 下列关系运算中，能使经运算后得到的新关系中属性个数多于原来关系中属性个数的是（　）。

A）选择　　　　　　B）连接　　　　　　C）投影　　　　　　D）并

【解析】 选择运算是在指定的关系中选取所有满足给定条件的元组，构成一个新的关系，而这个新的关系是原关系的一个子集。因此，关系经选择运算后得到的新关系中属性个数不会多于原来关系中属性个数。所以选项 A 错误。连接运算是对两个关系进行的运算，其意义是从两个关系的笛卡儿积中选出满足给定属性间一定条件的那些元组。而两个关系的笛卡儿积中的属性个数是两个原关系中的属性个数之和，即两个关系经连接运算后得到的新关系中的属性个数多于原来关系中的属性个数。因此，本题的正确答案是 B。投影运算是在给定关系的某些域上进行的运算。通过投影运算可以从一个关系中选择出所需要的属性成分，并且按要求排列成一个新的关系，而新关系的各个属性值来自原关系中相应的属性值。因此，经过投影运算后，会取消某些列，即关系经投影运算后得到的新关系中属性个数要少于原来关系中的属性个数。所以选项 C 错误。属性值取自同一个域的两个 n 元关系经并运算后仍然是一个 n 元关系，它由属于关系 R 或属于关系 S 的元组组成。因此，两个关系经并运算后得到的新关系中的属性个数不会多于原来关系中的属性个数。所以选项 D 错误。

强化训练

（1）关系数据库管理系统能实现的专门关系运算包括（　）。

A）排序、索引、统计　　　　　　　　B）选择、投影、连接

C）关联、更新、排序　　　　　　　　D）显示、打印、制表

（2）设有关系 R 及关系 S，它们分别有 p、q 个元组，则关系 R 与 S 经笛卡儿积后所得新关系的元组个数是（　）。

A）p　　　　　　　B）q　　　　　　　C）p+q　　　　　　　D）p×q

（3）如果对一个关系实施了一种关系运算后得到了一个新的关系，而且新关系中的属性个数少于原来关系中的属性个数，这说明所实施的运算关系是（　）。

A）选择　　　　　B）投影　　　　　C）连接　　　　　D）并

（4）按条件 f 对关系 R 进行选择，其关系代数表达是（　）。

A）R⋈R　　　　　B）R⋈f　　　　　C）$\sigma_f(R)$　　　　　D）$\pi_f(R)$

（5）设有 n 元关系 R 及 m 元关系 S，则关系 R 与 S 经笛卡儿积后所得的新关系是一个（　）元关系

A）m　　　　　　　B）n　　　　　　　C）m+n　　　　　　　D）m*n

（6）下列关于关系运算的叙述中正确的是（　）。

A）投影、选择、连接是从二维表的行的方向来进行运算

B）并、交、差是从二维表的列的方向来进行运算

C）投影、选择、连接是从二维表的列的方向来进行运算

D）以上3种说法都不对

（7）在关系运算中，____运算是在给定关系的某些域上进行的运算。

（8）在关系运算中，____运算是在指定的关系中选取所有满足给定条件的元组，构成一个新的关系，而这个新的关系是原关系的一个子集。

【答案】

（1）B （2）D （3）A （4）C （5）C （6）C （7）投影 （8）选择

▶▶▶ 考点4 数据库设计与管理

数据库设计目前一般采用生命周期法，即将整个数据库应用系统的开发分解成目标独立的若干阶段。它们是：需求分析阶段、概念设计阶段、逻辑设计阶段、物理设计阶段、编码阶段、测试阶段、运行阶段、进一步修改阶段。

1. 数据库设计的需求分析

需求分析阶段的任务是通过详细调查现实世界要处理的对象，充分了解原系统的工作概况，明确用户的各种需求，然后在此基础上确定新系统的功能。

分析和表达用户的需求，经常采用的方法有结构化分析方法和面向对象的方法。结构化分析方法用自顶向下、逐层分解的方式分析系统。数据流图表达了数据和处理过程的关系，数据字典对系统中数据的详尽描述是各类数据属性的清单。数据字典是进行详细的数据收集和数据分析所获得的主要结果。

数据字典是各类数据描述的集合，它包含5个部分，即数据项、数据结构、数据流、数据存储和处理过程。数据字典是在需求分析阶段建立的，在数据库设计过程中不断修改、充实、完善。

2. 数据库的概念设计

（1）数据库概念设计

数据库概念设计的目的是分析数据间内在的语义关联，在此基础上建立一个数据的抽象模型。数据库概念设计的方法有两种：集中式模式设计法；视图集成设计法。

（2）数据库概念设计的过程

使用E-R模型与视图集成法进行设计时，需要按以下步骤进行：首先选择局部应用，再进行局部视图设计，最后通过对局部视图进行集成得到概念模式。

3. 数据库的逻辑设计

（1）从E-R图向关系模式转换

将E-R图转换为关系模型的转换方法如下：

① 一个实体型转换为一个关系模式。

② 一个1:1联系可以转换为一个独立的关系模式，也可以与任意一端（一般为全部参与方）对应的关系模式合并。

③ 一个1:n联系可以转换为一个独立的关系模式，也可以与n端对应的关系模式合并。

④ 一个m:n联系转换为一个关系模式。

3个或3个以上实体间的多元联系转换为一个关系模式。

具有相同码的关系模式可合并。

（2）逻辑模式规范化

在关系数据库设计中经常存在的问题有：数据冗余、插入异常、删除异常和更新异常。

数据库规范化的目的在于消除数据冗余和插入/删除/更新异常。规范化理论有 4 个范式，从第一范式到第四范式的规范化程度逐渐升高。

（3）关系视图设计

关系视图设计又称为外模式设计。关系视图是在关系模式基础上所设计的直接面向操作用户的视图，它可以根据用户需求随时创建。

4. 数据库的物理设计

数据库物理设计的主要目标是对数据库内部物理结构作调整并选择合理的存取路径，以提高数据库访问速度及有效利用存储空间。

5. 数据库管理

数据库管理包括数据库的建立、调整、重组、安全性与完整性控制、故障恢复和监控。

典型题解

【例 1-20】下列叙述中正确的是（　　）。

A）数据库系统是一个独立的系统，不需要操作系统的支持

B）数据库设计是指设计数据库管理系统

C）数据库技术的根本目标是要解决数据共享的问题

D）数据库系统中，数据的物理结构必须与逻辑结构一致

【解析】对于 A 选项，数据库系统需要操作系统的支持，必不可少，故其叙述不正确。B 选项错误，因为数据库设计是指设计一个能满足用户要求，性能良好的数据库。D 选项也不对，因为数据库应该具有物理独立性和逻辑独立性，改变其一而不影响另一个。正确答案为 C。

强化训练

（1）E-R 模型可以转换成关系模型。当两个实体间的联系是 m:n 联系时，它通常可转换成（　　）个关系模式。

　　A）2　　　　　　　B）3　　　　　　　C）m+n　　　　　　D）m*n

（2）规范化理论中分解（　　）主要是消除其中多余的数据相关性。

　　A）关系运算　　　B）内模式　　　　C）外模式　　　　D）视图

（3）在数据库设计的 4 个阶段中，为关系模式选择存取方法（建立存取路径）应该是在（　　）阶段。

　　A）需求分析　　　B）概念设计　　　C）逻辑设计　　　D）物理设计

（4）数据库的设计通常可以分为这样 4 个步骤：____、概念设计、逻辑设计和物理设计。

（5）在数据库逻辑结构的设计中，将 E-R 模型转换为关系模型应遵循相关原则。对于 3 个不同实体集和它们之间的多对多联系 m:n:p，最少可转换为____个关系模式。

（6）数据库的建立包括数据模式的建立和数据____。

【答案】

（1）B　（2）A　（3）D　（4）需求分析　（5）4　（6）加载

第 ② 章　数据库基础知识

● **考点概览**

本章内容在考试中所占比例较小。分析历届考试中所占的比例，每次考试平均1~2题，合计2~4分。

● **重点考点**

① 数据库基础知识：实体间联系及种类；数据模型。

② 关系数据库：关系运算。

③ Access简介：Access数据库的系统结构。

● **复习建议**

本章基本上都是一些概念性的知识，题目比较简单，考生只要记住一些重点考点的内容就可以了。

2.1　数据库基础知识概述

1. 计算机数据管理的发展

（1）数据与数据处理

数据是指存储在某一种媒体上能够识别的物理符号。

数据处理是指将数据转换成信息的过程。

（2）计算机数据管理

计算机对数据的管理是指如何对数据分类、组织、编码、存储、检索和维护。随着计算机硬件、软件技术和计算机应用范围的发展，经历了人工管理、文件系统、数据库系统、分布式数据库系统和面向对象数据库系统等几个阶段。

2. 数据库系统

（1）有关数据库的概念

① 数据（Data）是指描述事物的符号记录。

② 数据库（Data Base）是存储在计算机存储设备中的、结构化的相关数据的集合。

③ 数据库应用系统是指系统开发人员利用数据库系统资源开发的面向某一类实际应用的软件系统。

④ 数据库管理系统（DataBase Management System，DBMS）是指位于用户与操作系统之间的数据管理软件。

⑤ 数据库系统（DataBase System，DBS）是指引进数据库技术后的计算机系统。

（2）数据库系统的特点

① 实现数据共享，减少数据冗余。

② 采用特定的数据模型。

③ 具有较高的数据独立性。

④ 有统一的数据控制功能。

（3）数据库管理系统

数据库管理系统 DBMS 的功能主要包括以下 6 个方面。

① 数据定义。

② 数据操纵。

③ 数据库运行管理。

④ 数据组织、存储和管理。

⑤ 数据库的建立和维护。

⑥ 数据通信接口。

为了提供上述功能，DBMS 通常由以下 4 部分组成。

① 数据定义语言及其翻译处理程序。

② 数据操纵语言及其编译（或解释）程序。

③ 数据库运行控制程序。

④ 实用程序。

3. 数据模型

数据模型是从现实世界到机器世界的一个中间层次。

（1）实体描述

① 实体。客观存在并相互区别的事物称为实体。实体可以是实际的事物，也可以是抽象的事物。

② 实体的属性。描述实体的特性称为属性。

③ 实体集和实体型。属性值的集合表示一个实体，而属性的集合表示一种实体的类型，称为实体型。同类型的实体的集合，称为实体集。

（2）实体间的联系及分类

实体之间的对应关系称为联系，它反映现实世界事物之间的相互关联。

实体间联系的种类是指一个实体型中可能出现的每一个实体与另一个实体型中多少个实体存在联系。两个实体间的联系可以归结为 3 种类型。

① 一对一联系（one-to-one relationship）。

② 一对多联系（one-to-many relationship）。

③ 多对多联系（many-to-many relationship）。

（3）数据模型简介

① 层次数据模型。即用树形结构表示各类实体以及实体之间联系的模型。

② 网状数据模型。即用网络结构表示各类实体以及实体之间联系的模型。

③ 关系数据模型。即用二维表结构来表示实体以及实体之间联系的模型。

典型题解

【例 2-1】数据模型反映的是（   ）。

A）事物本身的数据和相关事物之间的联系　　　　B）事物本身所包含的数据

C）记录中所包含的全部数据　　　　　　　　　　D）记录本身的数据和相关关系

【解析】数据模型是数据库管理系统用来表示实体及实体间联系的方法。一个具体的数据模型应当正确反映出数据之间存在的整体逻辑关系。由此可见，数据模型反映的是事物本身的数据和相关事务之间的联系，选项 A 正确。

强化训练

（1）常见的数据模型有 3 种，它们是（　　）。

　　A）网状、关系和语义　　　　　　　　　　B）层次、关系和网状

　　C）环状、层次和关系　　　　　　　　　　D）字段名、字段类型和记录

（2）用二维表来表示实体及实体之间联系的数据模型是（　　）。

　　A）实体-联系模型　　B）层次模型　　　　C）网状模型　　　　　　D）关系模型

（3）下列实体的联系中，属于多对多联系的是（　　）。

　　A）学生与课程　　　B）学校与校长　　　C）住院的病人与病床　　D）职工与工资

（4）在现实世界中，每个人都有自己的出生地，实体"人"与实体"出生地"之间的联系是（　　）。

　　A）一对一联系　　　B）一对多联系　　　C）多对多联系　　　　D）无联系

（5）如果表 A 中的一条记录与表 B 中的多条记录相匹配，且表 B 中的一条记录与表 A 中的多条记录相匹配，则表 A 与表 B 存在的关系是（　　）。

　　A）一对一　　　　　B）一对多　　　　　C）多对一　　　　　　D）多对多

（6）在企业中，职工的"工资级别"与职工个人"工资"的联系是（　　）。

　　A）一对一联系　　　B）一对多联系　　　C）多对多联系　　　　D）无联系

（7）下列说法中正确的是（　　）。

　　A）两个实体之间只能是一对一联系

　　B）两个实体之间只能是一对多联系

　　C）两个实体之间只能是多对多联系

　　D）两个实体之间可以是一对一联系、一对多联系或多对多联系

（8）数据库系统的核心是（　　）。

　　A）数据模型　　　　B）数据库管理系统　　C）软件工具　　　　　D）数据库

（9）"商品"与"顾客"两个实体集之间的联系一般是（　　）。

　　A）一对一　　　　　B）一对多　　　　　C）多对一　　　　　　D）多对多

（10）数据模型不仅表示反映事物本身的数据，而且表示___。

【答案】

（1）B　（2）D　（3）A　（4）B　（5）D　（6）B　（7）D　（8）B　（9）D　（10）相关事物之间的联系

2.2　关系数据库

1. 关系数据模型

（1）关系术语

① 关系。即二维表，每个关系有一个关系名。图 2-1 给出了一张职位信息表，图 2-2 给出了一张单位信息表，这是两个关系。这两张表中都有唯一标识一个单位的属性——单位编号。

图 2-1　职位信息　　　　　　　　　　　　图 2-2　单位信息

② 元组。即一个二维表（一个具体关系）中，水平方向的行，每一行是一个元组。

③ 属性。即二维表中垂直方向的列，每一列有一个属性名。

④ 域。即属性的取值范围。

⑤ 关键字。即能够唯一地标识一个元组的属性或属性的组合。

⑥ 外部关键字。即表中的一个字段不是本表的主关键字，而是另外一个表的主关键字和候选关键字。

（2）关系的特点

① 关系必须规范化。

② 在同一个关系中不能出现相同的属性名。

③ 关系中不允许有完全相同的元组，即冗余。

④ 在一个关系中元组的次序无关紧要。

⑤ 在一个关系中列的次序无关紧要。

（3）实际关系模型

一个具体的关系模型由若干个关系模式组成。在 Access 中，一个数据库中包含相互之间存在联系的多个表。这个数据库文件就对应一个实际的关系模型。为了反映出各个表所表示的实体之间的联系，公共字段名往往起着"桥梁"作用。图 2-3 给出了职位信息和单位信息的关系模型。

通过职位-单位关系模型可以得到招聘信息情况，如图 2-4 所示。

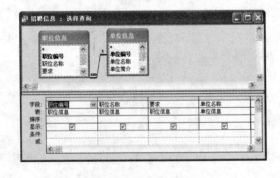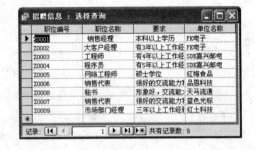

图 2-3　职位-单位关系模型　　　　　图 2-4　通过职位-单位关系模型得到的招聘信息情况表

2. 关系运算

（1）传统的集合运算

① 并。两个相同结构关系的并是由属于这两个关系的元组组成的集合。

② 差。两个相同结构关系的差是由属于前一个关系的元组中去掉后一个关系中也有的元组所组成的集合。

③ 交。两个具有相同结构关系的交是由既属于前一关系又属于后一关系的元组组成的集合。

（2）专门的关系运算

① 选择。从关系中找出满足给定条件的元组的操作称为选择。

② 投影。从关系模式中指定若干属性组成的新的关系称为投影。

③ 连接。连接运算将两个关系模式拼接成一个更宽的关系模式，生成的新关系中包含满足连接条件的元组。

④ 自然连接。在连接运算中，按照字段值对应相等为条件进行的连接操作称为等值连接。自然连接是去掉重复属性的等值连接。

典型题解

【例2-2】将两个关系拼接成一个新的关系，生成的新关系中包含满足条件的元组，这种操作称为（　）。

　A）选择　　　　　　　B）投影　　　　　　　C）连接　　　　　　　D）并

【解析】从关系中找到满足给定条件的元组的操作称为选择；从关系模式中指定若干属性组成的新关系称为投影；连接是关系的横向结合，连接运算将两个关系模式拼接成一个更宽的关系模式，生成的新关系中包含满足连接条件的原组，所以选项C是正确答案；两个相同结构关系的并是由属于这两个关系的原组组成的集合。除了题目提到的操作以外，还有自然连接、差、交等操作，考生都应有所了解。

强化训练

（1）在关系运算中，投影运算的含义是（　）。

　A）在基本表中选择满足条件的记录组成一个新的关系

　B）在基本表中选择需要的字段（属性）组成一个新的关系

　C）在基本表中选择满足条件的记录和属性组成一个新的关系

　D）ABC 三种说法均是正确的

（2）在关系运算中，选择运算的含义是（　）。

　A）在基本表中，选择满足条件的元组组成一个新的关系

　B）在基本表中，选择需要的属性组成一个新的关系

　C）在基本表中，选择满足条件的元组和属性组成一个新的关系

　D）ABC 三种说法均是正确的

（3）一个关系数据库的表中有多条记录，记录之间的相互关系是（　）。

　A）前后顺序不能任意颠倒，一定要按照输入的顺序排列

　B）前后顺序可以任意颠倒，不影响库中的数据关系

　C）前后顺序可以任意颠倒，但排列顺序不同，统计处理结果可能不同

　D）前后顺序不能任意颠倒，一定要按照关键字段值的顺序排列

（4）关系数据库的基本操作是（　）。

　A）增加、删除和修改　　　　　　　　B）选择、投影和联接

　C）创建、打开和关闭　　　　　　　　D）索引、查询和统计

（5）关系型数据库管理系统中所谓的关系是指（　）。

　A）各条记录中的数据彼此有一定的关系

　B）一个数据库文件与另一个数据库文件之间有一定的关系

　C）数据模型符合满足一定条件的二维表格式

D）数据库中各个字段之间彼此有一定的关系

（6）在数据库中能够唯一地标识一个元组的属性或属性的组合称为（　　）。

　　A）记录　　　　　　　B）字段　　　　　　　C）域　　　　　　　D）关键字

（7）在关系数据库的基本操作中，从表中取出满足条件的元组的操作称为___；把两个关系中相同属性值的元组连接到一起形成新的二维表的操作称为___；从表中抽取属性值满足条件列的操作称为___。

（8）如果表中一个字段不是本表的主关键字，而是另外一个表的主关键字或候选关键字，这个字段称为___。

（9）用二维表的形式来表示实体之间联系的数据模型叫做___。

（10）一个关系表的行称为___。

（11）自然连接指的是___。

（12）在关系数据库中，将数据表示为二维表的形式，每一个二维表称为___。

（13）在教师表中，如果要找出职称为"教授"的教师，应该采用的关系运算是___。

【答案】
（1）B　（2）A　（3）B　（4）B　（5）C　（6）D　（7）选择　连接　投影　（8）外部关键字　（9）关系模型　（10）记录　或　元组　（11）去掉重复属性的等值连接　（12）关系　或　关系表　（13）选择

2.3　数据库设计基础

1. 数据库设计步骤

（1）设计原则

为了合理组织数据，应遵从以下基本设计原则。

① 关系数据库的设计应遵从概念单一化"一事一地"的原则。

② 避免在表之间出现重复字段。

③ 表中的字段必须是原始数据和基本数据元素。

④ 用外部关键字保证有关联的表之间的联系。

（2）设计的步骤

利用 Access 开发数据库应用系统，设计步骤如下。

① 需求分析。确定建立数据库的目的，这有助于确定数据库保存哪些信息。

② 确定需要的表。可以着手将需求信息划分成各个独立的实体，每个实体都可以设计为数据库中的一个表。

③ 确定所需字段。确定在每个表中要保存哪些字段。通过对这些字段的显示或计算应能够得到所有需求信息。

④ 确定联系。对每个表进行分析，确定一个表中的数据和其他表中的数据有何联系。必要时，可在表中加入一个字段或创建一个新表来明确联系。

⑤ 设计求精。对设计进一步分析，查找其中的错误；创建表，在表中加入几个示例数据记录，考查能否从表中得到想要的结果；需要时调整设计。

2. 数据库设计过程

（1）需求分析

用户需求主要包括 3 个方面。

① 信息需求。即用户从数据库获得信息内容。信息需求定义了数据库应用系统应该提供的所有信息。

② 处理需求。即对数据需要完成什么处理功能及处理方式。

③ 安全性和完整性要求。在定义信息需求和处理需求的同时必须相应确定安全性、完整性约束。

（2）确定需要的表

仔细研究需要从数据库中取出的信息，遵从概念单一化"一事一地"的原则，即一个表描述一个实体或实体间的一种联系，并将这些信息分成各种基本实体。

（3）确定所需字段

确定字段时需要注意以下问题。

① 每个字段直接和表的实体相关。

② 以最小的逻辑单位存储信息。

③ 表中的字段必须是原始数据。

④ 确定主关键字字段。

（4）确定联系

确定联系的目的是使表的结构合理，不仅能存储所需要的实体信息，而且能反映出实体之间客观存在的关联。要建立两个表的联系，可以把其中一个表的主关键字添加到另一个表中，使两个表都有该字段。

（5）设计求精

数据库设计在每一个具体阶段的后期都要经过用户确认。如果不能满足要求，则要返回到前面一个或几个阶段进行调整和修改。整个设计过程实际上是一个不断返回修改、调整的迭代过程。

典型题解

【例 2-3】 为了合理组织数据，应遵从的设计原则是（　　）。

A）"一事一地"原则，即一个表描述一个实体或实体间的一种联系

B）表中的字段必须是原始数据和基本数据元素，并避免在之间出现重复字段

C）用外部关键字保证有关联的表之间的联系

D）ABC 三条原则都包括

【解析】 为了合理组织数据，应遵从以下基本设计原则：

① 关系数据库的设计应遵从概念单一化"一事一地"的原则。

② 避免在表之间出现重复字段。

③ 表中的字段必须是原始数据和基本数据元素。

④ 用外部关键字保证有关联的表之间的联系。

所以，本题应该选择D。

2.4　Access 简介

1. Access 的发展简介

Access 数据库系统既是一个关系数据库系统，又可作为 Windows 图形用户界面的应用程序生成器。它经历了一个长期的发展过程。自 1992 年 11 月以来，Microsoft 公司先后推出过的 Access 版本有：1.0、2.0、7.0/95、8.0/97、9.0/2000、10.0/2002、11.0/2003，直到今天的 Access 2007。目前，在全国计算机等级考试中使用的版本是 Access 2003。

2. Access 数据库的系统结构

Access 将数据库定义为一个扩展名为.mdb 文件，并分为 7 种不同的对象，它们是表、查询、窗体、报表、数据访问页、宏和模块。

（1）表

表是数据库中用来存储数据的对象，是整个数据库系统的基础。

（2）查询

查询是数据库设计目的的体现，数据库建完以后，数据只有被使用者查询，才能真正体现它的价值。

（3）窗体

窗体是 Access 数据库对象中最具灵活性的一个对象，其数据源可以是表或查询。

（4）报表

数据库应用程序通常要进行打印输出，在 Access 中，如果要打印输出数据，使用报表是很有效的方法。

（5）数据访问页

数据访问页是一种特殊类型的 Web 页，用户可以在此 Web 页中与 Access 数据库中的数据进行查看或修改，为通过网络进行数据发布提供了方便。

（6）宏

宏是一系列操作的集合，可以简化大量重复的操作。

（7）模块

模块是 VBA 程序的集合，通过模块可以建立一些复杂的、功能强大的数据库应用程序。

典型题解

【例 2-4】Access 数据库具有很多特点，下列叙述中，不属于 Access 特点的是（　）。

A）Access 数据库可以保存多种数据类型，包括多媒体数据

B）Access 可以通过编写应用程序来操作数据库中的数据

C）Access 可以支持 Internet/Intranet 应用

D）Access 作为网状数据库模型支持客户机/服务器应用系统

【解析】由于 Access 是基于关系模型的关系型数据库管理系统（而不是网状数据库模型）。所以选项 D 中叙述就是错误的，则正确答案为选项 D。此题也可以使用排除法来进行，选项 A、选项 B 及选项 C 的叙述都是 Access 数据库的特点，所以错误的叙述只能是选项 D。

强化训练

（1）将 Access 数据库数据发布到 Internet 网上，可以通过（　）。

A）查询　　　　　　B）窗体　　　　　　C）数据访问页　　　　　　D）报表

（2）下面关于窗体作用的叙述中，错误的一项是（　）。

A）窗体可以接受用户输入的数据或命令　　　B）窗体可以编辑、显示数据库中的数据

C）窗体可以构造方便、美观的输入/输出界面　　D）窗体可以直接存储数据

（3）Access 中表和数据库的关系是（　）。

A）一个数据库可以包含多个表　　　　　　B）一个表只能包含两个数据库

C）一个表可以包含多个数据库　　　　　　D）一个数据库只能包含一个表

（4）在以下叙述中，正确的是（　　）。

    A）Access 只能使用系统菜单创建数据库应用系统

    B）Access 不具备程序设计能力

    C）Access 只具备了模块化程序设计能力

    D）Access 具有面向对象的程序设计能力，并能创建复杂的数据库应用系统

（5）Access 数据库的各对象中，实际存放数据的地方只有（　　）。

    A）表　　　　　　　　B）查询　　　　　　　C）窗体　　　　　　　D）报表

（6）在 Access 的数据库对象中，不包括（　　）。

    A）表　　　　　　　　B）向导　　　　　　　C）窗体　　　　　　　D）模块

（7）不属于 Access 对象的是（　　）。

    A）表　　　　　　　　B）文件夹　　　　　　C）窗体　　　　　　　D）查询

（8）Access 的数据库类型是（　　）。

    A）层次数据库　　　　B）网状数据库　　　　C）关系数据库　　　　D）面向对象数据库

（9）在 Access 数据库中，表就是（　　）。

    A）关系　　　　　　　B）记录　　　　　　　C）索引　　　　　　　D）数据库

【答案】

（1）C（2）D（3）A（4）D（5）A（6）B（7）B（8）C（9）A

2.5　初识 Access

    同其他 Microsoft Office 程序一样，在使用数据库时也需要首先打开 Access 窗口，然后再打开需要使用的数据库，这样才能进行其他各种操作。

    启动 Access 时可以通过单击"开始"菜单，然后在"程序"菜单中选择"Microsoft Office"→"Microsoft Office Access 2003"。Access 2003 的主窗口如图 2-5 所示。

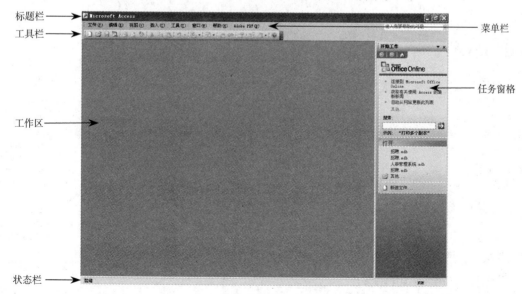

图 2-5　Access 2003 主窗口

典型题解

【例2-5】退出 Access 数据库管理系统可以使用的快捷键是（　　）。

A）〈Alt+F+X〉　　　　B）〈Alt+X〉　　　　　　C）〈Ctrl+C〉　　　　　　D）〈Ctrl+O〉

【解析】〈Ctrl+C〉是复制的快捷键；〈Ctrl+O〉是"文件"→"打开"菜单命令的快捷键；Access 中没有〈Alt+X〉快捷键。由此可见，选项 B、C 和 D 都是错误的。通过〈Alt〉+字母组成的快捷键，可以激活包含了加下划线的该字母的菜单项。所以，〈Alt+F〉可以激活"文件(F)"菜单，〈Alt+X〉即激活"文件"的子菜单项"退出(X)"，文件菜单如图 2-6 所示。故使用〈Alt+F+X〉快捷键可以退出 Access 数据库管理系统。

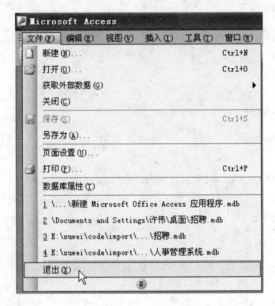

图 2-6　文件菜单

第 3 章 数据库和表

🔵 考点概览

本章内容在考试中所占比例较大。分析历届笔试考试中所占的比例，每次考试平均4~7题，合计8~14分。在机试中，本章内容是必考的，占3道机试题的1道，合计30分。

🔵 重点考点

① 建立表：字段属性的设置；建立表之间的关系；向表中输入数据。
② 操作表：排序记录；筛选记录。

🔵 复习建议

① 本章是学习 Access 数据库的基础和重点，所有 Access 的操作都基于本章所介绍的创建数据库与数据表，所以对本章中创建数据库、数据表的方法应该重点学习。

② 在笔试题中，考试内容主要集中在上述两个重点上。在上机题中，很可能会从创建数据库、建立表、设置关系、设置主键、字段有效性规则、字段默认值和输入数据等方面来考查考生对此部分内容的掌握程度。

3.1 数据库创建与简单操作

1. 创建数据库

创建数据库有两种方法：第1种是先创建空数据库，然后再添加各种对象；第2种是使用"数据库向导"创建数据库。

2. 数据库的简单操作

（1）打开数据库

打开数据库的方法有两种：一种是通过"开始工作"任务窗格打开；另一种是通过"文件"菜单中的"打开"命令打开。

（2）关闭数据库

关闭数据库的方法有如下几种。

① 单击"数据库"窗口右上角的"关闭"按钮。

② 双击"数据库"窗口左上角的"控制"菜单图标。

③ 单击"数据库"窗口左上角的"控制"菜单图标，从弹出的菜单中选择"关闭"命令。

典型题解

【例3-1】利用 Access 创建的数据库文件，其扩展名为（   ）。

A）.ADP　　　　　B）.DBF　　　　　C）.FRM　　　　　D）.MDB

【解析】Access 所提供的所有对象都存放在同一个数据库文件中,扩展名为.MDB 文件。ADP 文件是 Access 项目文件,保存的只是窗体文件;.DBF 文件是 FoxPro 数据库文件;.FRM 文件是 VBA 中的窗体文件。

强化训练

（1）以下说法中,正确的是（   ）。

　A）使用向导创建 Access 数据库时,可以同时选择多个数据库模板。

　B）使用向导创建 Access 数据库时,可以任意选择模板中提供的字段。

　C）在创建 Access 数据库时,只能使用"文件"→"新建"命令创建。

　D）无论使用向导的方法或是创建空白数据库的方法创建数据库,必须先指定数据库名称。

（2）创建数据库有两种方法:使用＿＿来创建,或先创建一个＿＿,然后再逐一添加表、窗体、报表及其他对象。

【答案】

（1）D　（2）数据库向导　空数据库

3.2　建立表

1. 表的组成

Access 表由表结构和表内容（记录）两部分组成。

（1）表的结构

表的结构是指数据表的框架,主要包括表名和字段属性两部分。

（2）数据类型

Access 常用的数据类型有以下 10 种。

① 文本。该类型数据可以是文本（默认值）或文本和数字的组合,或不需要计算的数字。最多为 255 个字符。

② 备注。该类型数据可以保存较长的文本和数字,最多为 65 535 个字符。

③ 数字。数字类型可以用来存储进行算术运算的数字数据,有 1、2、4 或 8 个字节。

④ 日期/时间。该类型数据是用来存储日期、时间或日期时间组合的,为 8 个字节。

⑤ 货币。该类型数据是货币值或用于数学计算的数值数据,等价于具有双精度属性的数字数据类型,为 8 个字节。

⑥ 自动编号。该类型数据是当向表中添加一条新记录时,由 Access 指定的一个唯一的顺序号,为 4 个字节。

⑦ 是/否。该类型数据是 Yes 和 No 值,以及只包含两者之一的字段（Yes/No、True/False 或 On/Off）,为 1 位。

⑧ OLE 对象。该类型数据允许单独地"链接"或"嵌入"OLE 对象,最多为 1GB（受可用磁盘空间限制）。

⑨ 超级链接。该类型数据是文本或文本和数字的组合,以文本形式存储并用做超级链接地址。超级链接型的 3 个部分的每一部分最多只能包含 2 048 个字符。

⑩ 查阅向导。该类型用于创建字段,该字段可以使用列表框或组合框从另一个表或值列表中选择一个值。与用于执行查阅的主关键字字段大小相同,通常为 4 个字节。

2. 建立表结构

建立表结构有 3 种方法。

（1）使用"数据表"视图

具体操作步骤如下。

① 在数据库窗口中，选择"表"对象，并双击"通过输入数据创建表"快捷方式，如图 3-1 所示。

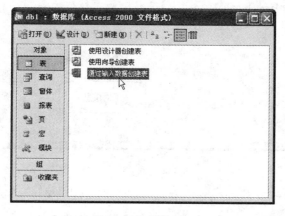

图 3-1　数据库窗口

② 在数据表视图中，双击字段名称，直接输入新字段名称替换默认的字段名，如图 3-2 所示。

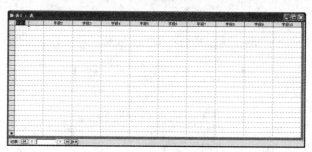

图 3-2　数据表视图

③ 在相应字段下，输入各记录对应各字段的相应的数据，Access 会根据所输入的数据内容确定该字段的数据类型。

④ 关闭表视图，在出现的提示框中单击"确定"按钮，指定表名称，如图 3-3 所示。

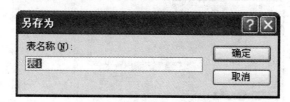

图 3-3　"另存为"对话框

在数据表视图中创建表之后，可以打开该表的设计视图修改表的结构。

（2）使用"设计"视图

具体操作步骤如下。

① 在数据库窗口中，选择"表"对象，双击"使用设计器创建表"快捷方式，打开表"设计"视图，如图 3-4 所示。

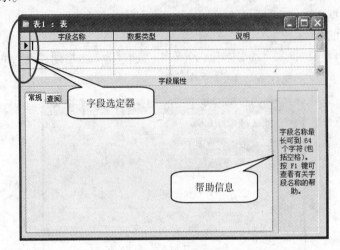

图 3-4　表设计视图

② 在"字段名称"列输入字段名称。

③ 在相应的"数据类型"下拉列表中选择该字段的数据类型。

④ 设置该字段相应的字段属性。

⑤ 重复②~④步，在各行分别输入其余字段名称、选择数据类型、设置字段属性，直至添加完表中所有字段。

⑥ 单击工具栏的"保存"按钮，在"另存为"对话框中输入该表的名字，单击"确定"按钮完成表结构设计。

（3）使用"表向导"

具体操作步骤如下。

① 在数据库窗口中，选择"表"对象。双击"使用向导创建表"快捷方式，或单击"新建"按钮，在"新建表"对话框中选择"表向导"选项。

② 在"表向导"对话框（见图 3-5）中，选择创建"商务"表或"个人"表，在"示例表"列表框中选择所创建表中字段的来源，在相应的"示例字段"列表中，选择所需要的字段。然后单击"下一步"按钮。

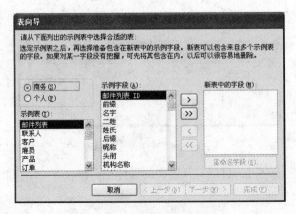

图 3-5　表向导（第一步）

③ 根据向导的提示，指定表名称，设置主关键字，如图 3-6 所示。

④ 最后选择向导创建完表之后的动作，如图 3-7 所示。

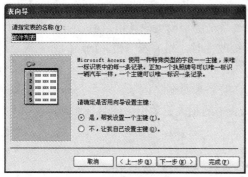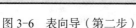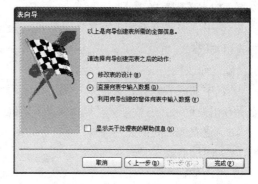

图 3-6　表向导（第二步）　　　　　　图 3-7　表向导（最后一步）

（4）定义主键

主键也称为主关键字，是表中能够唯一标识记录的一个字段或多个字段的组合。只有为表定义了主键，才能与数据库中其他表建立关系，从而使查询、窗体或报表能够迅速、准确地查找和组合不同表中的信息。

定义主键的方法有两种，一种是在建立表结构时定义主键；另一种是在建立表结构后，重新打开"设计"视图定义主键。

3. 设置字段属性

不同数据类型的字段，其属性项不完全相同。设定字段属性是为了更准确地描述数据存储的方式，并在输入和修改数据时加以限制或提供方便。

（1）字段大小

通过"字段大小"属性，可以控制字段使用的空间大小。该属性只适用于数据类型为"文本"或"数字"的字段。

（2）格式

"格式"属性只影响数据的显示格式。

（3）输入掩码

规定数据的输入模式，具有控制数据输入的功能。对于文本、数字、日期/时间、货币等数据类型的字段，都可以定义"输入掩码"。

（4）默认值

"默认值"属性用来决定添加新记录时字段的值，用户既可以使用这个默认值，也可以输入新值来取代这个默认值。

（5）有效性规则

"有效性规则"属性用来决定输入的数据是否有效，以防止非法数据输入到表中。

4. 建立表之间的关系

（1）表间关系的概念

Access 中表与表之间的关系可以分为一对一、一对多和多对多 3 种。

（2）参照完整性

在建立或修改表的关系时，可以设置或修改关系的参照完整性。要设置参照完整性，需在"编辑关系"窗口（见图 3-8）中进行如下设置。

① 选中"实施参照完整性"复选框。表示当主表中没有相关记录时，就不能将记录添加到相关表中，也不能在相关表中存在匹配记录时删除主表中的记录，更不能在相关表中有相关记录时，更改主表中主关键字的值。

② 选中"级联更新相关字段"复选框。表示在关系来源字段更改其值之后，会立即更新关系目的的相关记录，也就是说，主表中主关键字的内容被改变时，相关表中相关记录的外关键字的内容也会随之而改变。

③ 选中"级联删除相关记录"复选框。表示若在关系来源删除记录，则会立即删除在关系目的的所有相关记录，也就是说，删除主表记录时，从表中的相关记录也会同时被删除。

（3）建立表之间的关系

① 关闭所有要定义关系的表。

② 单击数据库窗口工具栏中的"关系"按钮（或选择"工具"菜单中的"关系"命令）。

③ 在"关系"窗口用鼠标右键单击，选择"显示表"命令（如果用户是第一次定义关系，将直接弹出"显示表"对话框，见图 3-9）。

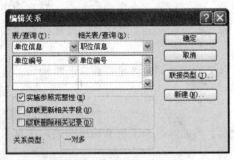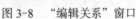
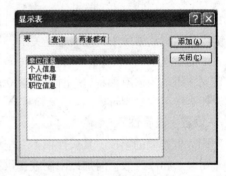

图 3-8　"编辑关系"窗口　　　　　　　图 3-9　"显示表"对话框

④ 在"显示表"对话框中的"表"选项卡中，双击添加相关表，直到所有表都添加完毕，关闭"显示表"对话框。

⑤ 在"关系"窗口中（表中的主键以粗体文本格式显示在表内），用鼠标左键按住要添加关系的其中一个表中的相关字段，拖动到另外一个表中的相关字段上。

⑥ 在"编辑关系"窗口中，可选中"实施参照完整性"复选框，保存数据的完整性。若要重新设置两个表的联接类型，单击"联接类型"按钮。

⑦ 关闭打开的对话框，并关闭"关系"窗口，保存关系。

5. 向表中输入数据

（1）使用"数据表"视图

具体操作步骤如下。

① 在"数据库"窗口中，单击"表"对象。

② 双击已建好的表名，打开"数据表"视图。

③ 从第 1 个空记录的第 1 个字段开始输入数据，每输完一个字段值按〈Enter〉键或〈Tab〉键转至下一个字段。

④ 输入完这条记录的最后一个字段后，按〈Enter〉键或〈Tab〉键转至下一条记录，接着输入第 2 条记录。

（2）创建查阅列表字段

以"单位信息"表为例，设置"性质"字段为查阅列表字段的具体操作步骤如下。

① 用表"设计"视图打开"单位信息"表。

② 在"性质"字段的"数据类型"列中选择"查阅向导"，打开"查阅向导"对话框，如图 3-10 所示。

③ 选择"自行键入所需的值"，然后单击"下一步"按钮。

④ 在"第 1 列"的每行中依次输入"私营企业"、"国营企业"和"外资企业"3 个值，如图 3-11 所示。

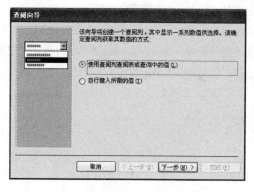
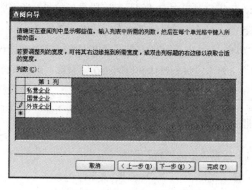

图 3-10　查阅向导（第一步）　　　　　　　图 3-11　查阅向导（第二步）

⑤ 单击"下一步"按钮，为查阅列表指定标签，如图 3-12 所示。单击"完成"按钮。

这时"性质"字段的查阅列表设置完成。切换到"单位信息"表的"数据表"视图，可以通过下拉列表的方式来输入"性质"字段的内容，如图 3-13 所示。

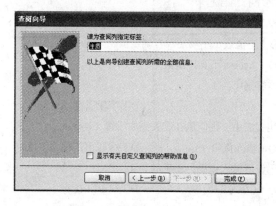

图 3-12　查阅向导（最后一步）　　　　　　图 3-13　查阅列表字段设置效果

（3）获取外部数据

Access 可以将符合其输入/输出协议的任一类型的表导入到 Access 的数据库表中。可导入的表包括其他 Access 数据库中的表、Excel 文档、Lotus 文档和 DBASE 或 FoxPro 等数据库应用程序所创建的表以及 HTML 文档等。

典型题解

【例 3-2】下面关于 Access 表的叙述中，错误的是（　　）。

A）在 Access 表中，可以对备注型字段进行"格式"属性设置

B）若删除表中含有自动编号型字段的一条记录，Access 不会对表中自动编号型字段重新编号

C）创建表之间的关系时，应关闭所有打开的表

D）可在 Access 表的设计视图"说明"列中，对字段进行具体的说明

【解析】"格式"属性用来决定数据的打印方式和屏幕显示方式，可以对备注型字段进行"格式"属性设置，不同数据类型的字段，其格式选择有所不同，应注意区分，OLE 对象不能进行"格式"属性设置，选项 A 正确。自动编号数据类型比较特殊，每次向表中添加新记录时，Access 会自动输入唯一顺序号。需要注意的是，自动编号数据类型一旦被指定，就会永久地与记录连接，如果删除了表中含有自动编号型字段的一条记录后，Access 不会对表中自动编号型字段重新编号，当添加某一记录时，Access 不再使用已被删除的自动编号型字段的数值，而是按递增的规律重新赋值，选项 B 正确。创建表之间的关系时，正确的操作是将要创建关系的所有表关闭，而不是关闭所有打开的表，所以选项 C 错误，应为本题的正确答案。在 Access 表的设计视图"说明"列中，对字段进行具体的说明，在"名称"列说明字段的名称，在"数据类型"列说明字段的数据类型，选项 D 正确。

强化训练

（1）数据表中的"行"称为（　　）。

A）字段　　　　　　B）数据　　　　　　C）记录　　　　　　D）数据视图

（2）在关于输入掩码的叙述中，错误的是（　　）。

A）在定义字段的输入掩码时，既可以使用输入掩码向导，也可以直接使用字符

B）定义字段的输入掩码，是为了设置密码

C）输入掩码中的字符"0"表示可以选择输入数字 0～9 之间的一个数

D）直接使用字符定义输入掩码时，可以根据需要将字符组合起来

（3）有关空值，以下叙述正确的是（　　）。

A）空值等同于空字符串　　　　　　　　B）空值表示字段还没有确定值

C）空值等同于数值 0　　　　　　　　　　D）Access 不支持空值

（4）使用表设计器定义表中字段时，不是必须设置的内容是（　　）。

A）字段名称　　　B）数据类型　　　C）说明　　　D）字段属性

（5）要求主表中没有相关记录时就不能将记录添加到相关表中，则应该在表关系中设置（　　）。

A）参照完整性　　B）有效性规则　　C）输入掩码　　D）级联更新相关字段

（6）邮政编码是由 6 位数字组成的字符串，为邮政编码设置输入掩码，正确的是（　　）。

A）000000　　　B）999999　　　C）CCCCCC　　　D）LLLLLL

（7）如果字段内容为声音文件，则该字段的数据类型应定义为（　　）。

A）文本　　　　　B）备注　　　　　C）超级链接　　　D）OLE 对象

（8）能够使用"输入掩码向导"创建输入掩码的数据类型是（　　）。

A）文本和货币　　B）数字和文本　　C）文本和日期/时间　　D）数字和日期/时间

（9）Access 中提供的数据类型，不包括（　　）。

A）文字　　　　　B）备注　　　　　C）货币　　　　　D）日期/时间

（10）下列关于字段属性的说法中，错误的是（　　）。

A）选择不同的字段类型，窗口下方"字段属性"选项区域中显示的各种属性名称是不相同的

B）"必填字段"属性可以用来设置该字段是否一定要输入数据，该属性只有"是"和"否"两种选择

C）一张数据表最多可以设置一个主键，但可以设置多个索引

D）"允许空字符串"属性可用来设置该字段是否可接受空字符串，该属性只有"是"和"否"两种选择

（11）可以设置为索引的字段是（　　）。

　　A）备注　　　　　　　　B）超级链接　　　　　　　C）主关键字　　　　　　　D）OLE 对象

（12）在 Access 中可以定义 3 种主关键字：自动编号、单字段及____。

（13）某学校学生的学号由 9 位数字组成，其中不能包含空格，则学号字段正确的输入掩码是____。

（14）"教学管理"数据库中有学生表、课程表和选课成绩表，为了有效地反映这 3 张表中数据之间的联系，在创建数据库时应设置____。

（15）表的组成包括____和____。

（16）Access 提供了两种字段数据类型保存文本或文本和数字组合的数据，这两种数据类型是：____和____。

（17）要建立两表之间的关系，必须通过两表的____来创建。

【答案】

（1）C　（2）B　（3）B　（4）C　（5）A　（6）A　（7）D　（8）C　（9）A　（10）C　（11）C

（12）多字段 或 多个字段 或 组合字段　（13）000000000　（14）表之间的关系 或 表关系

（15）字段　记录　（16）文本　备注　（17）共同字段

3.3　维护表

1. 打开和关闭表

（1）打开表

在 Access 中，可以在"数据表"视图中打开表，也可以在"设计"视图中打开表。在"数据库"窗口中单击"表"对象，若双击要打开的表，则会在"数据表"视图中打开；若选中要打开的表，然后单击"设计"按钮，则会在"设计"视图中打开。

（2）关闭表

单击"文件"菜单中的"关闭"命令或单击窗口的"关闭窗口"按钮都可以将打开的表关闭。

2. 修改表结构

（1）添加字段

打开表设计视图，从已有字段下面的空白行开始，直接输入添加的字段的名称，选择合适的数据类型，并设置字段的各项属性。也可以将光标移至要插入字段的位置，单击工具栏的"插入行"按钮，在行前插入一空行，然后在该空行中输入要插入的字段的名称，选择恰当的数据类型，并设置字段的各项属性。

（2）修改字段

在表的设计视图中，将光标移至要修改的字段对应行上，对各项字段属性直接修改。

（3）删除字段

在表的设计视图中，选定要删除的字段，按〈Delete〉键，或者单击工具栏上的"删除行"按钮，将删除所选字段。

（4）重新设置主键

重新定义主键需要先删除原来的主键。在设计视图中，选定原主键，单击工具栏上的"主键"按钮即可删除原主键。选定要设为主键的字段，再次单击工具栏上的"主键"按钮即可将该字段设为新的主键。

3. 编辑表内容

（1）定位记录

① 使用记录定位器：在数据表视图左下角的记录定位器中输入记录号可定位到指定记录，然后单击两边的定位按钮，可定位到上一条、下一条或第一条、最后一条记录，如图 3-14 所示。

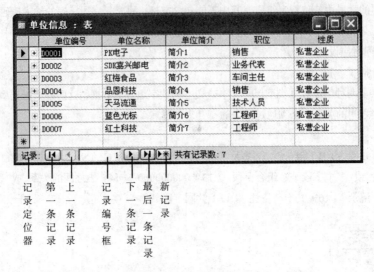

图 3-14　记录定位器

② 使用快捷键：用鼠标单击某条记录的记录选定器（该记录左侧的单元格），按〈↓〉键可定位到下一条记录中的当前字段；按〈↑〉键可定位到上一条记录中的当前字段；按〈Ctrl+Home〉组合键可定位到第 1 条记录中的第 1 个字段；按〈Ctrl+End〉组合键可定位到最后一条记录中的最后一个字段。

（2）选择记录

① 选择表中全部数据：单击表窗口中的第 1 行第 1 列的单元格。

② 选定某条记录：单击表中的某条记录的记录选定器。

③ 选定相邻的多个记录：在要选定的起始记录的选定器上按下鼠标左键，然后往下拖动鼠标到要选择的最后一条记录上。

（3）添加记录

在数据表视图中，单击工具栏的"新记录"按钮，在第 1 个空白行直接输入各字段对应的数据添加记录。

（4）删除记录

① 打开表的数据表视图，选定要删除的 1 个或多个记录。

② 按〈Delete〉键。

图 3-15　警告对话框

③ 在图 3-15 所示的警告对话框中单击"是"按钮，将数据表中选定的记录彻底删除。

（5）修改数据

在数据表视图中，将光标定位到要修改的记录的相关字段上，进行修改。

（6）复制数据

因为复制的对象是整条记录，所以需要来源表、目的表的字段数量、数据类型等都必须相同，才可以粘贴追加成功。

① 打开表的数据表视图，选定要复制的一个或多个记录。

② 选择"编辑"→"复制"命令。

③ 打开要追加数据的表的数据表视图，并选定要插入的位置，选择"编辑"→"粘贴"命令。

4．调整表外观

（1）改变字段显示次序

打开要改变字段次序的表的数据表视图，拖动要改变顺序的字段的列选定器即可。

（2）调整行显示高度

选择"格式"→"行高"命令，出现"行高"对话框，输入行高值（也可以将鼠标移动到数据表两个记录选定器的中间，并上下拖动）。

（3）调整列显示宽度

选定要调整宽度的字段列（可以一次选择多个列），选择"格式"→"列宽"命令，在"列宽"对话框中的"列宽"框中输入列宽值。

（4）隐藏不需要的列

在打开的数据表视图中，选定要隐藏的列，选择"格式"→"隐藏列"命令，所选列将被隐藏。

注意：隐藏列只是在数据表窗口中消失，并没有真正从表中删除。

（5）显示隐藏的列

选择"格式"→"撤销隐藏列"命令，出现"取消隐藏列"对话框，如图 3-16 所示。在"取消隐藏列"对话框中的"列"列表中，单击需要取消隐藏的列名称前面的复选框（被隐藏的列名称前面的复选框没有被选中）。

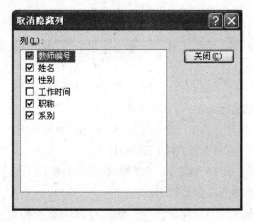

图 3-16　"取消隐藏列"对话框

（6）冻结列

将记录中标志性的字段或是常用的几个字段冻结到数据表左侧，使其不随着数据表水平滚动而消失，以便用户更方便地对数据表进行编辑及浏览操作。

冻结列具体方法如下：选定要进行冻结的列，然后选择"格式"→"冻结列"命令。选定列将被移动到数据表窗口的最左边，并且由一条灰色竖线将冻结的列与未冻结的列分隔开。无论数据表如何水平滚动，冻结的列都不会从窗口中消失。

在冻结列之后，还可以使用同样的方法继续冻结其他未冻结的列，随后冻结的列出现在开始冻结列的右侧，用户不能改变已冻结列的顺序。

当不再需要冻结列时，可以取消。选择"格式"→"取消对所有列的冻结"命令，即可取消列的冻结。

（7）设置数据表格式

① 在表的数据表视图中选择"格式"→"数据表"命令。

② 在图 3-17 所示的"设置数据表格式"对话框中即可根据需要设置单元格效果、是否显示网格线、背景色、网格线颜色、边框与线条样式。

图 3-17 "设置数据表格式"对话框

（8）改变字体显示

① 在表的数据表视图中选择"格式"→"字体"命令。

② 在"字体"对话框中即可设置字体、字型、字号、下划线以及颜色。

典型题解

【例 3-3】下列关于表的格式的说法中，错误的是（　　）。

A）字段在数据表中的显示顺序是由用户输入的先后顺序决定的

B）用户可以同时改变一列或同时改变多列字段的位置

C）在数据表中，可以为某个或多个指定字段中的数据设置字体格式

D）在 Access 中，只可以冻结列，不能冻结行

【解析】在 Access 数据表视图中可以改变字体的显示，但是对整张表而言的，不能针对某个或多个指定字段来设置字体格式。所以，选项 C 的说法错误。

3.4 操作表

1. 查找数据

① 打开要进行查找操作的表的数据表视图。

② 单击字段选择器（字段名称）或是在要查找列中任意位置单击选择要查找数据所在的列。

③ 选择"编辑"→"查找"命令。

④ 在图 3-18 所示的"查找和替换"对话框的"查找"选项卡中，输入所查找的关键字，选择

"查找范围"，在"匹配"下拉式列表中选择"整个字段"、"字段开头"或"字段任意位置"选项。

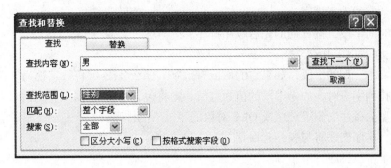

图 3-18 "查找"选项卡

⑤ 单击"查找下一个"按钮，Access 将定位到下一个匹配记录出现的位置。

2. 替换数据

① 打开表的数据表视图，单击字段选择器（字段名称）或是在要查找的列中任意位置单击来选择要查找并替换的数据所在列。

② 选择"编辑"→"替换"命令。

③ 在图 3-19 所示的"查找和替换"对话框的"替换"选项卡中，在"查找内容"文本框中输入要替换的文字，"替换为"文本框中输入用于替换的文字。选择查找范围，并设置字符匹配等设置。

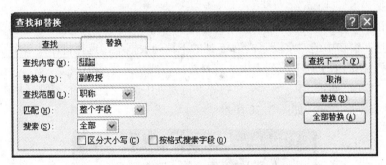

图 3-19 "替换"选项卡

④ 单击"查找下一个"按钮，Access 将找出指定字段中第一次出现要替换文字的记录，并且选定该记录中对应指定字段内容。单击"替换"按钮，将数据表中选定的内容替换为用于替换的内容。

⑤ 单击"全部替换"按钮，Access 自动查找在数据库中所有与"查找内容"文本框中输入的文字所匹配的记录对应的字段的值，并且使用"替换为"文本框中输入的文字将其替换（单击"全部替换"按钮之后，Access 弹出一个警告对话框，提示用户此项操作不能恢复，单击"是"按钮，即开始替换）。

3. 排序记录

（1）排序规则

记录的排序是以一个或多个字段为依据，进行升序或降序排序。不同的数据类型，排序规则有所不同，具体规则如下。

① 英文按字母顺序排序，大、小写视为相同。

② 中文按拼音字母的顺序排序。

③ 数字按数字的大小排序。

④ 日期和时间字段，按日期的先后顺序排序。

排序时，要注意以下几点。

① 对于"文本"型的字段，如果它的取值有数字，那么 Access 将数字视为字符串。

② 按升序排列字段时，如果字段的值为空值，则将包含空值的记录排列在列表中的第 1 条。

③ 数据类型为备注、超级链接或 OLE 对象的字段不能排序。

④ 排序后，排序次序将与表一起保存。

（2）按一个字段排序

① 打开数据表，将光标移动到要作为排序依据的字段中的任意一条记录中。

② 单击工具栏上的"升序排序"按钮 ，（或"降序排序"按钮 ），系统将根据所选的字段及排序方法对记录以升序（或降序）重新顺序。

（3）按多个字段排序

多个字段排序的方法与单个字段排序的方法类似，只是要在排序之前选择相邻的多个字段。Access 从左到右先将第 1 个字段按照指定的顺序进行排序，当第 1 个字段中有相同值时，再根据第 2 个字段中的内容进行排序……，直到数据表中的数据全部排列好为止。

如果希望不相邻的多个字段按不同的次序排序，就必须使用"高级筛选/排序"窗口，具体步骤如下。

① 打开数据表。

② 选择"记录"→"筛选"→"高级筛选/排序"命令，出现"筛选"窗口。

③ 在"筛选"窗口中的"字段"栏第 1 列的下拉列表框中，选择排序的多个字段中的第 1 个字段，在"排序"栏的第 1 列下拉列表中，选择排序方式（升序/降序）。

④ 依次在"字段"栏的第 2 列、第 3 列等下拉列表中选择排序其他字段，并在相应的"排序"栏下拉列表中选择排序方式，如图 3-20 所示。

图 3-20　"筛选"窗口

⑤ 单击工具栏上的"应用筛选"按钮 ，Access 将按照指定的顺序对表中的记录进行排序并显示记录。

4. 筛选记录

筛选是把表中符合给定条件的记录显示出来，也就是说，筛选是按照某个字段条件对所有记录进行过滤。筛选后，数据表中只显示符合筛选条件的记录。筛选条件一旦设定并保存，则下次打开表时，仍然可以按照此条件重新应用筛选。

Access 提供了 4 种方法来筛选记录。

（1）按选定内容筛选

以数据表中的某个字段内容用做筛选的基本条件，列出在该字段中符合该条件的所有记录，一次只能选择一个筛选条件，如果有多个筛选条件，则可以逐步缩小搜寻范围。具体步骤如下。

① 在表的数据表视图中，将光标移动到作为筛选标准的字段中。

② 选择"记录"→"筛选"→"按选定内容筛选"命令。在数据表窗口中将列出筛选基准列中内容为选定字段内容的全部记录，在状态栏上，显示筛选后的记录数，并且注明该窗口中的数据是已筛选的。

③ 用户可以重复①～②步，在筛选结束后的数据表视图中，再次应用按选定内容筛选。

（2）按窗体筛选

"按窗体筛选"可以输入多个条件，默认多个条件是并列的，是"与"的关系。可以单击窗体左下角的"或"标签将条件改变，Access 允许用户输入其他并列条件。

① 单击工具栏上"按窗体筛选"按钮，出现一个只有一条记录的表窗口。

② 在表窗口中，单击唯一的一条记录中的某个字段，再单击在该字段右边出现的下拉列表箭头，从列表中选择要作为查询标准的内容。

③ 重复步骤②，继续选择设定其他的筛选条件。

④ 选择"记录"→"应用筛选/排序"按钮，Access 将表中符合筛选条件的记录筛选出来。

（3）按筛选目标筛选

"按筛选目标筛选"是在"筛选目标"框中输入筛选条件来查找含有该指定值或表达式值的所有记录。具体步骤如下。

① 打开数据表视图。

② 将鼠标放在目标字段列的任一位置，然后单击鼠标右键，弹出快捷菜单。

③ 在快捷菜单的"筛选目标"框中输入筛选条件。

④ 按〈Enter〉键。

（4）高级筛选

① 打开要进行筛选的表的数据表视图。

② 选择"记录"→"筛选"→"高级筛选/排序"命令，出现"筛选"窗口。

③ 在"筛选"窗口中的"字段"栏第 1 列的下拉列表框中，选择排序的多个字段中的第 1 个字段，在"条件"框的第 1 列中，输入条件表达式。

④ 依次在"字段"栏的第 2 列、第 3 列等的下拉列表中选择排序其他字段，并在相应的"条件"框中输入表达式。

⑤ 单击工具栏上的"应用筛选"按钮，Access 将显示满足筛选条件的记录。

典型题解

【例 3-4】如果想在已建立的"tSalary"表的数据表视图中直接显示出姓"李"的记录，应使用 Access 提供的（　　）。

A）筛选功能　　　　B）排序功能　　　　C）查询功能　　　　D）报表功能

【解析】在数据表视图中，用户可以进行筛选、排序操作，而不能进行查询及报表操作。筛选功能是用来将表中符合给定条件的那一部分记录显示出来，也就是说，按照某个字段条件对所有记录进行过滤，筛选后，数据表中只显示符合筛选条件的记录。记录的排序是以一个或多个字段为依据，作升序或降序排序。根据题意，完成此项操作的功能应为"筛选"，所以选项 A 正确。

强化训练

（1）在已经建立的数据表中，从众多的数据中挑选出一部分满足某种条件的数据进行处理，可以使用的方法是（　　）。

A）排序　　　　　　B）筛选　　　　　　C）隐藏　　　　　　D）冻结

（2）排序时如果选取了多个字段，则输出结果是（　　）。

A）按设定的优先次序依次进行排序　　　　B）按最右边的列开始排序

C）按从左向右优先次序依次排序　　　　　D）无法进行排序

（3）下列关于数据编辑的说法中，正确的是（　　）。

A）表中的数据有两种排列方式，一种是升序排序，另一种是降序排序

B）可以单击"升序排列"或"降序排列"按钮，为两个不相邻的字段分别设置升序和降序排列

C）"取消筛选"就是删除筛选窗口中所作的筛选条件

D）将 Access 表导出到 Excel 数据表时，Excel 将自动应用源表中的字体格式

（4）下面不属于 Access 提供的数据筛选方式是（　　）。

A）按选定内容筛选　　　　　　　　　　　B）按内容排除筛选

C）按数据表视图筛选　　　　　　　　　　D）高级筛选排序

【答案】

（1）B　（2）C　（3）A　（4）C

第4章 查询

4.1 查询概述

1. 查询的功能

查询是对数据库表中的数据进行查找,同时产生一个类似于表的结果。

(1)选择字段

在查询中,可以选择表中的部分字段,通过选择一个表中的不同字段而生成所需要的多个表。

(2)选择记录

根据指定的条件查找所需要的记录。

(3)编辑记录

可以利用查询来添加、修改和删除表中的记录。

(4)实现计算

查询可以在建立查询的过程中进行各种统计计算,还可以建立计算字段,利用计算字段保存计算的结果。

(5)建立新表

利用查询得到的结果可以创建一个新表。

(6)为窗体、报表或数据访问页提供数据

查询是一个动态集合,可以在一个或多个表中选择合适的数据,作为其他查询、窗体或报表的数据来源。

2．查询的类型

Access 中，查询可以分为选择查询、参数查询、操作查询、交叉表查询及 SQL 查询 5 类。

（1）选择查询

选择查询是按给定的要求从数据源中检索数据，查询的结果是一个数据记录的动态集，用户可以进行查看、排序、修改、分析等。选择查询还可以对记录进行分组，再按组求和、计数、求平均值等统计汇总计算，但不改变表中的数据。

（2）交叉表查询

当一类数据源有两个以上可以进行分组统计的字段时，可以使用交叉表查询来进行分组统计。交叉表查询以这类数据源的某一个可以进行分组统计的字段作为列标题，以其他一个或多个可以进行分组统计的字段作为行标题重构数据，形成一个新形式的表格。

（3）参数查询

在运行时需要用户输入信息（即参数）的一类特殊查询，在执行参数查询时，系统会显示一个对话框，要求用户输入所需要的条件，然后才找出符合条件的记录。参数查询并非一种真正独立的查询类型，用户也可以在选择查询、交叉表查询和操作查询中添加参数。

（4）操作查询

操作查询是在操作中以查询所生成的动态集对表中数据进行更改（包括添加、删除、修改以及生成新表）的查询。查询后的结果不是动态集合，而是转换后的表。

操作查询有以下 4 种。

① 生成表查询。利用一个或多个表中的全部或部分数据建立新表的一种查询。

② 删除查询。可以从一个表或多个表中删除记录。

③ 更新查询。可以对一个或多个表中的一组记录作全面的更改。

④ 追加查询。可以将一个或多个表中选取的一组记录添加到一个或多个表的尾部。

（5）SQL 查询

SQL 查询就是用户使用 SQL 语句来创建的一种查询。SQL 查询可分为以下 4 种：

① 联合查询。是将一个或多个表、一个或多个查询的字段组合作为查询结果中的一个字段。

② 传递查询。是直接将命令发送到 ODBC 数据，它使用服务器能接受的命令，利用它可以检索或更改记录。

③ 数据定义查询。可以创建、删除或更改表，或者在当前的数据库中创建索引。

④ 子查询。是包含在另一个选择查询或操作查询中的 SQL SELECT 语句。

3．查询的条件

（1）运算符

① 关系运算符：＝（等于）、<>（不等于）、<（小于）、<=（小于等于）、>（大于）、>=（大于等于）。

② 逻辑运算符：Not（逻辑非）、And（逻辑与）、Or（逻辑或）。

③ 特殊运算符：In（用于指定一个字段值的列表）、Between（用于指定一个字段值的范围）、Like（用于指定查找文本字段的字符模式）、Is Null（用于指定一个字段为空）、Is Not Null（用于指定一个字段为非空）。

（2）函数

① 数值函数：Abs（计算绝对值）、Int（截尾取整）、Sqr（计算平方根）、Sgn（计算符号位）。

② 字符函数：Space（返回多个空格组成的字符串）、String（返回由某个字符重复组成的字符串）、Left（从左侧截取字符串）、Right（从右侧截取字符串）、Len（计算字符串长度）、Ltrim（去掉字符串前导空格）、Rtrim（去掉字符串尾部的空格）、Trim（去掉字符串首尾空格）、Mid（任意位置截取字符串）。

③ 日期时间函数：Day（返回日期）、Month（返回月份）、Year（返回年份）、Weekday（返回星期）、Hour（返回小时）、Date（返回系统日期）。

④ 统计函数：Sum（求总计）、Avg（求平均值）、Count（统计个数）、Max（求最大值）、Min（求最小值）。

（3）使用数值作为查询条件

在 Access 中创建查询时，可以使用数值作为查询的条件。

（4）使用文本值作为查询条件

使用文本值作为查询条件，可以方便地限定查询的文本范围。

（5）使用处理日期结果作为查询条件

在 Access 中建立查询时，可以使用日期值作为查询的条件。输入时，日期值要用半角的井号 "#" 括起来，其一般格式为：

#YYYY-MM-DD#

其中，YYYY 为年份；MM 为月份；DD 为日期。

（6）使用字段的部分值作为查询条件

在 Access 中建立查询时，可以使用字段的部分值作为查询条件以限定查询的范围。字段一般为文本或备注型字段，查询中使用 Like 运算符加通配符来匹配字段的部分值。

（7）使用空值或空字符串作为查询条件

空值是使用 Null 来表示的字段值；空字符串是一对中间没有任何内容的双引号。以 Null 作为查询条件一般表示为：Is Null 或 Is Not Null。空字符串则直接写为："" 。

典型题解

【例 4-1】在 Access 的数据库中已建立了"tBook"表，若查找"图书编号"是"112266"和"113388"的记录，应在查询设计视图的条件行中输入（　　）

A）"112266" and "113388"　　　　　　　B）not in("112266", "113388")

C）in("112266","113388")　　　　　　　D）not("112266" and "113388")

【解析】考生首先要清楚选项中各个运算符的含义，"and"是逻辑运算符，当连接的表达式都为真时，整个表达式为真，否则为假。"not"也是逻辑运算符，当 Not 连接的表达式为真时，整个表达式为假。"in"是特殊运算符，用于指定一个字段值的列表，列表中的任意一个值都可与查询的字段相匹配。题目要求选出"图书编号"是"112266"和"113388"的记录，所以选项 C 正确（当然也可以使用"or"逻辑运算符来书写查询条件："112266"or"113388"）。选项 B 和选项 D 都含有逻辑运算符"not"，显示是不对的。

强化训练

（1）Access 支持的查询类型有（　　）。

　　A）选择查询、交叉表查询、参数查询、SQL 查询和操作查询

　　B）基本查询、选择查询、参数查询、SQL 查询和操作查询

　　C）多表查询、单表查询、交叉表查询、参数查询和操作查询

D）选择查询、统计查询、参数查询、SQL 查询和操作查询

（2）假设某数据表中有一个工作时间字段，查找 1999 年参加工作的职工记录的条件是（　　）。

　　A）Between # 99-01-01# And # 99-12-31 #　　　　B）Between " 99-01-01 " And " 99-12-31 "

　　C）Between " 99.01.01 " And " 99.12.31 "　　　　D）# 99.01.01 # And # 99.12.31 #

（3）若要查询成绩为 70 ~ 80 分之间（包括 70 分,不包括 80 分）的学生的信息，查询条件设置正确的是（　　）。

　　A）>69 or <80　　　　B）Between 70 with 80　　　C）>=70 and <80　　　　D）IN(70,79)

（4）以下关于查询的叙述，正确的一项是（　　）。

　　A）只能根据数据表创建查询　　　　　　　　　B）只能根据已建查询创建查询

　　C）可以根据数据表和已建查询创建查询　　　　D）不能根据已建查询建立查询

（5）下列关于查询条件的说法，错误的是（　　）。

　　A）同行之间为逻辑"与"关系，不同行之间为逻辑"或"关系

　　B）日期/时间类型数据须在两端加#

　　C）Null 表示空白无数据的意思，可使用在任意类型的字段

　　D）数字类型的条件需加上双引号（""）

（6）在 Access 中，查询的数据源可以是（　　）。

　　A）表　　　　　　　　B）查询　　　　　　　　C）表和查询　　　　　　　　D）表、查询和报表

【答案】

（1）A　（2）A　（3）C　（4）C　（5）D　（6）C

4.2　创建选择查询

创建选择查询有两种方法，分别为使用"查询向导"和使用"设计"视图。

1. 使用"查询向导"

① 在数据库窗口中，单击"查询"对象，然后双击"使用向导创建查询"选项，如图 4-1 所示。

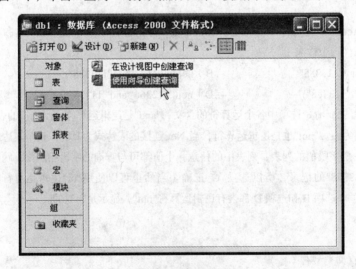

图 4-1　数据库窗口

　　② 在"简单查询向导"对话框中，选择要创建查询的表和字段后单击"下一步"按钮，如图 4-2 所示。

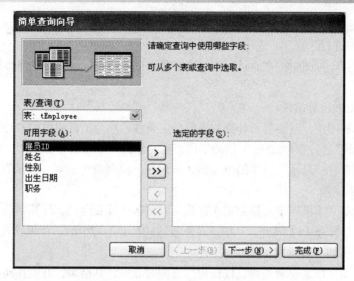

图 4-2 简单查询向导（第一步）

③ 输入查询的标题，单击"完成"按钮，如图 4-3 所示。

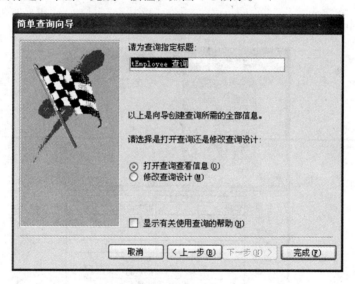

图 4-3 简单查询向导（最后一步）

2．使用"设计"视图

① 在数据库窗口中，单击"查询"对象，然后双击"在设计视图中创建查询"选项。

② 在"显示表"对话框中选择要添加的表，然后单击"添加"按钮。该步骤可以多次执行以添加多个表，添加完毕单击"关闭"按钮。

③ 在表的字段列表中拖选要查询的字段放到下面网格的字段行上。注意，字段列表第 1 行的"*"号代表该表的全部字段。

3．在查询中进行计算

（1）查询计算功能

在 Access 查询中，可以执行许多类型的计算。大致可分为：预定义计算和用户自定义计算。预定义计算即"总计"计算，是系统提供的用于对查询中的记录组或全部记录进行的计算；用户自定义计算可以用一个或多个字段的值进行数值、日期和文本计算。

（2）在查询中进行计算

使用查询"设计"视图中的"总计"行，可以对查询中全部记录或记录组计算一个或多个字段的统计值。

（3）在查询中进行分组统计

在查询的设计视图中，对要进行计算的字段指定条件，单击工具栏中的"总计"按钮，将在设计网格中显示"总计"行。对要进行分组的字段，在"总计"单元格中保留"分组"值；对要计算的每个字段，单击它在"总计"行中的单元格，然后在下拉列表中选择一种函数。

（4）添加计算字段

在设计网格的空"字段"单元格中输入计算字段名和计算表达式。计算字段名在前，计算表达式在后，中间用半角冒号（：）隔开。其中，计算表达式是必不可少的；如果没有输入计算字段名，Access 将自动加上诸如"表达式 1"的字段名。

计算字段是虚拟字段，也就是说，仅在运行查询时显示计算结果，并不存储在表中，因此，计算字段永远以数据库中最新的数据为计算依据。

典型题解

【例 4-2】下图中所示的查询返回的记录是（   ）。

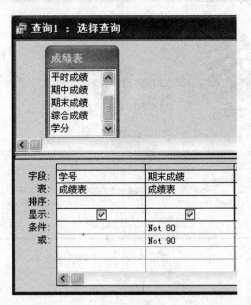

A）不包含 80 分和 90 分   B）不包含 80 至 90 分数段

C）包含 80 至 90 分数段   D）所有的记录

【解析】在提干所提供的示意图中可以看出，该条件表达式可以写成"综合成绩 <> 80 or 综合成绩<>90"，也就是说要查找出综合成绩"不等于 80 分"或综合成绩"不等于 90 分"的记录，这两个条件满足其中一个，该表达式返回值即为真。相对于每条记录来说，综合成绩的值只有一个，该值或者满足"不等于 80 分"，或者满足"不等于 90 分"的条件，所以对于每条记录，该表达式的返回值均为真，故该查询返回表中所有记录，选项 D 正确。

【例 4-3】下面表达式中，（   ）执行后的结果是在"平均分"字段中显示"语文"、"数学"、"英语" 3 个字段中分数的平均值。（结果取整）

A）平均分:([语文]+[数学]+[英语])\3   B）平均分:([语文]+[数学]+[英语])/3

C）平均分:语文+数学+英语\3   D）平均分:语文+数学+英语/3

【解析】选项 A 正确，建立计算字段的方法：在字段行输入计算字段名和计算表达式，计算名在前，计算表达式在后，中间用英文冒号（：）隔开。平均分: ([语文]+[数学]+[英语])\3 执行的结果即是在"平均分"字段中显示"语文"、"数学"、"英语" 3 个字段中分数的平均值，而且对计算结果取整。选项 B 错误，平均分:([语文]+[数学]+[英语])/3 执行后的结果是在"平均分"字段中显示"语文"、"数学"、"英语" 3 个字段中分数的平均值，但计算结果不取整。选项 C 和 D 为表达式错误。在计算字段中，字段名称要用英文中括号[ ]括起来，而且在表达式中，乘除运算比加减运算优先级高。本题的正确答案为 A。

强化训练

（1）在查询中，默认的字段显示顺序是（ ）。

     A）在表的"数据表视图"中显示的顺序   B）添加时的顺序

     C）按照字母顺序   D）按照文字笔画顺序

（2）在一个 Access 的表中有字段"专业"，要查找包含"信息"两个字的记录，正确的条件表达式是（ ）。

     A）=left([专业],2)="信息"   B）like "*信息*"

     C）="信息*"   D）Mid([专业],1,2)="信息"

（3）如果在查询的条件中使用了通配符方括号"[ ]"，它的含义是（ ）。

     A）通配任意长度的字符   B）通配不在括号内的任意字符

     C）通配方括号内列出的任一单个字符   D）错误的使用方法

（4）现有某查询设计视图（如下图所示），该查询要查找的是（ ）。

字段:	学号	姓名	性别	出生年月	身高	体重
表:	体检首页	体检首页	体检首页	体检首页	体质测量表	体质测量表
排序:						
显示:	☑	☑	☑	☑	☑	☑
条件:			"女"		>=160	
或:			"男"			

     A）身高在 160 以上的女性和所有的男性

     B）身高在 160 以上的男性和所有的女性

     C）身高在 160 以上的所有人或男性

     D）身高在 160 以上的所有人

（5）下面说法中，错误的是（ ）。

     A）文本型字段，最长为 255 个字符

     B）要得到一个计算字段的结果，仅能运用总计查询来完成

     C）在创建一对一关系时，要求两个表的相关字段都是主关键字

     D）创建表之间的关系时，正确的操作是关闭所有要创建关系的表

（6）如果表中有一个"姓名"字段，查找姓"王"的记录条件是（ ）。

     A）Not "王*"   B）Like "王"   C）Like "王*"   D）"王"

（7）在查询中要统计记录的个数，应使用的函数是（ ）。

     A）SUM   B）COUNT(列名)   C）COUNT(*)   D）AVG

（8）创建分组统计查询时，总计项应选择"___"。

（9）若要查找最近 20 天之内参加工作的职工记录，查询条件为___。

【答案】

（1）B （2）B （3）C （4）A （5）B （6）C （7）C （8）分组 （9）Between Date() And Date()-20

4.3 创建交叉表查询

1. 认识交叉表查询

所谓交叉表查询，就是将来源于某个表中的字段进行分组，一组列在数据表的左侧，一组列在数据表的上部，然后在数据表行与列的交叉处显示表中某个字段的各种计算值。

2. 使用"交叉表查询向导"

在数据库窗口的"查询"区，单击"新建"按钮，弹出图 4-4 所示的"新建查询"对话框。选中"交叉表查询向导"选项，并单击"确定"按钮。

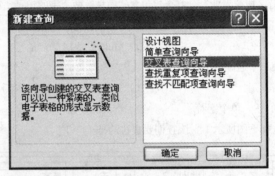

图 4-4 "新建查询"对话框

在图 4-5 所示的"交叉表查询向导"对话框中，根据向导提示，逐步选择要建立交叉查询的数据来源的类型（表、查询或两者都选），选择所要建立查询的数据源（表或查询），选定作为行标题的字段名、作为列标题的字段（只能选择一个字段作为列标题），选择在交叉表表体中显示的数据字段，并且为该字段的数值指定一种运算函数，指定所创建的查询名称。

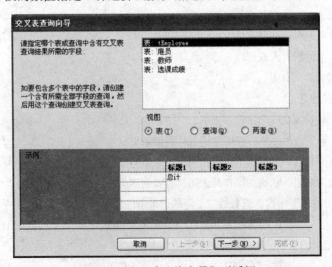

图 4-5 "交叉表查询向导"对话框

3. 使用"设计"视图

① 在数据库窗口中,单击"查询"对象,然后双击"在设计视图中创建查询"选项。

② 在"显示表"对话框中选择要添加的表,然后单击"添加"按钮。添加完毕,单击"关闭"按钮。

③ 在工具栏上"查询类型"下拉按钮中选择"交叉表查询",如图 4-6 所示。

图 4-6 "查询类型"下拉按钮

④ 在表的字段列表中拖选要查询的字段放到下面网格的字段行上,并选择相应"交叉表"栏为"行标题"、"列标题"、"值"或"不显示"。

典型题解

【例 4-4】已经建立了包含"姓名"、"性别"、"系别"、"职称"等字段的"教师"表。若以此表为数据源创建查询,计算各系不同性别的总人数和各类职称人数,并显示如下图所示的结果。

系别	性别	总人数	副教授	讲师	教授
管理工程	男	8	3	3	2
管理工程	女	4	1	3	
经济	男	7	2	3	2
经济	女	8	5		3
统计	男	5	1	2	2
统计	女	2	1	1	
信息	男	4	1	3	
信息	女	3	2	1	

教师统计 : 交叉表查询　　记录: 3　共有记录数: 8

正确的设计是（　　）。

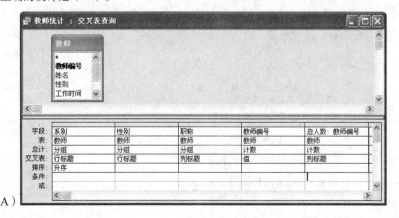

A）

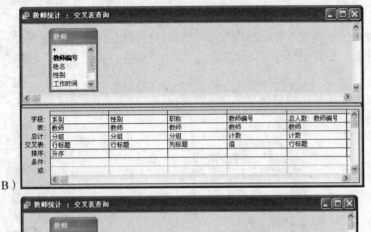

B）

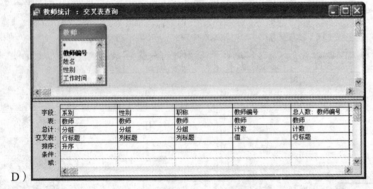

C）

D）

【解析】交叉表查询是以数据源的某一个可以进行分组统计的字段作为列标题，以其他一个或多个可以进行分组统计的字段作为行标题重构数据，形成一个新形式的表格的特殊查询。由题干图可以看出，该交叉表查询应当以"职称"作为列标题，而"性别"、"总人数"为行标题，选项 A 中错误地将"总人数"设置为列标题，选项 C 中将"总人数"设置为值，而选项 D 中将"性别"字段设置为列标题，均错误。故应该选择 B。

强化训练

（1）在使用向导创建交叉表查询时，用户需要制定字段的种数为（ ）。

　　A）1　　　　　　　B）2　　　　　　　C）3　　　　　　　D）4

（2）创建交叉表查询，在"交叉表"行上有且只能有一个的是（ ）。

　　A）行标题和列标题　　　　　　　　　B）行标题和值

　　C）行标题、列标题和值　　　　　　　D）列标题和值

（3）在创建交叉表查询时，列标题字段的值显示在交叉表的位置是（ ）。

A）第 1 行　　　　B）第 1 列　　　　C）上面若干行　　　D）左面若干列

（4）创建交叉表查询，必须对行标题和___进行分组操作。

【答案】

（1）C　（2）D　（3）A　（4）列标题

4.4 创建参数查询

1. 单参数查询

执行查询时只需要输入一个条件参数的查询被称为单参数查询，创建步骤如下。

① 打开查询的设计视图，并将查询所需要的表或查询添加到"选择查询"窗口中。

② 在"选择查询"窗口中，将查询所需的字段加入到查询设计网格中。

③ 在要用做参数的字段对应的"条件"单元格中输入一个表达式，并用中括号[]括起来。在这里，如果设置的参数是文本型，可以不用指定参数的类型；如果是数值型或日期/时间型等，最好指定参数的数据类型。设置的方法是：选择"查询"→"参数"命令。

在图 4-7 所示的"查询参数"对话框中，左边的"参数"栏列出了前面已设置的参数，在该参数右边对应的"数据类型"下拉列表中选择相应的数据类型，单击"确定"按钮，返回到"查询参数"对话框。

④ 保存此查询。

2. 多参数查询

在创建单参数查询的过程中，也可以针对不同的字段"条件"行输入多个用中括号[]括起来的参数，这样创建的就是多参数查询。

图 4-7 "查询参数"对话框

典型题解

【例 4-5】Access 提供的参数查询可在执行时显示一个对话框以提示用户输入信息，如在其中输入提示信息，要想形成参数查询，只要将一般查询条件中的数据用下列（　）项可以替换。

A）()　　　　　B）<>　　　　　C）{}　　　　　D）[ ]

【解析】创建参数查询时，在要用作参数的字段对应的"条件"单元格中输入一个表达式，并用中括号（[ ]）括起来。因此，选项 A、选项 B 和选项 C 错误，正确答案为选项 D。

强化训练

利用对话框提示用户输入参数的查询过程称为（　）。

A）选择查询　　　　B）参数查询　　　　C）操作查询　　　　D）交叉查询

【答案】

B

4.5 创建操作查询

1. 生成表查询

生成表查询是利用一个或多个表中的全部或部分数据建立新表。其主要操作步骤如下。

① 打开查询的设计视图，并将查询所需要的表或查询添加到"选择查询"窗口中。

② 在"选择查询"窗口中，将查询所需的字段，加入到查询设计网格中，并在字段对应的"条件"单元格中为此查询设置条件。

③ 选择"查询"→"生成表查询"命令，窗口将转换成"生成表查询"窗口。

④ 在"生成表"对话框中，在"表名称"文本框中输入要创建的新表的名称；如果所建表位于当前打开的数据库中，则选择"当前数据库"选项；如果不在当前打开的数据库中，则选择"另一数据库"选项，然后在"文件名"文本框中输入存储该表的数据库的路径及名称，单击"确定"按钮。

⑤ 保存此查询。

2．删除查询

删除查询能够从一个或多个表中删除记录。其主要操作步骤如下。

① 打开查询的设计视图，并将查询所需要的表或查询添加到"选择查询"窗口中。

② 选择"查询"→"删除查询"命令，"选择查询"窗口将转换成"删除查询"窗口。

③ 在"删除查询"窗口，将用来指定条件的字段拖到查询设计网格中。其中，这些字段对应的"删除"行中只能是"Where"选项（默认）。然后在对应的"条件"单元格中设置删除的条件。

④ 保存此查询

3．更新查询

更新查询能对一个或多个表中的一组记录全部进行更新。其主要操作步骤如下。

① 打开查询的设计视图，并将查询所需要的表或查询添加到"选择查询"窗口中。

② 选择"查询"→"更新查询"命令，"选择查询"窗口将转换成"更新查询"窗口。

③ 在"更新查询"窗口中，将要更新或用来指定条件的字段拖到查询设计网格中。在各字段对应的"更新到"单元格中输入用来更改该字段的表达式或数值，在对应的"条件"单元格中设定更新的条件。

④ 保存此查询。

4．追加查询

追加查询能够将一个或多个表的数据追加到另一个表的尾部。其主要操作步骤如下。

① 打开查询的设计视图，并将查询所需要的表或查询添加到"选择查询"窗口中。

② 在"选择查询"窗口中，将查询所需的字段，加入到查询设计网格中。

③ 选择"查询"→"追加查询"命令，"选择查询"窗口将转换成"追加查询"窗口。

④ 在"追加"对话框中，在"表名称"文本框中输入或选择向其追加记录的表；如果该表位于当前打开的数据库中，则选择"当前数据库"选项；如果该表不在当前打开的数据库中，则选择"另一数据库"选项，然后在"文件名"文本框中输入存储该表的数据库的路径及文件名，单击"确定"按钮，设计网格中的"追加到"行将自动填入表名。

⑤ 在"追加查询"窗口中，在字段对应的"条件"单元格中设置追加的条件。

⑥ 单击工具栏中的"保存"按钮，保存此查询。

典型题解

【例 4-6】下面显示的是查询设计视图的设计网格部分，从下图所示的内容中，可以判断出要创建的查询是（　　）。

宇段:	成绩			
表:	选课成绩			
排序:				
追加到:	成绩			
条件:	>=90			
或:				

　　A）删除查询　　　　　　B）追加查询　　　　　　C）生成表查询　　　　D）更新查询

　　【解析】要正确回答本题只需注意到题目所给的设计网格中的"追加到"关键字，就能知道这是一个追加查询，选项 B 正确。区分各种查询的概念和用途是考试的重点内容，考生务必掌握。选项 A：对于"删除查询"，设计网格部分应有"删除"字段；选项 C：对于"生成表查询"，设计网格部分没有不同的字段出现；选项 D：对于"更新查询"，设计网格部分应有"更新到"字段。

强化训练

　　（1）将表 A 中的记录添加到表 B 中，要求保持表 B 中原有的记录，可以使用的查询是（　　）。

　　A）追加查询　　　　　B）生成表查询　　　　C）联合查询　　　　D）传递查询

　　（2）以下不属于操作查询的是（　　）。

　　A）交叉表查询　　　　B）更新查询　　　　C）删除查询　　　　D）生成表查询

　　（3）操作查询共有 4 种类型，分别是删除查询、＿＿、追加查询和生成表查询。

　　【答案】

　　（1）A　（2）A　（3）更新查询

4.6　创建 SQL 查询

　　SQL 查询是用户使用 SQL 语句直接创建的一种查询。Access 中所有类型的查询都可以认为是一个 SQL 查询。

　　1. 查询与 SQL 视图

　　使用 SQL 语句，可以直接在 SQL 视图中修改已建查询中的条件。操作步骤为：

　　① 以"设计"视图打开某个查询。

　　② 单击"视图"菜单的"SQL 视图"命令，或单击工具栏上"视图"按钮右侧的向下箭头按钮，从下拉列表中选择"SQL 视图"选项，如图 4-8 所示。此时，将以 SQL 语句的形式显示该查询，如图 4-9 所示。

图 4-8　"视图"下拉按钮

图 4-9　查询的 SQL 视图

　　③ 根据需要修改 SQL 语句。注意：查询中的条件一般在 WHERE 子句中。

　　④ 保存此查询。

2．SQL 语言简介

SQL（Structure Query Language，结构化查询语言）是在数据库系统中应用广泛的数据库查询语言，它包括了数据定义（Data Defintion）、查询（Data Query）、操纵（Data Manipulation）和控制（Data Control）4 种功能。

（1）CREATE 语句

在 SQL 语言中，可以使用 CREATE TABLE 语句定义基本表。语句基本格式为：

> CREATE TABLE <表名>
>   (<字段名 1> <数据类型 1> [字段级完整性约束条件 1]
>   [, <字段名 2> <数据类型 2> [字段级完整性约束条件 2]] [, ...]
>   [, <字段名 n> <数据类型 n> [字段级完整性约束条件 n]]) [, <表级完整性约束条件>];

（2）ALTER 语句

使用 ALTER TABLE 语句可以修改已建表的结构。语句基本格式为：

> ALTER TABLE <表名>
>   [ADD <新字段名> <数据类型> [字段级完整性约束条件]]
>   [DROP [<字段名>] ...]
>   [ALTER <字段名> <数据类型>];

（3）DROP 语句

使用 DROP TABLE 语句可以删除某个不需要的表。语句基本格式为：

> DROP TABLE <表名>;

（4）INSERT 语句

INSERT 语句实现数据的插入功能，可以将一条新记录插入到指定表中。语句基本格式为：

> INSERT INTO <表名> [(<字段名 1> [, <字段名 2> ...])]
>   VALUES (<常量 1> [, <常量 2>] ...);

（5）UPDATE 语句

UPDATE 语句实现数据的更新功能，能够对指定表所有记录或满足条件的记录进行更新操作。语句基本格式为：

> UPDATE <表名>
>   SET <字段名 1> = <表达式 1> [, <字段名 2> = <表达式 2>] ...
>   [WHERE <条件>];

（6）DELETE 语句

DELETE 语句实现数据的删除功能，能够对指定表所有记录或满足条件的记录进行删除操作。语句基本格式为：

> DELETE FROM <表名>
>   [WHERE <条件>];

（7）SELECT 语句

SELECT 语句是 SQL 语言中功能强大、使用灵活的语句之一，它能够实现数据的筛选、投影和连接操作，并能够完成筛选字段重命名、多数据源数据组合、分类汇总和排序等具体操作。SELECT

语句的一般格式为：

> SELECT [ALL|DISTINCT] *|<字段列表>
> 　　FROM <表名 1> [, <表名 2>] ...
> 　　[WHERE <条件表达式>]
> 　　[GROUP BY <字段名> [HAVING <条件表达式>]]
> 　　[ORDER BY <字段名> [ASC|DESC]];

3. 创建 SQL 特定查询

（1）创建联合查询

① 在数据库窗口中，单击"查询"对象，然后双击"在设计视图中创建查询"选项。

② 执行"查询"菜单中的"SQL 特定查询"项下的"联合"命令。

③ 输入带有 UNION 运算的 SQL SELECT 语句。

④ 单击工具栏上的"运行"按钮显示结果。

⑤ 保存此查询。

（2）创建传递查询

① 在数据库窗口中，单击"查询"对象，然后双击"在设计视图中创建查询"选项。

② 执行"查询"菜单中的"SQL 特定查询"项下的"传递"命令。

③ 单击工具栏上的"属性"按钮。

④ 在"查询属性"对话框中，设置"ODBC 连接字符串"属性来指定要连接的数据库信息。

⑤ 切换到"机器数据源"选项卡，选择或建立数据源并确定。

⑥ 在 SQL 传递查询窗口中输入相应 SQL 查询命令。

⑦ 单击工具栏上的"运行"按钮显示结果。

⑧ 保存此查询。

（3）创建数据定义查询

① 在数据库窗口中，单击"查询"对象，然后双击"在设计视图中创建查询"选项。

② 执行"查询"菜单中的"SQL 特定查询"项下的"数据定义"命令。

③ 输入数据定义查询的 SQL 语句。

④ 单击工具栏上的"运行"按钮执行查询。

⑤ 保存此查询。

（4）创建子查询

在 Access 中，可以在查询设计视图的"字段"行或"条件"行输入 SELECT 语句来定义新的字段或定义字段的查询条件。这样的 SELECT 语句就是子查询。

典型题解

【例 4-7】在 SQL 的 SELECT 语句中，用于实现选择运算的是（　　）。

A）FOR　　　　　　　B）WHILE　　　　　　　C）IF　　　　　　　D）WHERE

【解析】关系运算中的选择运算，是在关系中选择满足给定条件的诸元组，而 SQL 语言中，用来指定查询条件的短语为 WHERE，所以此题正确答案为选项 D。

强化训练

（1）在 Access 中已建立了"学生"表，表中有"学号"、"姓名"、"性别"和"入学成绩"等字段。执行

如下 SQL 命令:

Select 姓名, 入学成绩 From 学生 Order by 入学成绩

其结果是（   ）。

A）显示所有学生的姓名和入学成绩

B）显示所有学生的姓名和入学成绩并按入学成绩降序排列

C）显示所有学生的姓名和入学成绩并按入学成绩升序排列

D）SQL 命令语法错误

（2）在 Access 的"学生"表中有"学号"、"姓名"、"性别"和"入学成绩"字段。有以下 SELECT 语句:

SELECT 性别, avg(入学成绩) FROM 学生 GROUP BY 性别

其功能是（   ）。

A）计算并显示所有学生的入学成绩的平均值

B）按性别分组计算并显示所有学生的入学成绩的平均值

C）计算并显示所有学生的性别和入学成绩的平均值

D）按性别分组计算并显示性别和入学成绩的平均值

（3）SQL 查询语句中，用来指定对选定的字段进行排序的子句是（   ）。

A）ORDER BY   B）FROM   C）WHERE   D）HAVING

（4）下列关于 SQL 语句的说法中，错误的是（   ）。

A）INSERT 语句可以向数据表中追加新的数据记录

B）UPDATE 语句用来修改数据表中已经存在的数据记录

C）DELETE 语句用来删除数据表中的记录

D）SELECT...INTO 语句用来将两个或更多个表或查询中的字段合并到查询结果的一个字段中

【答案】

（1）C （2）D （3）A （4）D

4.7 编辑和使用查询

1. 运行已创建的查询

在数据库窗口中单击"查询"对象，会显示所有创建好的查询。双击查询名就可运行该查询，显示查询结果。

2. 编辑查询中的字段

在查询的设计视图中可进行如下操作。

（1）添加字段

双击查询所需的字段，或直接把这些字段拖到查询设计网格（该窗口下半部分的设计网格）中，这些字段及其所在的表名将依次显示在查询设计网格中的字段和表所对应的单元格内。

（2）删除字段

在设计网格中，选定一个字段，按〈Delete〉键，可以从设计网络中删除该字段。

（3）移动字段

在设计网格中，选定一个字段，用鼠标单击该字段上方的细横条，按住鼠标左键，拖动到需要

的位置，放开鼠标，可以改变字段在设计网格中的排列顺序，从而改变查询结果中字段的排列顺序。

3．编辑查询中的数据源

在查询的设计视图中可进行如下操作。

单击工具栏上的"显示表"按钮，将出现"显示表"对话框，可以添加数据源。选定设计视图中要删除的表或查询，按〈Delete〉键可删除该表或查询。

选中一个数据源，按〈Delete〉键，可以删除该数据源。

4．排序查询的结果

可以在查询的设计视图中的设计网格的"排序"行对要排序的字段选择排序方式；或者参照上一章中对记录的排序。

第 5 章　　窗体

● **考点概览**

本章内容在考试中所占比例较大。分析历届笔试考试中所占的比例，每次考试平均 4~5 题，合计 8~10 分。在机试中，本章内容时有涉及，约占 10~30 分。

● **重点考点**

设计窗体：窗体设计视图；常用控件的功能；常用控件的使用；窗体和控件的属性。

● **复习建议**

本章着重介绍有关窗体的基本操作。笔试题目大部分集中在窗体设计视图、常用控件的功能、窗体和控件的属性这几个知识点上；上机题着重考查常用控件的使用、窗体和控件的属性。考生复习时应该以上机实践为主，熟练掌握 Access 窗体的各种基本操作。

5.1　认识窗体

1．窗体的作用

窗体是数据库与 Access 应用程序的接口，利用窗体，用户可以方便地录入、修改、查询数据库记录，同时也可以避免因为直接操作数据库而导致的对数据库的破坏。

窗体是以表或查询为基础而创建的，在窗体中显示的数据实际上是窗体调用的表或查询中的数据。窗体只是用户用来操作表或查询中数据的界面，通过它，用户可以对表或查询中的数据进行管理和维护，它是数据库与用户之间联系的纽带。

2．窗体的类型

Access 提供了以下 6 种类型的窗体。

（1）纵栏式窗体

该窗体每次只显示 1 条记录，适用于字段多、数据记录少的情况，如图 5-1 所示。

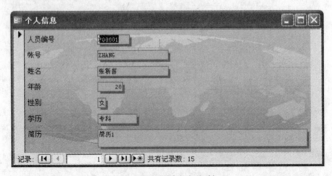

图 5-1　纵栏式窗体

（2）表格式窗体

该窗体可在一个窗体上显示多条记录，适用于数据记录较多的情况，如图 5-2 所示。

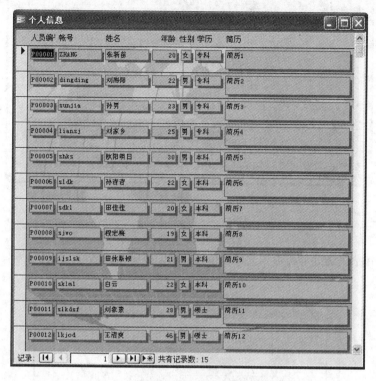

图 5-2 表格式窗体

（3）数据表窗体

该窗体可按照数据表格式在一个窗体上显示多条记录数据。在同样大小的窗体中，该窗体类型显示的记录数最多，如图 5-3 所示。

人员编号	帐号	姓名	年龄	性别	学历	简历
P00001	ZHANG	张新苗	20	女	专科	简历1
P00002	dingding	刘海阳	22	男	专科	简历2
P00003	sunjia	孙男	23	男	专科	简历3
P00004	liansj	刘家乡	25	男	专科	简历4
P00005	shks	欧阳明日	30	男	本科	简历5
P00006	sldk	孙青青	22	女	本科	简历6
P00007	sdkl	田佳佳	20	女	本科	简历7
P00008	sjvo	程宏梅	19	女	本科	简历8
P00009	ijslsk	田休斯顿	21	男	本科	简历9
P00010	sklml	白云	22	女	本科	简历10
P00011	slkdsf	刘象素	28	男	硕士	简历11
P00012	lkjod	王清爽	46	男	硕士	简历12
P00013	kxloe	蓝色	42	女	中专	简历13
P00014	lxkjo	森林	33	男	中专	简历14
P00015	xpo	李局	21	女	中专	简历15
			0			

图 5-3 数据表窗体

（4）主/子窗体

该窗体在窗体中显示两个关系为一对多的表，移动主窗体的一条记录时，自动显示对应的子窗体的明细记录。只有建立了正确的表间关系，才能建立相应的主/子窗体，如图 5-4 所示。

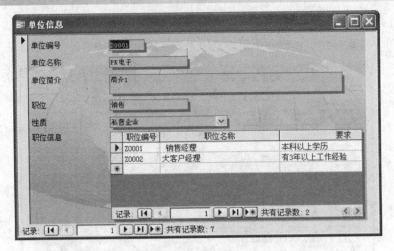

图 5-4 主/子窗体

（5）图表窗体

该窗体可以图表的方式分析数据，可以单独使用图表窗体，也可以将图表窗体作为子窗体，如图 5-5 所示。

图 5-5 图表窗体

（6）数据透视表窗体

该窗体是 Access 为了以指定的数据表或查询为数据源产生一个 Excel 的分析表而建立的一种窗体形式。在数据分析表窗体中，允许用户对表格内的数据进行操作，如图 5-6 所示。

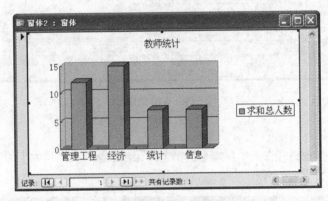

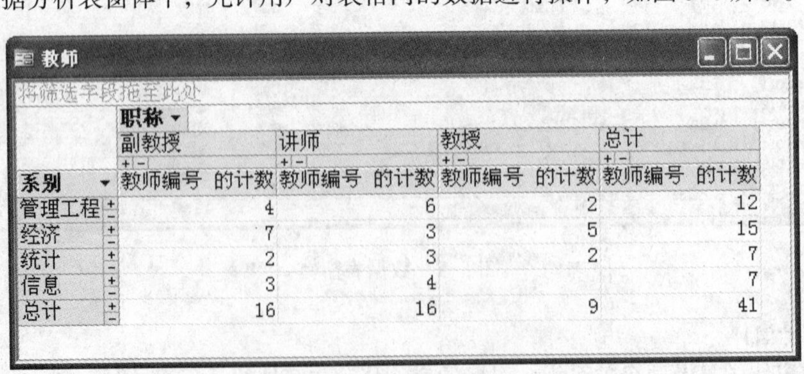

图 5-6 数据透视表窗体

3. 窗体的视图

打开窗体后，可以使用工具栏上的"视图"下拉按钮切换到其他视图，如图 5-7 所示。Access 的窗体有 5 种视图，分别为"设计"视图、"窗体"视图、"数据表"视图、"数据透视表"视图和"数据透视图"视图。

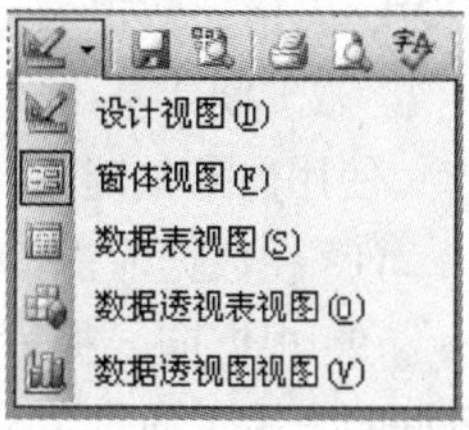

典型题解

【例 5-1】在设计窗体时使用标签控件创建的是单独标签，它在窗体的____视图中不能显示。

【解析】标签主要用来在窗体或报表上显示说明性文本，标签不显示字段或表达式的数值，它没有数据来源。可以将标签附加到其他控件上，也可以创建独立的标签（也称单独的标签），但独立创建的标签在数据表视图中并不显示。使用标签工具创建的标签就是单独的标签。

图 5-7　"视图"下拉按钮

强化训练

（1）窗体中的数据来源主要包括表和____。
（2）通过窗体可以查看、____、添加、删除记录。
（3）窗体由多个部分组成，每个部分称为一个____。
（4）在表格式窗体、纵栏式窗体和数据表窗体中，将窗体最大化后显示记录最多的窗体是____。
（5）在创建主/子窗体之前，必须设置____之间的关系。

【答案】
（1）查询　（2）修改　（3）节　（4）数据表窗体　（5）表

5.2　创建窗体

1. 自动创建窗体

Access 可以根据已有的数据表或查询自动创建窗体，自动创建的窗体以"列"方式显示数据来源的所有字段，并继承数据来源的属性，如果数据来源表已经与其他表建立了关系，则自动创建的窗体也会自动显示子窗体。

可以使用以下几种方法自动创建窗体。

① 在数据库窗口的"表"或"查询"组下，选择要创建窗体的表或查询，在鼠标右键快捷菜单中选择"另存为"命令或选择"文件"→"另存为"命令，在保存类型中选择"窗体"。

② 选择要创建窗体的表或查询后，选择"插入"→"自动窗体"命令，或单击工具栏中的 按钮。

③ 在数据库窗口"对象"工具栏中"窗体"组下，单击"新建"按钮，选择"自动创建窗体"选项，根据数据显示需要选择所创建窗体的类型，如纵栏式、表格式或数据表。

2. 使用向导创建窗体

（1）创建基于单一个数据源的窗体

使用"窗体向导"创建的窗体，其数据源可以来自于一个表或查询，也可以来自于多个表或查询。使用向导创建纵栏式窗体、表格式窗体、数据工作表窗体、调整表窗体的方法大致相同，在此作为普通窗体统一加以介绍。

① 在数据库窗口"对象"工具栏中的"窗体"组下，单击"新建"按钮，选择"窗体向导"选项。

② 根据向导提示，分别选择窗体的数据来源，在窗体中显示的字段、窗体显示数据类型（纵栏表、表格、数据表，调整表）、窗体样式、标题及指定窗体名称。

（2）创建基于多个数据源的窗体

使用向导创建主/子窗体前，表之间的关系应已经正确建立，步骤如下。

① 在数据库窗口"对象"工具栏中的"窗体"组下，双击"使用向导创建窗体"选项。

② 根据向导提示，依次选择两个以上已经存在着关系的数据源，选择需要的字段，确定查看数据的方式（通过主窗体查看），指定子窗体的布局类型，选择窗体的背景，输入主窗体和子窗体的标题并指定窗体名称。

3. 创建图表窗体

使用以下步骤创建图表式窗体。

① 在数据库窗口"对象"工具栏的"窗体"组下，单击"新建"按钮，选择"图表向导"选项。

② 根据向导提示，依次选择数据来源、用于图表中的字段、图表类型，将字段拖放到图表中相应位置，指定图表的标题并指定窗体名称。

图表式窗体中的图表是由 Microsoft Graph 程序创建的 OLE 对象。图表式窗体中可以显示的字段有系列字段、类别字段和数据字段 3 类。

5.3 设计窗体

1. 窗体设计视图

（1）设计视图的组成

窗体"设计"视图是设计窗体的窗口，它由 5 个节组成，分别为主体、窗体页眉、页面页眉、页面页脚和窗体页脚，如图 5-8 所示。

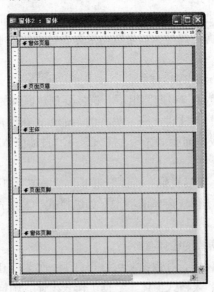

图 5-8　窗体"设计"视图的组成

（2）工具栏

"窗体设计"工具栏随着进入窗体"设计"视图出现，它集成了窗体设计中一些常用的工具，如图 5-9 所示。

图 5-9　"窗体设计"工具栏

（3）工具箱

在窗体"设计"视图中，如果屏幕上未显示工具箱，单击"窗体设计"工具栏上的"工具箱"按钮，或者单击"视图"菜单中"工具栏"下面的"工具箱"命令，可将工具箱显示在屏幕上。

（4）字段列表

通常窗体都是基于某一个表或查询建立起来的，因此窗体内控件显示的是表或查询中的字段值。在创建窗体过程中当需要某一字段时，单击工具栏中的"字段列表"按钮，即可显示"字段列表"窗口，如图 5-10 所示。

2. 常用控件的功能

控件是窗体上用于显示数据、执行操作、装饰窗体的对象。在窗体上添加的每一个对象都是控件。

（1）标签控件

标签常用来当作窗体或其他控件的说明文字，显示静态数据，属于"非绑定控件"的一种。

图 5-10　"字段列表"窗口

（2）文本框控件

文本框是窗体的基础组件，可用来显示并连接表或查询中的字段值，显示标题或说明性文字，或显示运算结果，可以应用到"绑定控件"、"非绑定控件"、"计算控件"中。

（3）复选框、切换按钮、选项按钮控件

复选框、切换按钮和选项按钮是作为单独的控件来显示表或查询中的"是/否"字段值。复选框可用于多选操作，而选项按钮只可用于单选操作。

（4）选项组控件

选项组是用来显示一组有限选项集合的控件。选项组由一个组框架、一组复选框、选项按钮或切换按钮组成。

如果选项组绑定到某个字段，则只有选项组本身绑定到这个字段，而不是选项组内的选项按钮、复选框或切换按钮。

（5）列表框与组合框控件

列表框是可以在一组有限选项集合中选取值的控件，在列表框中不能直接输入文本，只能从列表中选择，一次显示多项内容。适合只需从少数几个选项中进行选择的情况。

组合框可以在一组有限选项集合中选取值，也可以直接输入值的控件，如同文本框和列表框的组合。

（6）命令按钮控件

在窗体中可以使用命令按钮来执行某项操作或某些操作。使用 Access 提供的"命令按钮向导"可以创建 30 多种不同类型的命令按钮。

（7）选项卡控件

当窗体中的内容较多，无法在一页全部显示时，可以使用选项卡来进行分页，用户只需要单击选项卡上的标签，就可以进行页面的切换。

（8）图像控件

在窗体中使用图像控件可以显示图形。

3．常用控件的使用

（1）创建绑定型文本框控件

① 在窗体的"设计"视图中，单击"窗体设计"工具栏上的"属性"按钮，打开窗体的属性对话框。

② 切换到属性对话框的"数据"标签页，在记录源中选择一个表或查询，如图 5-11 所示。

图 5-11　设置窗体的数据源

③ 单击"窗体设计"工具栏上的"字段列表"按钮，打开窗体数据源的"字段列表"窗口。

④ 拖拽"字段列表"窗口中的字段到窗体上，即可创建该字段的绑定型文本框控件。

（2）创建标签控件

单击选择工具箱中的"标签"按钮，在窗体上单击要放置标签的位置，然后输入标签要显示的内容即可。

（3）创建选项组控件

① 确保工具箱中的"控件向导"已按下，然后单击选中工具箱中的"选项组"控件。

② 在窗体上单击要放置选项组的左上角位置，打开"选项组向导"，如图 5-12 所示。

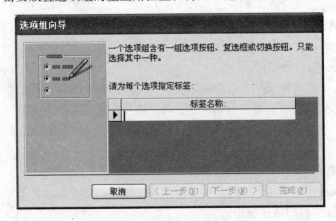

图 5-12　选项组向导（第一步）

③ 输入所需的标签名称，可以输入多个，然后单击"下一步"按钮。

④ 选择默认选中项，如图 5-13 所示，然后单击"下一步"按钮。

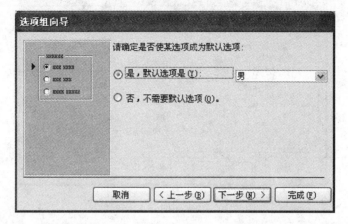

图 5-13　选项组向导（第二步）

⑤ 为每一项设置一个值，如图 5-14 所示，然后单击"下一步"按钮。

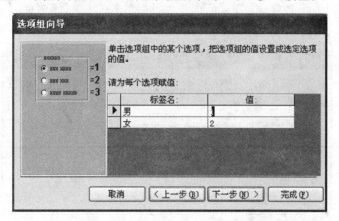

图 5-14　选项组向导（第三步）

⑥ 选择保存的字段，如图 5-15 所示，然后单击"下一步"按钮。

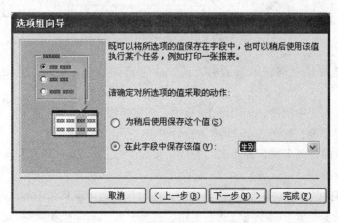

图 5-15　选项组向导（第四步）

⑦ 选择选项组中的控件类型和样式，如图 5-16 所示，然后单击"下一步"按钮。

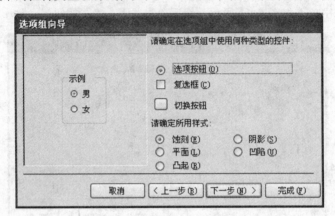

图 5-16　选项组向导（第五步）

⑧ 指定选项组的标题，并单击"完成"按钮。

（4）创建绑定型组合框控件

① 确保工具箱中的"控件向导"⚙已按下，然后单击选中工具箱中的"组合框"控件▦。

② 在窗体上单击要放置选项组的左上角位置，打开"组合框向导"，如图 5-17 所示。

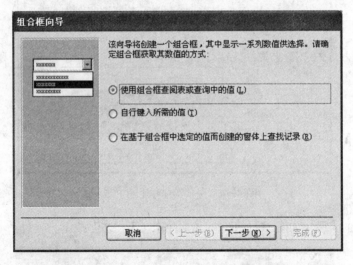

图 5-17　组合框向导（第一步）

③ 现在可以选择组合框获取数值的方式，本例选择"自行键入"，然后单击"下一步"按钮。

④ 输入组合框列表中的项，如图 5-18 所示，然后单击"下一步"按钮。

⑤ 选择保存的字段，如图 5-19 所示，然后单击"下一步"按钮。

⑥ 指定组合框的标签名称，并单击"完成"按钮。

（5）创建命令按钮

① 确保工具箱中的"控件向导"⚙已按下，然后单击选中工具箱中的"命令按钮"控件▬。

② 在窗体上单击要放置命令按钮的左上角位置，打开"命令按钮向导"。

③ 选择命令按钮需完成的操作，如图 5-20 所示，单击"下一步"按钮。

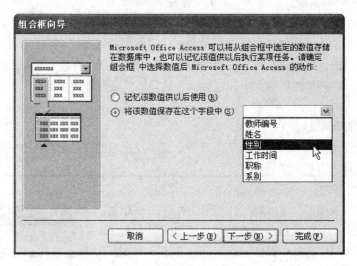

图 5-18　组合框向导（第二步）

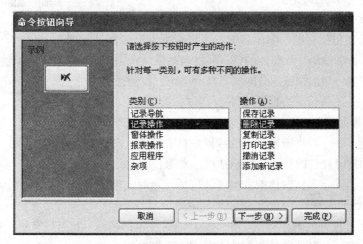

图 5-19　组合框向导（第三步）

图 5-20　命令按钮向导（第一步）

④ 选择命令按钮的外观，如图 5-21 所示，单击"下一步"按钮。

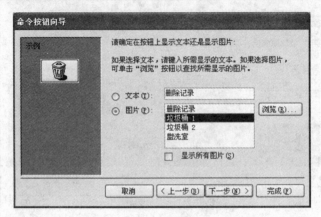

图 5-21　命令按钮向导（第二步）

⑤ 指定命令按钮的名称，并单击"完成"按钮。

（6）控件的基本操作

窗体的布局主要取决于窗体中的控件。Access 将窗体中的每个控件都看作是一个独立的对象，用户可以使用鼠标单击控件来选择它，被选中的控件四周将出现小方块的控制句柄。可以将鼠标放置在控制句柄上拖拽以调整控件的大小，也可以将鼠标放置在控件的左上角的移动控制句柄上拖拽来移动控件。

4. 窗体和控件的属性

在 Access 中，属性用于决定表、查询、字段、窗体及报表的特性。窗体中的每一个控件都有各自的属性，窗体本身也有相应的属性。

（1）属性对话框

在窗体"设计"视图中，窗体和控件的属性可以在"属性"对话框中设定。单击工具栏上的"属性"按钮或单击鼠标右键并从打开的快捷菜单中选择"属性"命令，可以打开"属性"对话框，如图 5-22 所示。

（2）常用的格式属性

格式属性主要是针对控件的外观或窗体的显示格式而设置的。控件的格式属性包括标题、字体名称、字号、字体粗细、前景色、背景色、特殊效果等。窗体的格式属性包括默认视图、滚动条、记录选定器、导航按钮、分隔线、自动居中、控制框、最大最小化按钮、关闭按钮、边框样式等。

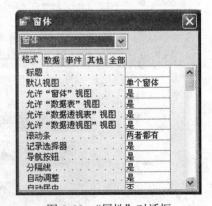

图 5-22　"属性"对话框

（3）常用的数据属性

数据属性决定了一个控件或窗体中的数据来自于何处，以及操作数据的规则，当然这些数据是绑定在控件上的数据。控件的数据属性包括控件来源、输入掩码、有效性规则、有效性文本、默认值、是否有效、是否锁定等；窗体的数据属性包括记录源、排序依据、允许编辑、数据入口等。

（4）常用的其他属性

其他属性表示了控件的附加特征。控件的其他属性包括名称、状态栏文字、自动〈Tab〉键、控件提示文本等。窗体的其他属性包括独占方式、弹出方式、循环等。

典型题解

【例5-2】Access 数据库中，用于输入或编辑字段数据的交互控件是（　　）。

A）文本框　　　　　　B）标签　　　　　　C）复选框　　　　　　D）组合框

【解析】上述控件中，"标签"控件常用来当作窗体或其他控件的说明文字，显示的是静态数据；复选框用来显示"是/否"和数据类型的字段值，并可以用于多选操作；组合框是可以在一组有限选项集合中选取值，也可以直接输入值的控件，如同文本框和列表框的组合；而文本框是窗体的基础组件，可用来显示并连接表或查询中的字段值、显示标题或说明性文字，或显示运算结果。综上所述，选项 A 为正确答案。

强化训练

（1）下列控件中，用来显示窗体或其他控件的说明文字，而与字段没有关系的是下列选项中的（　　）项。

A）命令按钮　　　　　B）标签　　　　　　C）文本框　　　　　　D）复选框

（2）用来接收用户输入数据，应单击工具箱的（　　）。

A）![ab|]　　　　　　B）![Aa]　　　　　　C）![图]　　　　　　D）![图]

（3）下列说法正确的是（　　）。

A）结合型文本框一般用来显示提示信息

B）非结合型文本框一般用来接收用户输入数据等

C）非结合型文本框能从表、查询或 SQL 中获得所需内容

D）在计算型文本框中，当表达式发生改变时，数值不会重新计算

（4）在 Access 中已建立了"雇员"表，其中有可以存放照片的字段。在使用向导为该表创建窗体时，"照片"字段所使用的默认控件是（　　）。

A）图像框　　　　　B）绑定对象框　　　　C）非绑定对象框　　D）列表框

（5）假设已在 Access 中建立了包含"书名"、"单价"和"数量"等 3 个字段的"tOfg"表，以该表为数据源创建的窗体中，有一个计算订购总金额的文本框，其控件来源为（　　）。

A）[单价]*[数量]　　　　　　　　　　　　B）=[单价]*[数量]

C）[图书订单表]![单价]*[图书订单表]![数量]　　D）=[图书订单表]![单价]*[图书订单表]![数量]

（6）若要求在文本框中输入文本时达到密码"*"号的显示效果，则应设置的属性是（　　）。

A）"默认值"属性　　B）"标题"属性　　　C）"密码"属性　　　D）"输入掩码"属性

（7）要改变窗体上文本框控件的数据源，应设置的属性是（　　）。

A）记录源　　　　　B）控件来源　　　　C）筛选查阅　　　　D）默认值

（8）Access 的控件对象可以设置某个属性来控制对象是否可用（不可用时显示为灰色状态）。需要设置的属性是（　　）。

A）Default　　　　　B）Cancel　　　　　C）Enabled　　　　D）Visible

（9）在已建雇员表中有"工作日期"字段，下图所示的是以此表为数据源创建的"雇员基本信息"窗体。

假设当前雇员的工作日期为"1998-08-17"，若在窗体"工作日期"标签右侧文本框控件的"控件来源"属性中输入表达式：=Str (Month ([工作日期]))+"月"，则在该文本框控件内显示的结果是（　　）。

A）Str (Month (Date ()))+"月"　　　　B）"08"+"月"

C）08 月　　　　D）8 月

（10）为窗体上的控件设置〈Tab〉键顺序时，应设置控件属性表的（　　）选项卡的"Tab 键次序"选项。

A）格式　　　　B）数据　　　　C）事件　　　　D）其他

（11）用来显示与窗体关联的表或查询中字段值的控件类型是（　　）。

A）绑定型　　　　B）计算型　　　　C）关联型　　　　D）未绑定型

（12）打开属性对话框，可以更改的对象是（　　）。

A）窗体上单独的控件　　　　B）窗体节（如主体或窗体页眉）

C）整个窗体　　　　D）以上全部

（13）在窗体设计视图中，必须包含的部分是（　　）。

A）主体　　　　B）窗体页眉和页脚

C）页面面眉和页脚　　　　D）以上 3 项都要包括

（14）下面不是窗体的"数据"属性的是（　　）。

A）允许添加　　　　B）排序依据　　　　C）记录源　　　　D）自动居中

（15）下面不是文本框的"事件"属性的是（　　）。

A）更新前　　　　B）加载　　　　C）退出　　　　D）单击

（16）Access 数据库中，如果在窗体上输入的数据总是取自表或查询中的字段数据，或者取自某固定内容的数据，可以使用____控件来完成。

（17）结合型文本框可以从表、查询或____中获得所需的内容。

（18）某窗体中有一命令按钮，名称为 C1。要求在窗体视图中单击此命令按钮后，命令按钮上显示的文字颜色变为棕色（棕色代码为 128），实现该操作的 VBA 语句是____。

（19）将当前窗体输出的字体改为粗体显示的语句为____。

（20）能够唯一标识某一控件的属性是____。

（21）控件的类型可以分为绑定型、未绑定型与计算型。绑定型控件主要用于显示、输入、更新数据表中的字段；未绑定型控件没有____，可以用来显示信息、线条、矩形或图像；计算型控件用表达式作为数据源。

【答案】

（1）B　（2）A　（3）B　（4）B　（5）B　（6）C　（7）B　（8）C　（9）D　（10）D　（11）A　（12）D（13）A（14）D（15）B（16)列表框 或 组合框（17)SQL 语言（18）C1.ForeColor = 128（19)Fontbold=True（20）名称　（21）数据源

5.4　格式化窗体

1. 使用自动套用格式

在使用向导创建窗体时，用户可以从系统提供的固定样式中选择窗体的格式，这些样式就是窗体的自动套用格式。更改窗体自动套用格式的步骤如下。

① 在窗体的"设计"视图中选择"格式"菜单中的"自动套用格式"命令。

② 在弹出的"自动套用格式"对话框中，选择所需格式并确定，如图 5-23 所示。

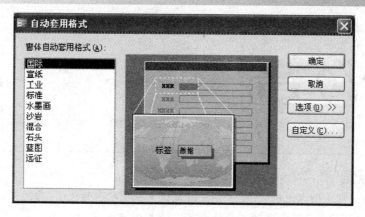

图 5-23　"自动套用格式"对话框

2．使用条件格式

除可以使用"属性"对话框设置控件的"格式"属性外，还可以根据控件的值，按照某个条件设置相应的显示格式。操作步骤如下。

① 在窗体的"设计"视图中，选择要修改的控件。

② 选择"格式"菜单中的"条件格式"菜单命令。

③ 在弹出的"设置条件格式"对话框中设置条件，并设定格式，如图 5-24 所示。

图 5-24　"设置条件格式"对话框

3．添加当前日期和时间

在窗体的设计视图中，单击"插入"菜单中的"日期和时间"命令，可选择要插入的当前日期和时间的样式，单击"确定"按钮即可插入。

4．对齐窗体中的控件

在窗体设计视图的"格式"菜单中有"对齐"命令组，可对一组选定的控件进行"靠左"、"靠右"、"靠上"、"靠下"和"对齐网格"等操作。

第6章　报表

● **考点概览**

本章内容在考试中所占比例较小。分析历届笔试考试中所占的比例，每次考试平均3~4题，合计6~8分。在机试中，经常考到本章的内容，约占0~30分。

● **重点考点**

① 报表的定义与组成：报表的组成；报表设计区。

② 使用计算控件：报表添加计算控件；报表统计计算。

③ 报表排序和分组：记录排序；记录分组。

● **复习建议**

本章着重介绍有关报表的基本操作。笔试题目大部分集中在报表设计区、报表统计计算和记录分组等知识点上。报表的页眉、页脚种类很多，考试中经常考到，考生须特别注意，把它们的功能和特点区分清楚。复习时还是应以实践为主，多做练习。上机题目大部分集中在报表的创建和修改，控件的添加和设置属性，以及计算控件的使用。

6.1　报表的基本概念与组成

1. 报表基本概念

报表是数据库向用户提供资料的主要手段，是Access用来打印数据库信息的对象，报表的主要功能就是显示经过组织的数据，充分反映出数据间的关系。报表和窗体的数据来源相同，使用的控件也几乎一样，但是窗体可以改变数据源中的数据，而报表只能查看数据。

2. 报表设计区

一个报表通常包含多页，整个报表只有一个报表页眉和一个报表页脚，通常作为整个报表的封面和封底。每一页由主体、页面页眉和页面页脚组成。组页眉和组页脚个数随有无分组和分组层数决定，名称也随分组字段而定，Access最多允许有10个嵌套的组页眉和组页脚。报表设计区如图6-1所示。

（1）报表页眉节

在设计视图最上方，预览、打印时在报表首部，常用来显示报表的标题、报表徽标、单位或部门名称、日期和说明性文字，只在第一页打印。

（2）页面页眉节

页面页眉在设计视图中处于报表页眉下方，预览、打印时在每一页顶部，可用来显示每一页的标题、列标题、页码等信息，每一页都打印。

（3）组页眉节

在组的明细部分的最前面，用来显示分组字段等分组信息。

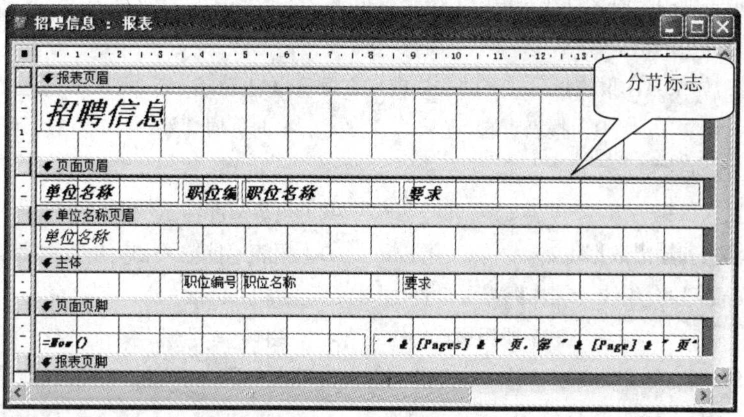

图 6-1 报表设计区

（4）主体节

报表的主要组成部分，在其中显示报表从表或查询中生成的数据。

（5）组页脚节

在组的明细部分的最后面，用来显示分组统计数据等分组信息。

（6）报表页脚节

位于设计视图最下方，预览、打印时在报表底部，常用来显示整个报表的统计数据、日期和说明性文字，只在最后一页打印。

（7）页面页脚节

预览、打印时在每一页底部，常用来显示页码、日期、本页汇总数据等信息，打印时在每一页都打印。

典型题解

【例6-1】在报表每一页的底部都输出信息，需要设置的区域是（　　）。

A）报表页眉 　　　　B）报表页脚 　　　　C）页面页眉 　　　　D）页面页脚

【解析】选项 A "报表页眉" 在报表的开始处，用来显示报表的标题、图形或说明性文字，每份报表只能有一个报表页眉。选项 B "报表页脚" 用来显示整份报表的汇总说明，在所有记录被处理后，只打印在报表的结束处。选项 C "页面页眉" 用来显示报表中的字段名称或对记录的分组名称，报表的每一页有一个页面页眉。选项 D "页面页脚" 打印在每页的底部，用来显示本页的汇总说明，报表的每一页有一个页面页脚，所以选项 D 正确。除了这些，还有主体用来打印表或查询中的记录数据，是报表显示数据的主要区域。报表各个部分的功能是考试重点内容，考生务必掌握。

强化训练

（1）在以下关于报表数据源设置的叙述中，正确的是（　　）。

A）可以是任意对象 　　　　　　　　B）只能是表对象

C）只能是查询对象 　　　　　　　　D）可以是表对象或查询对象

（2）报表页眉的作用是（　　）。

A）用于显示报表的标题、图形或说明性文字

B）用来显示整个报表的汇总说明

  C）用来显示报表中的字段名称或对记录的分组名称

  D）打印表或查询中的记录数据

（3）在报表设计时，如果只在报表最后一页的主体内容之后输出规定的内容，则需要设置的是（   ）。

  A）报表页眉   B）报表页脚   C）页面页眉   D）页面页脚

（4）以下叙述中正确的是（   ）。

  A）报表只能输入数据   B）报表只能输出数据

  C）报表可以输入和输出数据   D）报表不能输入和输出数据

（5）要实现报表按某字段分组统计输出，需要设置（   ）。

  A）报表页脚   B）该字段组页脚   C）主体   D）页面页脚

（6）报表的数据来源不能是（   ）。

  A）表   B）查询   C）SQL 语句   D）窗体

（7）报表不能完成的工作是（   ）。

  A）分组数据   B）汇总数据   C）格式化数据   D）输入数据

（8）报表数据输出不可缺少的内容是＿＿＿＿的内容。

（9）完整报表设计通常由报表页眉、＿＿＿＿、＿＿＿＿、＿＿＿＿、＿＿＿＿、＿＿＿＿和组页脚 7 个部分组成。

  【答案】

  （1）D （2）A （3）B （4）B （5）B （6）D （7）D （8）主体

  （9）报表页脚   页面页眉   页面页脚   主体   组页眉

6.2   创建报表

1. 使用"自动报表"创建报表

  Access 可以自动创建报表，自动创建的报表显示数据来源的所有字段，并继承数据来源的属性。自动创建报表有以下几种方法。

  ① 选择要创建报表的表或查询，在鼠标右键快捷菜单中选择"命令另存为"或选择"文件"→"另存为"命令，在"保存类型"中选择"报表"选项，如图 6-2 所示。

图 6-2 "另存为"对话框

  ② 选择要创建报表的表或查询后，单击"插入"→"自动报表"菜单命令。

  ③ 在数据库窗口的"报表"组下，单击"新建"按钮，选择"自动创建报表"选项，根据数据显示需要选择"自动创建报表：纵栏式"或"自动创建报表：表格式"，如图 6-3 所示。

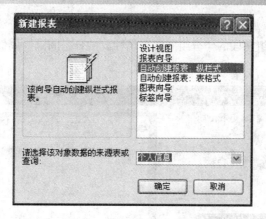

图 6-3 "新建报表"对话框

2. 使用"报表向导"创建报表

① 在数据库窗口的"报表"组下，单击"新建"按钮，在图 6-3 所示的"新建报表"对话框中选择"报表向导"以及数据源，或在数据库窗口的"报表"组下，双击"使用向导创建报表"，如图 6-4 所示。

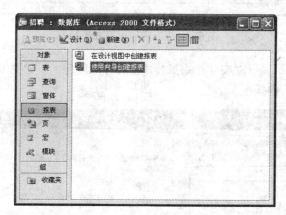

图 6-4 数据库窗口的"报表"组

② 更改数据来源，选择报表中的显示字段，如图 6-5 所示。

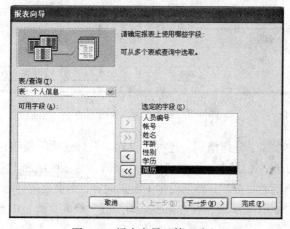

图 6-5 报表向导（第一步）

③ 添加分组级别，添加或删除分组字段，如图 6-6 所示。调整分组字段的优先级。单击"分组选项"按钮可以设置分组字段的"分组间隔"属性。"分组间隔"属性会根据分组字段的不同数据类型给出不同的选项。

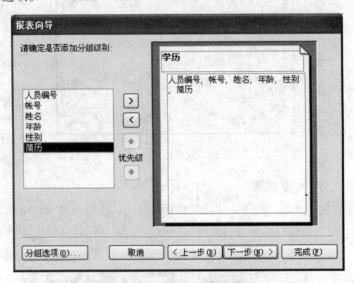

图 6-6 报表向导（第二步）

④ 设置排序字段，最多可以按 4 个字段排序（升序或降序），如图 6-7 所示。此处的排序可以代替此报表基于的查询的排序。

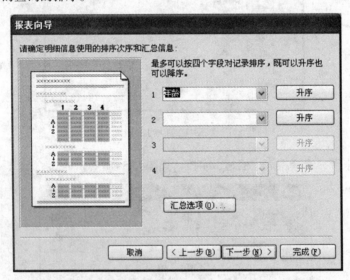

图 6-7 报表向导（第三步）

⑤ 如果在步骤③中添加了分组级别，还可以设置"汇总选项"按钮，选择可以汇总的字段的汇总函数：汇总、平均、最小、最大。设置"显示"格式：显示明细和汇总数据，或者只有汇总数据，还可以设置是否计算汇总百分比。如果设定了汇总内容，则报表向导通常会在"组页眉"或"组页脚"节中放置对组汇总的计算字段，在"报表页眉"或"报表页脚"中放置对报表数据源所有记录汇总的计算字段。

⑥ 设置报表的布局方式，根据第③步中是否分组有两种布局选项。

● 不分组：共有 3 组设置，"布局"选项组设置数据布局的 3 种方式，包括"纵栏表"，"表格"，"两端对齐"。"方向"选项组设置报表的显示方向，"纵向"或"横向"。复选框用于设置报表是否根据页面的宽度调整字段的宽度，如图 6-8 所示。

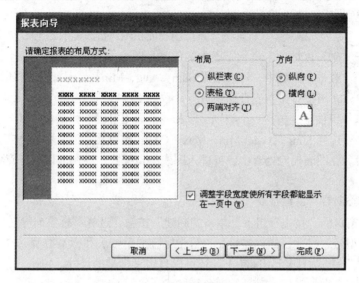

图 6-8　不分组报表的布局方式

● 分组：共有 3 组设置，"布局"选项组设置数据布局的 6 种方式，包括"递阶"，"块"，"分级显示 1"，"分级显示 2"，"左对齐 1"，"左对齐 2"。"方向"选项组设置报表的显示方向，"纵向"或"横向"。复选框用于设置报表是否根据页面的宽度调整字段的宽度，如图 6-9 所示。

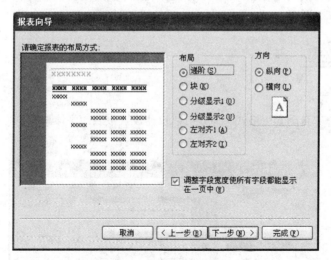

图 6-9　分组报表的布局方式

⑦ 根据向导提示设置报表的背景、为报表指定标题。

3. 使用"图表向导"创建报表

① 在数据库窗口的"报表"组下，单击"新建"按钮，选择"图表向导"以及数据源。

② 根据向导提示，依次选择用于图表中的字段、图表类型。

③ 将字段拖放到图表中相应位置。

④ 指定图表的标题。

图表式报表中的图表是由 Microsoft Graph 程序创建的 OLE 对象。图表式报表中可以显示的字段有系列字段、类别字段、数据字段 3 类。

系列字段位于"系列"区域中。柱形图、条形图、面积图、折线图的每个图表可以含有多个系列。

类别字段位于"轴"区域中。类别字段中的值就是图表中一个坐标轴上显示的值。

数据字段位于"数据"区域中。可以使用 Sum、Avg、Min、Max、Count 函数对数字型数据汇总数据，或使用 Count 函数对文本或日期项进行计数。

一个图表的基本组件至少包括一个类别字段和一个数据字段。如果在"轴"和"系列"区域都指定了字段，则必须选择 Sum、Avg、Min、Max、Count 函数之一汇总数据，或去掉"轴"或"系列"区域任一字段。在图表任意处双击，可进入图表编辑模式，在图表以外任意处单击，可结束图表编辑模式。

4. 使用"标签向导"创建报表

① 在数据库窗口的"报表"组下，单击"新建"按钮，选择"标签向导"以及数据源。

② 指定标签型号、尺寸、横标签号（一行中标签的个数）和标签类型（"送纸"表示打印纸是分开的，"连续"表式打印纸不间断），还可以自定义标签的尺寸。

③ 指定标签上文本的字体、字号、颜色等样式。

④ 确定标签的显示内容和布局。标签中的内容可以来自字段值，也可直接添加文字。

⑤ 确定标签的排序依据。

⑥ 指定标签报表的名称。

5. 使用"设计"视图创建报表

在数据库窗口的"报表"组下，双击"在设计视图中创建报表"，或单击"新建"按钮，选择"设计视图"并选择数据源。

6.3　编辑报表

1. 设置报表格式

执行"格式"→"自动套用格式"命令可以快速设置报表的字体、颜色、边框等格式属性，如图 6-10 所示。

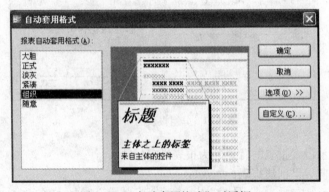

图 6-10　"自动套用格式"对话框

①　单击"选项"按钮显示"字体"、"颜色"、"边框"复选框，可选择需要修改选项，如图 6-11 所示。

图 6-11　显示"字体"、"颜色"、"边框"复选框

②　单击"自定义"按钮可以当前报表选择控件的属性为依据，新建或更新自动套用格式模板，如图 6-12 所示。

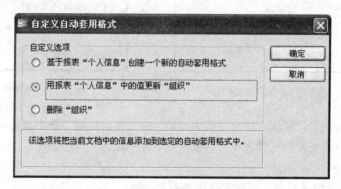

图 6-12　"自定义自动套用格式"对话框

③　可选择已定义的格式模板，将其应用到当前报表上。

2．添加背景图案

报表的背景可以添加图片以增强显示效果。具体操作步骤如下。

①　通过"设计"视图打开报表。

②　通过报表选择器，打开报表"属性"窗体。

③　单击"格式"选项卡中的"图片"属性进行背景图片设置。

④　设置背景图片的其他属性，主要有：在"图片类型"属性框中选择"嵌入"或"链接"图片方式；在"图片缩放模式"属性框中选择"裁剪"、"拉伸"或"缩放"图片大小调整方式；在"图片对齐方式"属性框中选择图片对齐方式；在"图片平铺"属性框中选择是否平铺背景图片；在"图片出现页"属性框中选择显示背景图片的报表页。

3．添加日期和时间

在报表设计视图下，执行"插入"→"日期和时间"命令，在"日期和时间"对话框中设置日期和时间的格式，如图 6-13 所示。

也可以在报表设计视图下，在"报表页眉/页脚"或"页面页眉/页脚"节中添加一个文本框，去掉关联标签，在文本框中或文本框属性表中控件来源属性项中输入"=Now()"，显示当前日期与时间。

4．添加分页符和页码

（1）在报表中添加分页符

在报表设计视图下，使用工具箱的"分页符"按钮添加分页符。如果在节中设置分页符，应避免拆分控件中的数据；如果在节的起始处或结尾处设置分页，可在节属性中设置"强制分页"属性项。

（2）在报表中添加页码

在报表设计视图下，执行"插入"→"页码"命令，在"页码"对话框中设置页码的格式、位置、对齐方式和首页是否显示页码，如图 6-14 所示。

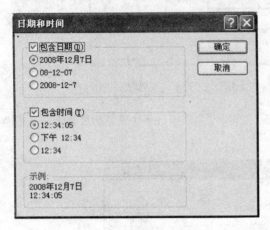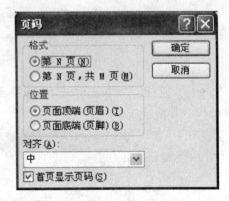

图 6-13 "日期和时间"对话框　　　　　　图 6-14 "页码"对话框

用户也可以在报表设计视图下，在"页面页眉"或"页面页脚"节中添加一个文本框，去掉关联标签，在文本框中或文本框属性表中控件来源属性项中输入"=[Page]"，显示当前页码。

5. 使用节

（1）添加或删除报表页眉、页脚和页面页眉、页脚

选择"视图"菜单上的"报表页眉/页脚"命令或"页面页眉/页脚"命令来操作。

页眉和页脚只能作为一对同时添加。如果删除页眉和页脚，Access 将同时删除页眉、页脚中的控件。

（2）改变报表的页眉、页脚或其他节的大小

可以单独改变报表上各个节的大小。但是，报表只有唯一的宽度，改变一个节的宽度将改变整个报表的宽度。

（3）为报表中的节或控件创建自定义颜色

利用节或控件的属性表中的"前景颜色"、"背景颜色"或"边框颜色"等属性框并配合使用"颜色"对话框来进行相应属性的颜色设置。

6. 绘制线条和矩形

① 通过"设计"视图打开报表。

② 单击工具箱中的"线条" \ 或"矩形" □ 工具。

③ 单击报表的任意处可以创建默认大小的线条或矩形，或通过单击并拖动的方式可以创建自定大小的线条或矩形。

典型题解

【例 6-2】在报表设计中，可以通过添加____控件来控制另起一页输出显示。

【解析】在报表中，可以在某一节中使用分页符来标志要另起一页的位置。但考生需要注意，分页符应设置在某个控件之上或之下，以免拆分了控件中的数据。如果要将报表中的每个记录或记录组都另起一页，可以

通过设置组标头、组标脚或主体节的"强制分页"属性来实现。

强化训练

（1）要显示格式为"页码/总页数"的页码，应当设置文本框控件的控制来源属性为（　）。

　　A）[Page]/[Pages]　　　B）=[Page]/[Pages]　　　C）[Page]&"/"&[Pages]　　D）=[Page]&"/"&[Pages]

（2）在报表设计中，以下可以做绑定控件显示字段数据的是（　）。

　　A）文本框　　　　　　　B）标签　　　　　　　　C）命令按钮　　　　　　D）图像

（3）在报表设计的工具栏中，用于修饰版面以达到良好输出效果的控件是（　）。

　　A）直线和矩形　　　　　B）直线和圆形　　　　　C）直线和多边形　　　　D）矩形和圆形

（4）在 Access 中，报表设计时分页符以＿＿标志显示在报表的左边界上。

（5）要在报表上显示格式为"4/总 15 页"的页码，则计算控件的控件来源应设置为＿＿。

　　【答案】

　　（1）D　（2）A　（3）A　（4）短虚线　（5）=[Page] & "/总" & [Pages] & "页"

6.4　报表排序和分组

　　报表需要将大量数据按不同的类型集中在一起，并按照一定的顺序排列，只有对记录进行了排序与分组，才能对数据进行分类、汇总，这也是报表的主要功能。

　　通过报表设计向导可以设置记录的分组和排序方式，但是这样生成的报表只能按照一个或几个（最多 4 个）字段排序，而且不能按照字段的表达式排序。

　　可以使用报表设计视图中的工具栏中的"排序与分组"按钮在"排序与分组"窗口中添加、删除和修改报表中数据的排序方式和分组选项。在"排序与分组"窗口中最多可按 10 个字段或表达式进行排序。

　　使用"排序与分组"窗口对记录排序和分组。

1. 记录排序

　　在报表中设定的排序将覆盖此报表数据源的原有排序方式。

　　在报表的设计视图中，单击工具栏中"排序与分组"按钮[图]，打开"排序与分组"窗口。然后单击"字段/表达式"行右侧的下拉按钮，从弹出的字段列表中选择要排序的字段，或输入表达式，并从"排序次序"行的下拉列表中选择"升序"或"降序"，如图 6-15 所示。

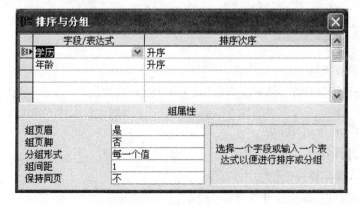

图 6-15　"排序与分组"窗口

如果需要多个字段排序，则重复上述操作添加其他参加排序的字段，其中，第 1 行的排序最优先，第 2 行次之。即先按第 1 行的字段排序，这个字段的值相同的记录再按第 2 行的字段排序，依此类推。

2．记录分组

一个组是相关记录组成的集合。报表中的记录分组后，相关的记录将集中在一起，还可以为每个组设置要显示的说明文字和汇总数据。报表的分组可以嵌套，最多嵌套 10 层。记录的分组必须建立在排序的基础上，但是设置了排序的字段不一定按其分组。

对记录设置分组是通过设置排序字段的"组页眉"和"组页脚"属性来实现的。

在报表的设计视图中打开"排序与分组"窗口。选择分组字段，在其"组属性"窗格中设置"组页眉"、"组页脚"、"分组形式"、"组间距"和"保持同页"各属性。

① 组页眉。用于决定所选定的排序字段是否包含页眉。

② 组页脚。用于决定所选定的排序字段是否包含页脚。

③ 分组形式。用于决定按何种方式组成新组。

④ 组间距。用于和"分组形式"属性一起说明分组数据的间距值。

⑤ 保持同页。用于决定同组的数据是否打印在同一页上。

典型题解

【例 6-3】在报表中将大量数据按不同的类型分别集中在一起，称为（ ）。

A）数据筛选　　　　　B）合计　　　　　C）分组　　　　　D）排序

【解析】数据筛选是指从源数据中筛选出满足条件的数据；合计是指将一些记录某个数值字段的值累加起来得到的一个总合值；分组是指报表设计时按选定的某个（或几个）字段值是否相等而将记录划分成组的过程；排序是对一系列值按照一定顺序进行重新排列。由此可见，只有分组能够实现将大量数据按不同的类型分别集中在一起，故应该选择 C。

强化训练

（1）报表记录分组操作时，首先要选定分组字段，在这些字段上值____的记录数据归为同一组。

（2）Access 的报表要实现排序和分组统计操作，应通过设置____属性来进行。

【答案】

（1）相等 或 相同 （2）排序与分组

6.5 使用计算控件

1．报表添加计算控件

计算控件的控件源是计算表达式，当表达式的值发生变化时，会重新计算结果并输出显示。文本框是最常用的计算控件。在报表的任意位置添加一个文本框，并在其"控件来源"属性中设置一个表达式，就完成了计算控件的添加。

2．报表统计计算

（1）主体节内添加计算控件

在主体节内添加计算控件可对每条记录的若干字段值进行统计计算。

（2）在组页眉/组页脚节区内或报表页眉/报表页脚节区内添加计算字段

在组页眉/组页脚节区内或报表页眉/报表贞脚节区内添加计算字段，可以对一组记录或全部记录的某些字段进行统计计算。

3．报表常用函数

报表设计中，常用的函数包括统计计算类函数、日期类函数等，主要函数的功能如表6-1所示。

表6-1　报表中常用函数

函　数	功　能
Avg	在指定的范围内，计算指定字段的平均值
Count	计算指定范围内记录个数
First	返回指定范围内多条记录中的第1个记录指定的字段值
Last	返回指定范围内多条记录中的最后一个记录指定的字段值
Max	返回指定范围内多条记录中的最大值
Min	返回指定范围内多条记录中的最小值
Sum	计算指定范围内的多条记录指定字段值的和
Date	当前日期
Now	当前日期和时间
Time	当前时间
Year	当前年

典型题解

【例6-4】在使用报表设计器设计报表时，如果要统计报表中某个字段的全部数据，应将计算表达式放在（　　）。

A）组页眉/组页脚　　　　　　　　　　B）页面页眉/页面页脚

C）报表页眉/报表页脚　　　　　　　　D）主体

【解析】在主体节内添加计算控件可对每条记录的若干字段值进行统计计算。在组页眉/组页脚节区内或报表页眉/报表页脚节区内添加计算字段，可以对一组记录或全部记录的某些字段进行统计计算。本题要求对某个字段的全部数据进行统计，所以计算表达式应该放在报表页眉/报表页脚内。

强化训练

（1）要实现报表的分组统计，其操作区域是（　　）。

A）报表页眉或报表页脚区域

B）页面页眉或页面页脚区域

C）主体区域

D）组页眉或组页脚区域

（2）如果设置报表上某个文本框的控件来源属性为"=2*3+1"，则打开报表视图时，该文本框显示信息是（　　）。

A）未绑定　　　　　　　B）7　　　　　　　C）2*3+1　　　　　　　D）出错

（3）在报表中，要计算"数学"字段的最高分，应将控件的"控件来源"属性设置为（　　）。

A）=Max([数学])　　　B）Max(数学)　　　C）=Max[数学]　　　D）=Max(数学)

（4）计算控件的控件来源属性一般设置为＿＿＿＿开头的计算表达式。

【答案】

（1）D　（2）B　（3）A　（4）=

6.6　创建子报表

子报表是插在其他报表中的报表。

1. 在已有报表中创建子报表

在创建子报表之前，首先要确保主报表和子报表之间已经建立了正确的联系，这样才能保证在子报表中记录与主报表中的记录之间有正确的对应关系。创建步骤如下。

① 在"设计"视图下，确保工具箱已显示出来，并使"控件向导"按钮按下，然后单击按下工具箱中的"子窗体/子报表"按钮。

② 在子报表的预留区单击插入子报表，此时会弹出"子报表向导"。

③ 在向导第 1 页选择子报表的数据来源，可以是现有的表或查询，也可以是报表或窗体。这里选择表或查询，然后单击"下一步"按钮。

④ 在第 2 页中，选择子报表中要包含的字段，并单击"下一步"按钮。

⑤ 在第 3 页中，确定主报表与子报表的链接字段，可以从列表中选，也可以用户自定义。单击"下一步"按钮。

⑥ 这是向导的最后一页，输入子报表名称并单击"完成"按钮。

2. 将已有报表添加到其他已有报表中建立子报表

① 打开用作主报表的已有报表的设计视图。

② 确保工具箱中的"控件向导"按钮已经按下。

③ 按〈F11〉键切换到数据库窗口。

④ 将报表或数据表从"数据库"窗口拖动到主报表中，这样 Access 会自动将子报表控件添加到报表中。

3. 链接主报表和子报表

① 在"设计"视图中打开主报表。

② 选择已添加的子报表控件，单击工具栏上的"属性"按钮。

③ 在"链接子字段"属性框中输入子报表中"链接字段"的名称；在"链接主字段"属性框中输入主报表中"链接字段"的名称。

6.7　创建多列报表

多列报表最常用的是标签报表形式，此外，也可以将一个设计好的普通报表设置成多列报表，操作步骤如下。

① 创建普通报表。

② 单击"文件"菜单中的"页面设置"命令。

③ 在"页面设置"对话框中，单击"列"选项卡，如图 6-16 所示。

④ 在"网格设置"标题下的"列数"框中输入每一页所需的列数，以及其他属性。

⑤ 单击"确定"按钮。

图 6-16　"列"选项卡

6.8　设计复杂的报表

1．报表属性

用户可以单击工具条中的"属性"按钮或单击"视图"菜单中的"属性"命令来显示报表属性对话框，如图 6-17 所示。

图 6-17　报表属性对话框

报表基本属性如表 6-2 所示。

表 6-2　报表基本属性说明

属　　性	说　　明
标题	用来设定预览报表时在报表的标题栏上显示的文本
页面页眉 页面页脚	确定页面页眉和页面页脚中的内容是否要打印出来，有 4 种选择：所有页，报表页眉不要，报表页脚不要，报表页眉/报表页脚都不要
组结合方式	确定组的结合方式，有两种选择：每页，组按页保持在一起；每列，组按列保持在一起
宽度	确定报表中节的宽度
记录源	指定报表的数据源
筛选	指定条件，使报表只输出符合条件的记录子集

2．节属性

图 6-18 是节的属性窗体，常用的节属性如表 6-3 所示。

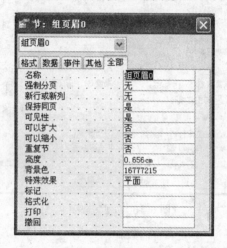

图 6-18　节属性窗体

表 6-3　节基本属性说明

属　　性	说　　明
强制分页	把这个属性值设置成"是"，可以强制换页
新行或新列	设定这个属性可以强制在多列报表的每一列的顶部显示两次标题信息
保持同页	设成"是"，一节区域内的所有行保存在同一页中；"否"，跨页边界编排
可见性	把这个属性设置为"是"，则可以看见区域
可以扩大	设置为"是"，表示可以让节区域扩展，以容纳长的文本
可以缩小	设置为"是"，表示可以让节区域缩小，以容纳较少的文本
格式化	当打开格式化区域时，先执行该属性所设置的宏
打印	打印或"打印预览"这个节区域时，执行该属性所设置的宏

第 7 章　数据访问页

🔘 **考点概览**

本章内容在考试中所占比例很少。分析历届考试中所占的比例，每次考试平均1题，合计2分。

🔘 **重点考点**

① 数据访问页特有的一些控件。
② 数据访问页的一些基本概念。

🔘 **复习建议**

本章介绍有关数据访问页的基本操作。笔试题考得很少，大多涉及一些数据访问页特有的控件，如超级链接、滚动文字等，还有一些数据访问页的基本概念。上机题也稍有涉及数据访问页的创建等。考生对本章的内容大致了解就可以了。

7.1　数据访问页的基本概念

在 Access 中，可以通过页视图或设计视图来查看数据访问页，还可以在浏览器中打开数据访问页来浏览。

1. 页视图

在数据库中切换到"页"组，然后在其中双击要打开的数据访问页。也可以在"页"组中，单击要打开的数据访问页，然后单击数据库工具栏上的"打开"按钮来打开数据访问页的页视图。页视图如图 7-1 所示。

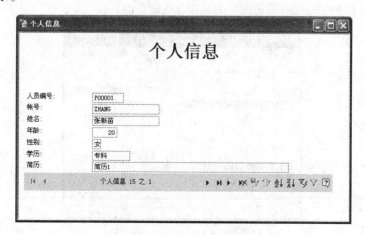

图 7-1　数据访问页的页视图

2. 设计视图

切换到"页"组，在"页"对象列表中单击选中要打开的数据访问页，然后单击工具栏上的"设计"按钮来打开数据访问页的设计视图，如图 7-2 所示。

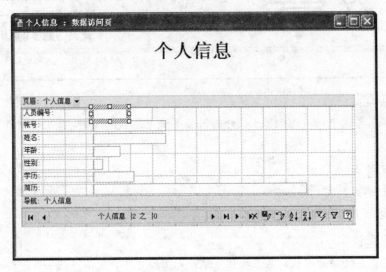

图 7-2　数据访问页的设计视图

7.2　创建数据访问页

数据访问页是一种独立于 Access 数据库的 HTML 文件。创建时 Access 自动在当前文件夹下将创建的页保存为 HTML 格式，并在数据库窗口中添加一个访问该页的快捷方式。

1. 自动创建数据页

使用快速自动创建方式只能创建纵栏式数据访问页。

① 在数据库中的"页"对象组中，单击工具栏上的"新建"按钮，或单击"新对象"选择器并从下拉列表中选择"页"。

② 在图 7-3 所示的"新建数据访问页"对话框中选择"自动创建数据页：纵栏式"，在下面的下拉式列表中选择用于创建数据访问页的来源表或是查询。

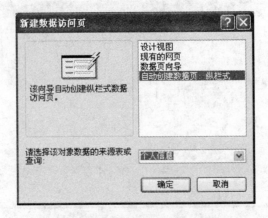

图 7-3　"新建数据访问页"对话框

③ 单击"确定"按钮。Access 自动创建一个简单的自动数据访问页，并且以页视图打开，每个字段都以左侧带标签的形式出现在单独的行上。

④ 关闭打开的页视图并在出现的消息框中选择"是"按钮。

⑤ 在"另存为数据访问页"对话框中为创建的数据访问页指定保存位置及名称。

使用这种方式快速创建的数据访问页，页面上的数据都简单地以纵栏表的方式出现，并且没有进行数据分组等信息。

2. 使用向导创建页

用向导创建数据访问页的主要步骤如下：启动数据页向导；选择字段；确定分组级别；确定排序顺序；保存所创建的数据访问页。

通常根据向导提示进行操作即可。

3. 使用设计视图创建数据访问页

用设计视图创建数据访问页的一般步骤为：

① 在数据库窗口的"页"选项卡中，单击"新建"按钮，弹出图 7-3 所示的"新建数据访问页"对话框，选择"设计视图"，单击"确定"按钮。

② 根据需求，从字段列表窗口中选定需要显示的字段，并拖到页上。也可以从工具箱中选择要添加的控件，如标签、链接等，添加到页上。

③ 设置数据访问页和其控件的属性。

典型题解

【例 7-1】数据访问页是一种独立于 Access 数据库的文件，该文件的类型是（　　）。

A）TXT 文件　　　　B）HTML 文件　　　　C）MDB 文件　　　　D）DOC 文件

【解析】数据访问页是一种可以直接与数据库中的数据连接的网页，利用数据访问页，用户可以输入、编辑、查看 Access 数据库中的数据。访问数据访问页的方式既包括通过 Internet 或 Intranet 上访问，也包括通过电子邮件发送数据访问页，该文件的类型是 HTML 文件。选项 B 为正确答案。

强化训练

（1）将 Access 数据库中的数据发布在 Internet 网络上可以通过（　　）。

A）查询　　　　B）窗体　　　　C）表　　　　D）数据访问页

（2）Access 通过数据访问页可以发布的数据（　　）。

A）只能是静态数据　　　　　　　　B）只能是数据库中保持不变的数据

C）只能是数据库中变化的数据　　　D）是数据库中保存的数据

（3）在数据访问页的工具箱中，图标 的名称是＿＿＿＿。

【答案】

（1）D　（2）D　（3）图像超链接

7.3 编辑数据访问页

1. 添加标签

标签 在数据访问页中主要用来显示描述性文本信息。在数据访问页中添加标签的步骤跟窗体和报表中添加是一样的。

2. 添加命令按钮

命令按钮 ▱ 的应用很多，利用它可以对记录进行浏览和操作等。在数据访问页添加命令按钮的方法跟在窗体中添加是一样的。

3. 添加滚动文字

滚动文字控件 ▱ 也称为字幕，显示数据访问页中可以滚动的文字。滚动文字可以是与数据源绑定的，也可以是未绑定的。

4. 设置背景

在 Access 数据访问页中，用户可以设置自定义的背景颜色、背景图片以及背景声音等，以便增强数据访问页的视觉效果和音乐效果。在"设计"视图中打开数据访问页，从"格式"菜单中的"背景"命令组中即可设置背景颜色、背景图片以及背景声音。

典型题解

【例 7-2】在数据访问页的工具箱中，为了设置一个超级链接，应该选择的图标是（   ）。

A）▱   B）▱   C）▱   D）▱

【解析】题目所给选项全部是数据访问页中增加的专用于网上浏览的数据工具。选项 A 是绑定超级链接按钮，用于在数据访问页中输入一个包含超级链接地址的文本字段，使用该字段可以快速链接到指定的 Web 页。选项 B 是滚动文字按钮，用于在数据访问页中插入一段移动的文本或者在指定框内滚动的文本。选项 C 是展开/收缩按钮，用于在数据访问页中插入一个展开或收缩按钮，以便显示或隐藏已被分组的记录。选项 D 是绑定范围按钮，用于在数据访问页上将 HTML 代码与 Access 数据库中的"文本"或"备注"字段绑定，或将其与 Access 项目中的 text、ntext 或 varchar 列绑定。除了题目中涉及的工具，还有影片、图像超级链接等，考生对这些也应该有所了解。

强化训练

（1）在数据访问页的工具箱中，为了插入一段滚动的文字应该选择的图标是（   ）。

A）▱   B）▱   C）▱   D）▱

（2）在数据网问页的工具箱中，为了插入一个按钮应该选择的图标是（   ）。

A）▱   B）▱   C）▱   D）▱

（3）在数据访问页的工具箱中，图标 ▱ 的名称是____。

【答案】

（1）B　（2）C　（3）超级链接

第 8 章   宏

◉ **考点概览**

本章内容在考试中所占比例较大。分析历届考试中所占的比例，每次考试平均4~7题，合计8~14分。

◉ **重点考点**

① 宏的操作：条件操作宏；宏的运行；常用宏操作。

② 宏的概念：宏的基本概念。

◉ **复习建议**

本章重点为理解宏的基本概念并掌握宏的基本操作：创建宏（创建一个宏，创建一个宏组）、运行宏、在宏中使用条件、设置宏操作参数、常用的宏操作等。复习时，建议多上机实践，熟悉各种常用的宏操作。

8.1 宏的功能

1. 宏的基本概念

宏是由一个或多个操作组成的集合，其中的每个操作能够自动地实现特定的功能。宏可以是包含操作序列的一个宏，也可以是一个宏组。

Access 系统中，宏及宏组保存都需要命令，命名方法与其他数据库对象相同。宏按名调用；宏组中的宏则按"宏组名.宏名"格式调用。

2. 设置宏操作

Access 中提供了一系列基本的宏操作，每个操作都有自己的参数，可以按需要进行设置。

典型题解

【例 8-1】宏是一个或多个____的集合。

【解析】宏是 Access 的一个对象，主要功能就是使操作自动执行。宏是由一个或多个操作组成的集合，其中的每个操作能够自动实现特定功能。宏可以是包含操作序列的一个宏，也可以是一个宏组。

强化训练

（1）宏组中的宏的调用格式为（ ）。

　　A）宏组名.宏名　　　　B）宏名称　　　　C）宏名.宏组名　　　　D）以上都不对

（2）有关宏的叙述中，错误的是（ ）。

　　A）宏是一种操作代码的组合　　　　　　　B）宏具有控制转移功能

C）建立宏通常需要添加宏操作并设置宏参数　　D）宏操作没有返回值

（3）由多个操作构成的宏，执行时是按____执行的。

　　【答案】

　　（1）A　（2）B　（3）依次 或 顺序

8.2　建立宏

1．创建操作序列宏

① 在数据库的"宏"组中，单击"新建"按钮打开宏窗口，如图 8-1 所示。

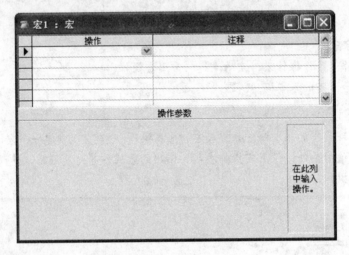

图 8-1　宏窗口

② 在"操作"列中的下拉式列表中选择所要使用的宏命令，并在窗口下方的"操作参数"框中，设置该操作对应的各项参数。

③ 根据需要指定宏操作的备注文字。

④ 如需添加更多的操作，可把光标移动到下一操作行并重复步骤②和③完成新操作。

⑤ 保存并命名设计好的宏。

2．创建宏组

如果将相关的几个宏组织在一个位置上，而不希望对其单个追踪，就构成一个宏组。具体操作步骤如下。

① 进入"宏"对象窗口，单击"新建"工具按钮打开"宏"设计窗口。

② 选中"视图"菜单中的"宏名"；或者单击按下工具栏上的"宏名"按钮，此时"宏"设计窗口会增加一个"宏名"列。

③ 在"宏名"列内，输入宏组中的宏名。

④ 添加需要宏执行的操作，并设置操作参数，添加注释文字。

⑤ 重复步骤③和④，继续添加其他宏。

⑥ 保存并命名设计好的宏组。

3．创建条件操作宏

在数据处理过程中，如果希望满足指定条件才执行宏的某一个或多个操作，可以使用条件来控制这种流程。操作步骤如下。

① 在"宏"的设计窗口中，单击工具栏上的"条件"按钮⚑，在宏设计窗口中会增加一个"条件"列。

② 将所需的条件表达式输入到相关操作左侧的条件列中。

③ 如果后面的操作条件与此操作相同，只要在相应的"条件"栏输入"…"即可。

运行宏时，如果运行到左侧有条件的操作，Access 会先判断条件表达式的真假，只有条件为真时才执行该操作。没有指定条件的操作则无条件执行。

4．设置宏的操作参数

在宏中添加了某个操作之后，可以在宏窗口的下部设置这个操作的参数。这些参数可以向 Microsoft Access 提供如何执行操作的附加信息。

5．运行宏

宏有多种运行方式。可以直接运行某个宏，可以运行宏组里的宏，还可以为窗体、报表及其上的控件的事件响应而运行宏。

此外，在 Access 打开该数据库时，会首先扫描该数据库中是否包含名为"autoexec"的宏，如果有，则自动运行该宏。用户也可以在打开数据库时按住〈Shift〉键，以禁止自动运行 autoexec 宏。

（1）直接运行宏

① 从"宏"设计窗体中运行宏，单击工具栏上的"运行"按钮⚠。

② 从数据库窗体中运行宏，单击"宏"对象选项，然后双击相应的宏名。

③ 从"工具"菜单上选择"宏"选项，单击"运行宏"命令，再选择或输入要运行的宏。

④ 使用 Docmd 对象的 RunMacro 方法，从 VBA 代码过程中运行。

（2）运行宏组中的宏

① 将宏指定为窗体或报表的事件属性设置，或指定为 RunMarco 操作的宏名参数。使用下列方法来引用宏：

　　　宏组名.宏名

② 从"工具"菜单上选择"宏"选项，单击"运行宏"命令，再选择或输入要运行的宏组里的宏。

③ 使用 Docmd 对象的 RunMacro 方法，从 VBA 代码过程中运行。

（3）运行宏或事件过程以响应窗体、报表或控件的事件

① 在"设计"视图中打开窗体或报表。

② 设置窗体、报表或控件的有关事件属性为宏的名称或事件过程。

6．宏的调试

在 Access 系统中提供了"单步"执行的宏调试工具。单步执行就是在运行宏时，每执行一个宏操作都暂停一下。

① 在"数据库"的"宏"组中，打开需要单步运行的"宏"窗口。

② 单击工具栏上的"单步"按钮⚐，或选择"运行"→"单步"命令。再运行宏时就实现了单步执行。

用单步执行运行宏时，会出现"单步执行宏"对话框，如图 8-2 所示。在该对话框中，显示将要执行的下一个宏操作的相关信息，并且包含"单步执行"、"停止"、"继续"3 个按钮。

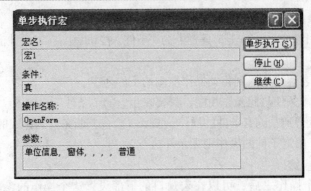

图 8-2 "单步执行宏"对话框

单击"单步执行"按钮，将执行下一个宏操作（即对话框当前显示的宏操作）。

单击"停止"按钮，将停止当前宏组的继续执行。

单击"继续"按钮，将结束单步执行的方式，并继续运行当前宏组的其余宏操作。

典型题解

【例 8-2】以下是宏 m 的操作序列设计：

条件	操作序列	操作参数
	MsgBox	消息为"AA"
[tt]>1	MsgBox	消息为"BB"
...	MsgBox	消息为"CC"

现设置宏 m 为窗体"fTest"上名为"bTest"命令按钮的单击事件属性，打开窗体"fTest"运行后，在窗体上名为"tt"的文本框内输入数字 1，然后单击命令按钮 bTest，则（　）。

A）屏幕会先后弹出 3 个消息框，分别显示消息"AA"、"BB"、"CC"

B）屏幕会弹出一个消息框，显示消息"AA"

C）屏幕会先后弹出两个消息框，分别显示消息"AA"和"BB"

D）屏幕会先后弹出两个消息框，分别显示消息"AA"和"CC"

【解析】在题干中可以看到，第 2 个宏的"条件"下，有"[tt]>1"的运行条件，而在其相邻下方宏的"条件"下，有省略号"…"。由此可见，本题首先执行第 1 个没有条件的宏操作，由于 tt=1，则第 2 个宏操作不执行，而第 3 个宏的"条件"列下有省略号"…"，则第 3 个宏操作也不执行，所以屏幕上将只会弹出一个消息框，显示消息"AA"，选项 B 正确。

【例 8-3】假设某数据库已建有宏对象"宏 1"，"宏 1"中只有一个宏操作 SetValue。其中第 1 个参数项目为"[Label0].[Caption]"，第 2 个参数表达式为"[Text0]"。窗体"fmTest"中有 1 个标签 Label0 和 1 个文本框 Text0，现设置控件 Text0 的"更新后"事件为运行"宏 1"，则结果是（　）。

A）将文本框清空

B）将标签清空

C）将文本框中的内容复制给标签的标题，使二者显示相同内容

D）将标签的标题复制到文本框，使二者显示相同内容

【解析】宏操作 SetValue 的作用是为窗体、窗体数据或报表上的控件、字段或属性设置值。其中第 1 个参数（项目）是要设置的控件、字段或属性的名称，本题中的"[Label0].[Caption]"表示要设置标签 Label0 的 Caption

属性；第 2 个参数（表达式）为设置此项目值的表达式，本题中的"Text0"表示该表达式为 Text0 的值。在 Text0 更新后运行此宏时，宏将 Label0 的 Caption 属性（Label0 的标签内容）更新为 Text0 中的内容。所以选项 C 为正确答案。

强化训练

（1）某窗体中有一命令按钮，在"窗体视图"中单击此命令按钮，运行另一个应用程序。如果通过调用宏对象完成此功能，则需要执行的宏操作是（ ）。

    A）RunApp   B）RunCode   C）RunMacro   D）RunSQL

（2）要限制宏操作的操作范围，可以在创建宏时定义（ ）。

    A）宏操作对象   B）宏条件表达式

    C）窗体或报表控件属性   D）宏操作目标

（3）在 Access 中，自动启动宏的名称是（ ）。

    A）autoexec   B）auto   C）auto.bat   D）autoexec.bat

（4）在条件宏设计时，对于连续重复的条件，可以代替的符号是（ ）。

    A）...   B）=   C），   D）；

（5）在宏的调试中，可配合使用设计器上的工具按钮是（ ）。

    A）"调试"   B）"条件"   C）"单步"   D）"运行"

（6）用于打开窗体的宏命令是（ ）。

    A）OpenForm   B）OpenReport

    C）OpenQuery   D）OpenTable

（7）宏命令 SetWarnings 的功能是（ ）。

    A）设置属性值   B）关闭或打开系统消息

    C）显示警告信息   D）设置提示信息

（8）在一个数据库中已经设置了自动宏 AutoExec，如果在打开数据库的时候不想执行这个自动宏，正确的操作是（ ）。

    A）用〈Enter〉键打开数据库   B）打开数据库时按住〈Alt〉键

    C）打开数据库时按住〈Ctrl〉键   D）打开数据库时按住〈Shift〉键

（9）打开查询的宏操作是（ ）。

    A）OpenForm   B）OpenQuery

    C）OpenTable   D）OpenModule

（10）在宏的表达式中要引用报表 test 上控件 txtName 的值，可以使用的引用是（ ）。

    A）txtName   B）test!txtName

    C）Reports!test!txtName   D）Report!txtName

（11）为窗体或报表上的控件设置属性值的宏命令是（ ）。

    A）Echo   B）MsgBox   C）Beep   D）SetValue

（12）有关宏操作的叙述中，错误的是（ ）。

    A）宏的条件表达式中不能引用窗体或报表的控件值

    B）所有宏操作都可以转化为相应的模块代码

    C）使用宏可以启动其他应用程序

    D）可以利用宏组来管理相关的一系列宏

（13）有关条件宏的叙述中，错误的是（　）。

　　A）条件为真时，执行该行中对应的宏操作

　　B）宏在遇到条件内有省略号时，终止操作

　　C）如果条件为假，将跳过该行中对应的宏操作

　　D）宏的条件内为省略号表示该行的操作条件与其上一行的条件相同

（14）创建宏时至少要定义一个宏操作，并要设置对应的（　）。

　　A）条件　　　　　　B）命令按钮　　　　　C）宏操作参数　　　　　D）注释信息

（15）在创建条件宏时，如果要引用窗体上的控件值，正确的表达式引用是（　）。

　　A）[窗体名]![控件名]　　　　　　　　B）[窗体名].[控件名]

　　C）[Form]![窗体名]![控件名]　　　　D）[Forms]![窗体名]![控件名]

（16）在宏的设计窗口中，可以隐藏的列是（　）。

　　A）宏名和参数　　　B）条件　　　　　　C）宏名和条件　　　　D）注释

（17）如果不指定对象，Close 基本操作关闭的是（　）。

　　A）正在使用的表　　　　　　　　　　　B）当前正在使用的数据库

　　C）当前窗体　　　　　　　　　　　　　D）当前对象(窗体、查询、宏)

（18）运行宏，不能修改的是（　）。

　　A）窗体　　　　　　B）宏本身　　　　　　C）表　　　　　　　D）数据库

（19）如果要建立一个宏，希望执行该宏后，首先打开一个表，然后打开一个窗体，那么在该宏中应该使用＿＿＿和＿＿＿两个操作命令。

（20）用于执行指定 SQL 语句的宏操作是＿＿＿。

（21）由多个操作构成的宏，执行时是按＿＿＿依次执行的。

（22）定义＿＿＿有利于数据库中宏对象的管理。

　　【答案】

　　（1）A　　（2）B　　（3）A　　（4）A　　（5）C　　（6）A　　（7）B　　（8）D

　　（9）B　　（10）C　　（11）D　　（12）A　　（13）B　　（14）C　　（15）D　　（16）C

　　（17）C　　（18）B　　（19）OpenTable　OpenForm　　（20）RunSQL　（21）排列次序　　（22）宏组

8.3　通过事件触发宏

1. 事件的概念

　　事件（Event）是在数据库中执行的一种特殊操作，是对象所能辨识和检测的动作，当此动作发生于某一个对象上时，其对应的事件便会被触发。

2. 通过事件触发宏

　　可以在窗体、报表或查询设计的过程中，为对象的事件指定对应的宏或事件过程。下面以窗体按钮的单击事件为例，介绍设置步骤。

　　① 创建单击按钮时，需要运行的宏。

　　② 创建窗体，并添加按钮（不通过向导添加）。

　　③ 打开按钮的属性窗口，切换到"事件"页，从"单击"事件属性下拉列表中选取刚创建的宏，如图 8-3 所示。

图 8-3　按钮的属性窗口

④ 保存窗体即可。

第9章 模块与VBA编程基础

● 考点概览

　　模块部分是 Access 数据库的高级应用，也是重点和难点，本章涉及内容较多，在历次考试中，本章题目所占分数在 18 分以上，非常重要。

● 重点考点

　　① VBA 编程基础：用户定义的数据类型；数组；运算符；表达式和优先级；常用标准函数。

　　② 流程控制语句：程序语句书写；条件语句；循环语句。

● 复习建议

　　① 本章大部分内容需要在理解的基础上才能正确答题，考生需要熟练掌握 VBA 中各种语句、命令的用法，还要能够读懂简单的 VBA 应用程序。

　　② 程序调试的内容，虽然很少考核，但要掌握本章内容，应当上机实际练习，通过实际调试，才能掌握。

9.1 模块的基本概念

　　模块是 Access 中的重要对象，它以 VBA（Visual Basic for Application）语言为基础，是使用函数或子过程为单元进行保存的集合。

1. 类模块

　　窗体模块和报表模块都属于类模块，它们从属于各自的窗体或报表，它们通常都含有事件过程，而过程的运行用于响应窗体或报表上的事件。

2. 标准模块

　　标准模块包含的是通用过程和常用过程，这些通用过程不与任何对象相关联，常用过程可以在数据库中的任何位置运行。

3. 将宏转换为模块

　　Access 能够自动将宏转换为 VBA 模块，根据需要可以将设计好的宏对象转换为模块代码形式。

9.2 创建模块

　　过程是模块的单元组成，由 VBA 代码编写而成。过程分为两种类型：Sub 子过程和 Function

函数过程。

（1）在模块中加入过程

模块是装着 VBA 代码的容器。在窗体或报表的设计视图里，单击工具栏的"代码"按钮或者创建窗体或报表的事件过程可以进入类模块的设计和编辑窗口；单击数据库窗体中的"模块"对象标签，然后单击"新建"按钮即可进入标准模块的设计和编辑窗口。

（2）在模块中执行宏

在模块的过程定义中，使用 DoCmd 对象的 RunMacro 方法，可以执行设计好的宏。其调用格式为：

DoCmd.RunMacro MacroName [, RepeatCount] [, RepeatExpression]

其中 MacroName 表示当前数据库中宏的有效名称；RepeatCount 可选项，用于计算宏运行次数的整数值；RepeatExpression 可选项，为数值表达式，在每一次运行宏时进行计算，结果为 False(0) 时，停止运行宏。

9.3 VBA 程序设计基础

1．面向对象程序设计的基本概念

VBA 与传统语言的重要区别之一就是它是面向对象的，对象是 VBA 程序设计的核心。

（1）对象和集合

在 VBA 中对象是将数据和代码封装起来的实体，它是代码和数据的组合。可将它看作单元，例如，控件、窗体或应用程序部件。每个对象由类来定义。在 Access 2003 中有很多对象，例如，菜单栏、工具栏、窗体等。

集合表示的是某类对象所包含的实例构成。

（2）属性和方法

属性和方法描述了对象的性质和行为。其引用方式为：对象.属性或对象.行为。

① 属性是对象的特性。例如，文本框的高度、宽度等属性。

② 方法是对象可以执行的动作。如用来打开窗体的方法。方法的操作与过程、函数的操作相同，方法是一种特殊的过程或函数。

（3）事件和事件过程

① 事件是对象发生的事情，如单击命令按钮。事件可以用事件过程来触发某些操作，触发同样的事件，可以执行不同的事件过程。

② 事件过程是响应某个事件所执行的程序代码，事件过程是计算机要执行的一系列操作。

2．Visual Basic 编辑环境

（1）Visual Basic 编辑器

Visual Basic 编辑器（VBE，Visual Basic Editor）是编辑 VBA 代码时使用的界面。VBE 编辑器提供了完整的开发和调试工具，如图 9-1 所示。

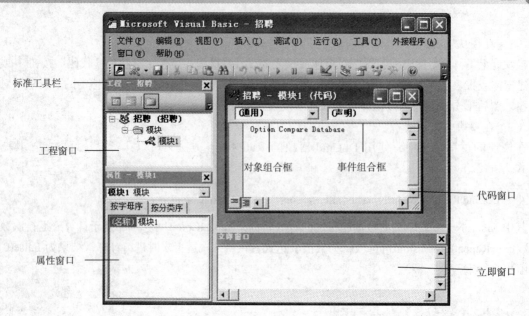

图 9-1 VBE 窗口

VBE 窗口主要由标准工具栏、工程窗口、属性窗口和代码窗口组成。

① 标准工具栏。列出一些常用的命令按钮以便用户使用。

② 工程窗口。又称工程项目管理器，其中列出了应用程序的所有模块文件。

③ 属性窗口。列出所选对象的各个属性。

④ 代码窗口。是输入和编辑 VBA 代码的地方。

（2）进入 VBE 编程环境

类模块与标准模块进入 VBE 的方式不同。对于类模块，可以直接定位到窗体或报表，然后单击代码工具按钮。对于标准模块，可以直接从数据库窗体对象列表中选择"模块"，双击进入 VBE 界面查看模块。

（3）VBE 环境中编写 VBA 代码

VBA 代码是由语句组成的，一条语句就是一行代码。在 VBA 模块中不能存储单独的语句，必须将语句组织起来形成过程，即 VBA 程序是块结构，它的主体是事件过程或自定义过程。

（4）程序语句书写原则

通常将一个语句写在一行。语句较长，一行写不下时，可以用续行符（_）将语句连续写在下一行。可以使用冒号（:）将几个语句分隔写在一行中。

在 VBA 程序中，注释可以通过使用 Rem 关键字或单引号"'"后跟注释信息来实现。

3. 数据类型和数据库对象

Access 数据库系统创建表对象时所涉及的字段数据类型（除了 OLE 对象和备注数据类型外），在 VBA 中都有相对应的数据类型。

数据库对象，如数据库、表、查询、窗体和报表等，也有对应的 VBA 对象数据类型，这些对象数据类型由引用的对象库所定义。

4. 变量与常量

变量是指运行程序时值会发生变化的数据。VBA 声明变量有两种方法。

① 显示声明。先定义后再使用的变量。VBA 中定义变量的一般形式如下：

Dim <变量名> [As <变量类型>]

如果省略 As <变量类型>部分，将默认定义为 Variant 数据类型。

② 隐含声明。没有直接定义，借助将一个值指定给变量名的方式来建立变量。

可以在模块设计窗口顶部的说明区域中加入 Option Explicit 语句来强制要求所有变量必须先定义才能使用。

在 VBA 编程中，变量定义的位置和方式不同，则它存在的时间和起作用的范围也有所不同，这就是变量的作用域与生命周期。

VBA 中变量作用域有 3 个层次。

① 局部范围。变量定义在模块的过程内部，过程代码执行时才可见。在子过程或函数过程中定义的或不用 Dim…As 关键字定义而直接使用的变量作用范围都是局部的。

② 模块范围。变量定义在模块的所有过程之外的起始位置，运行时在模块所包含的所有子过程和函数过程中可见。在模块的变量定义区域，用 Dim…As 关键字定义的变量就是模块范围的。

③ 全局范围。变量定义在标准模块的所有过程之外的起始位置，运行时在所有类模块和标准模块的所有子过程与函数过程中都可见。在标准模块的变量定义区域，用 Public…As 关键字说明的变量就属于全局的范围。

变量还有一个特性，称为持续时间或生命周期。变量的持续时间是从变量定义语句所在的过程第一次运行到程序代码执行完毕并将控制权交回调用它的过程为止的时间。每次子过程或函数过程被调用时，以 Dim…As 语句说明的局部变量，有着与子过程或函数过程等长的持续时间。

要在过程的实例间保留局部变量的值，可以用 Static 关键字代替 Dim 以定义静态变量。静态（Static）变量的持续时间是整个模块执行的时间，但它的有效作用范围是由其定义位置决定的。

目前，VB 和 VBA 均推荐使用 Hungarian 符号法作为变量命名的法则。该方法使用一组代表数据类型的码。用小写字母作为变量名的第 1 个字符。而用户定义的数据类型名，则建议全部用大写。

在 VBA 编程中，对于一些经常使用的常量，可以用符号常量形式来表示。格式如下：

Const <符号常量名> = <常量值>

Access 系统内部包含若干个系统常量，有 True、False、Yes、No、On、Off 和 Null 等。编码时可以直接使用。

VBA 提供了一些预定义的内部符号常量，它们主要作为一些内部对象的参数使用。内部常量以 ac 开头，如 acCmdSaveAs。

5．常用标准函数

VBA 中包含了近百个内置的标准函数，主要分为 4 类：数学函数、字符串函数、日期/时间函数和类型转换函数。

① 数学函数。数学函数完成数学计算功能。主要包括以下函数。

绝对值函数 Abs(<表达式>)：返回数值表达式的绝对值。如 Abs(-3)=3。
取整函数 Int(<数值表达式>)：返回数值表达式的整数部分。
　　　　 Fix(<数值表达式>)：返回数值表达式的整数部分。
自然指数函数 Exp(<数值表达式>)：计算 e 的 N 次方，返回一个双精度数。
自然对数函数 Exp(<数值表达式>)：计算 e 为底的数值表达式的值的对数。
开平方函数 Log(<数值表达式>)：计算数值表达式的平方根。如 Sqr(9)=3。
三角函数 Sin(<数值表达式>)：计算数值表达式的正弦值。
　　　　 Cos(<数值表达式>)：计算数值表达式的正弦值。

Tan(<数值表达式>)：计算数值表达式的余弦值。

产生随机数函数 Rnd(<数值表达式>)：产生一个 0~9 之间的随机数，为单精度类型。

② 字符串函数。字符串函数完成字符串处理功能。主要包括以下函数。

字符串函数串检索函数 InStr([Start,]<Str1>),<Str2>[,Compare])：检索子字符串 Str2 在字符串 Str1 中最早出现的位置，返回一整型数。

字符串长度检测函数 Len(<字符串表达式>或<变量名>)：返回字符串所含字符数。
字符串截取函数 Left(<字符串表达式>,<N>)：从字符串左边起截取 N 个字符。
Right(<字符串表达式>,<N>)：从字符串右边起截取 N 个字符。
Mid(<字符串表达式>,<N1>,[N2])：从字符串左边第 N1 个字符起截取 N2 个字符。
生成空格字符函数 Space(<数值表达式>)：返回数值表达式的值指定的空格字符数。
大小写转换函数 Ucase(<字符串表达式>)：将字符串中小写字母转换成大写字母。
Lcase(<字符串表达式>)：将字符串中大写字母转换成小写字母。
删除空格函数 LTrim(<字符串表达式>)：删除字符串的开始空格。
RTrim(<字符串表达式>)：删除字符串的尾部空格。
Trim(<字符串表达式>)：删除字符串的开始和尾部空格。

③ 日期/时间函数。日期/时间函数的功能是处理日期和时间。主要包括以下函数。

获取系统日期和时间函数 Date:返回当前系统日期。
Time:返回当前系统时间。
Now:返回当前系统日期和时间。
截取日期分量函数 Year(<表达式>)：返回日期表达式年份的整数。
Month(<表达式>)：返回日期表达式月份的整数。
Day(<表达式>)：返回日期表达式日期的整数。
Weekday(<表达式>,[W]):返回 1~7 的整数，表示星期几。
截取时间分量函数 Hour(<表达式>)：返回时间表达式的小时数（0~23）。
Minute(<表达式>)：返回时间表达式的分钟数（0~59）。
Second(<表达式>)：返回时间表达式的秒数（0~59）。

日期/时间增加或减少一个时间间隔 DateAdd(<间隔类型>，<间隔值>，<表达式>)：对表达式表示的日期按照间隔类型加上或减去指定的时间间隔值。

计算两个日期的间隔值函数 DateDiff(<间隔类型>，<日期 1>，<日期 2>[，W1][，W2])：返回日期 1 和日期 2 之间按照间隔类型所指定的时间间隔数目。

返回日期指定时间部分函数 DatePart(<间隔类型>，<日期>[,W1][,W2])：返回日期中按照间隔类型所指定的时间部分值。

返回包含指定年月日的函数 DateSerial(表达式 1，表达式 2，表达式 3)：返回由表达式 1 值为年、表达式 2 值为月、表达式 3 值为日而组成的日期值。

字符串转换日期函数 DateValue(<字符串表达式>)：将字符串转换为日期值。

④ 类型转换函数。类型转换函数的功能是将数据类型转换成指定数据类型。除了前面介绍的"C-"开头的函数外，还有下面一些常用的类型转换函数。

字符串转换字符代码函数 Asc(<字符串表达式>)：返回字符串首字符的 ASCII 值。
字符代码转换字符函数 Chr(<字符代码>)：返回与字符代码相关的字符。

数字转换成字符串函数 Str(<数值表达式>)：将数值表达式值转换成字符串。

字符串转换成数字函数 Val(<字符串表达式>)：将数字字符串转换成数值型数字。

6. 运算符和表达式

在 VBA 中，提供许多运算符来完成各种形式的运算和处理。根据运算不同，可以分为 4 种类型。

① 算术运算符：乘幂（^）、乘法（*）、除法（/）、整数除法（\）、求模运算（Mod）、加法（+）和减法（-）。

② 关系运算符：等于（=）、不等于（<>）、小于（<）、大于（>）、小于等于（<=）和大于等于（>=）。

③ 逻辑运算符：与（AND）、或（OR）和非（NOT）。

④ 连接运算符：字符串连接（&）。

将常量和变量用上述运算符连接在一起所构成的式子就是表达式。当一个表达式有多个运算符时，运算进行的先后顺序由运算符的优先级决定。一般有如下规律。

① 优先级：算术运算符>连接运算符>关系运算符>逻辑运算符。

② 所有关系运算符的优先级相同；也就是说，按从左到右顺序处理。

③ 算术运算符优先级：指数运算（^）>负数（-）>乘法和除法（*、/）>整数除法（\）>求模运算（Mod）>加法和减法（+、-）。

④ 逻辑运算符优先级：非（NOT）>与（AND）>或（OR）。

⑤ 括号优先级最高。

典型题解

【例 9-1】VBA 表达式 3*3\3/3 的输出结果是（　　）。

A）0　　　　　　　　　B）1　　　　　　　　　C）3　　　　　　　　　D）9

【解析】算术运算符优先级为：指数运算（^）>负数（-）>乘法和除法（*、/）>整数除法（\）>求模运算（Mod）>加法和减法（+、-）。根据此表可以看出，表达式"3*3\3/3"的运算顺序是，首先计算整除符号"\"前的"3*3"，结果等于 9，然后计算整除符号后的"3/3"，结果等于 1，最后，计算 9 被 1 整除的结果，所以正确答案为 9。此题有一定的迷惑性，如果没有记清楚其之间的运算顺序，而简单地按照从左到右的顺序计算的话，很容易得到错误的答案"1"。本题正确答案为 D。

【例 9-2】在 VBA 中，下列变量名中不合法的是（　　）。

A）你好　　　　　　　B）ni hao　　　　　　　C）nihao　　　　　　　D）ni_hao

【解析】变量是指程序运行时值会发生变化的数据，变量名的命名，同字段命名一样，但变量命名不能包含有空格或除了下划线字符(_)外的任何其他的标点符号。答案为选项 B。

【例 9-3】与表达式"BETWEEN 50 AND 100"功能相同的表达式是（　　）。

A）">=50 AND <=100"　　　　　　　　　　B）">50 AND <100"

C）"<=50 OR >=100"　　　　　　　　　　D）"IN (50,100)"

【解析】题干中表达式"BETWEEN 50 AND 100"表示一个数在 50～100 之间，BETWEEN 操作符是用来检查值的范围，比较值必须是被关键字 AND 分隔的两个值（低值和高值）这个和 A 选项">=50 AND <=100"的含义是一样的；B 选项中表示大于 50 小于 100 的数，但是没有包括 50 和 100 这两个端点；C 选项中表示小于等于 50 或者大于等于 100 的数；D 选项中 IN 操作符是测试值是否等于圆括号中的任何成员，比较值必须是一个括在圆括号中的列表，只是代表了 50 和 100。由此可见只有选项 A 是符合题意的。

【例9-4】在窗体上画一个命令按钮，名称为 Command1，然后编写如下事件过程：

```
Option Base 0
Private Sub Command1_Click()
    Dim city As Variant
    city=Array("北京","上海","天津","重庆")
    Print city(1)
End Sub
```

程序运行后，如果单击命令按钮，则在窗体上显示的内容是（　　）。

　A）空白　　　　　　B）错误提示　　　　　　C）北京　　　　　　D）上海

【解析】本题的关键在于对 city= Array("北京","上海","天津","重庆")的理解。由 Array 函数的用法可知，执行该语句后 city 称为一个包含有 4 个元素的数组，因为有 Option Base 0 语句，因此，city(0)="北京"，city(1)="上海"，city(2)="天津"，city(3)="重庆"。由此可知，正确答案为选项 D。

【例9-5】下面程序的运行结果为____。

```
x=-2.3
y=125
z=Len(Str$(x)+Str$(y))
Print z
```

【解析】Str 函数是将数值型量转换为字符型量，因为 y 为正数，所以 Str$(y)前面带有一个空格，Str$(x)前面带有"–"号，Len 函数是计算字符串的长度，由此可见本题的正确答案为 8。

强化训练

（1）VBA 中定义符号常量可以用关键字（　　）。

　A）Const　　　　　　B）Dim　　　　　　C）Public　　　　　　D）Static

（2）以下内容中不属于 VBA 提供的数据验证函数是（　　）。

　A）IsText　　　　　　B）IsDate　　　　　　C）IsNumeric　　　　　　D）IsNull

（3）下列关于算术函数的说法，正确的是（　　）。

　A）Rnd[(number)]用来获得大于等于 0，但小于 1 的双精度随机数

　B）Trim(string)只能用来删除 string 字符串末尾空格

　C）Str(number)用来将 number 转换为字符串，非负数以+开头，负数以-开头

　D）Chr(charcode)用来返回 charcode 所对应的字符，其中 charcode 为 ASCII 码

（4）定义了二维数组 A(2 to 5,5)，该数组的元素个数为（　　）。

　A）20　　　　　　B）24　　　　　　C）25　　　　　　D）36

（5）表达式 Val(".123E2CD")的值是（　　）。

　A）.123　　　　　　B）12.3　　　　　　C）0　　　　　　D）.123E2CD

（6）用于获得字符串 Str 从第 2 个字符开始的 3 个字符的函数是（　　）。

　A）Mid(Str,2,3)　　　B）Middle(Str,2,3)　　　C）Right(Str,2,3)　　　D）Left(Str,2,3)

（7）以下关于 VBA 运算符优先级比较，正确的是（　　）。

　A）算术运算符 > 逻辑运算符 > 比较运算符

　B）逻辑运算符 > 比较运算符 > 算术运算符

　C）算术运算符 > 比较运算符 > 逻辑运算符

　D）以上均是错误的

（8）执行 x\$=InputBox("请输入 x 的值")时，在弹出的对话框中输入 123，在列表框 List1 选中第 1 个列表项，该列表项的内容为 456，使 y 的值是 123456 的语句是（　　）。

A）y=Val(x\$)+Val(List1.List(0))　　　　　　B）y=Val(x\$)+Val(List1.List(1))

C）y=Val(x\$)&Val(List1.List(0))　　　　　　D）y=Val(x\$)&Val(List1.List(1))

（9）下列语句错误的是（　　）。

A）Lable.Caption = List.Text

B）Command1.Caption = List.List(1)

C）List1.List(2) = List1.ListIndex + List1.Text

D）Text1.Text = List1.Name + List1.Text

（10）有如下语句：

```
s=Int(100*Rnd)
```

执行完毕后，s 的值是（　　）。

A）[0,99]的随机整数　　　　　　　　　　B）[0,100]的随机整数

C）[1,99]的随机整数　　　　　　　　　　D）[1,100]的随机整数

（11）以下程序段运行后，消息框的输出结果是（　　）。

```
a=sqr(3)
b=sqr(2)
c=a>b
Msgbox   c+2
```

A）−1　　　　　　　B）1　　　　　　　C）2　　　　　　　D）出错

（12）在窗体中添加一个命令按钮（名称为 Command1），然后编写如下代码：

```
Private Sub Command1_Click( )
    a=0 : b=5 : c=6
    MsgBox   a=b+c
End Sub
```

窗体打开运行后，如果单击命令按钮，则消息框的输出结果为（　　）。

A）11　　　　　　B）a=11　　　　　　C）0　　　　　　D）False

（13）如下程序段定义了学生成绩的记录类型，由学号、姓名和三门课程成绩（百分制）组成。

```
Type Stud
    no As Integer
    name As String
    score(1to3) As Single
End Type
```

若对某个学生的各个数据项进行赋值，下列程序段中正确的是（　　）。

A）Dim S As Stud　　　　　　　　B）Dim S As Stud

　　Stud.no=1001　　　　　　　　　　S.no=1001

　　Stud.name="舒宜"　　　　　　　　S.name="舒宜"

　　Stud.score=78,88,96　　　　　　　S.score=78,88,96

C）Dim S As Stud   D）Dim S As Stud

       Stud.no=1001   S.no=1001

       Stud.name="舒宜"   S.name="舒宜"

       Stud.score(1)=78   S.score(1)=78

       Stud.score(2)=88   S.score(2)=88

       Stud.score(3)=96   S.score(3)=96

（14）在 VBA 中双精度的类型标识是____。

（15）函数 Right("计算机等级考试",4)的执行结果是____。

（16）执行下面的程序段后，b 的值为____。

```
a=5
b=7
a=a+b
b=a–b
a=a–b
```

（17）有如下用户定义类型及操作语句：

```
Type Student
    SNo As String
    SName As String
    SAge As Integer
End Type
Dim Stu As Student
With Stu
    .SNo = "200609001"
    .SName = "陈果果"
    .Age = 19
End With
```

执行 MsgBox Stu.Age 后，消息框输出结果是____。

（18）在窗体上画 1 个名称为 Command1 的命令按钮和 3 个名称为 Label1、Label2、Label3 的标签，然后编写如下程序段：

```
Private x As Integer
Private Sub Command1_Click()
    Static y As Integer
    Dim z As Integer
    n=10
    z=n+z
    y=y+z
    x=x+z
    Label1.Caption=x
    Label2.Caption=y
    Label3.Caption=z
End Sub
```

运行程序，连续 3 次单击命令按钮后，则 3 个标签中显示的内容是____。

【答案】

（1）A　（2）A　（3）D　（4）B　（5）B　（6）A　（7）C　（8）C　（9）C　（10）A　（11）B　（12）D　（13）D　（14）Double　（15）等级考试　（16）5　（17）19　（18）30、30、10

9.4　VBA 流程控制语句

VBA 程序语句按照功能分为两类。

① 声明语句：用于给变量、常量或过程定义命名。

② 执行语句：用于执行赋值操作，调用过程，实现各种流程控制。

执行语句又分为 3 种结构。

① 顺序结构：按照语句顺序顺次执行。

② 条件结构：根据条件选择执行。

③ 循环结构：重复执行某一段程序语句。

1．赋值语句

赋值语句是为了变量指定一个值或表达式。通常以等号（＝）连接。其使用格式为：

[Let] 变量名=值或表达式

这里，Let 为可选项。

2．条件语句

根据条件表达式的值来选择程序运行语句。主要有以下一些结构。

（1）If…Then…End If 语句

语句结构为：

```
If  条件表达式 1 Then
        条件表达式 1 为真时要执行的语句序列
[Else[If 条件表达式 2 Then]]
        [如果条件表达式 1 为假，[并且条件表达式 2 为真]，要执行的语句系列]
End If
```

可以用 ElseIf 语句加入第 2 个条件，该条件必须是在"条件表达式 1"为假，且"条件表达式 2"为真时，来控制语句的执行。注意，Else 和 If 之间并没有空格。

（2）Select Case…End Select 结构

使用格式如下：

```
Select Case 表达式
Case 表达式 1
        表达式的值与表达式 1 的值相等时执行的语句序列
[Case 表达式 2 To 表达式 3]
        [表达式的值介于表达式 2 的值和表达式 3 的值之间时执行的语句序列]
[Case Is 关系运算符  表达式 4]
        [表达式的值与表达式 4 的值之间满足关系运算为真时执行的语句序列]
[Case Else]
        [上面的情况均不符合时执行的语句序列]
End Select
```

Select Case 结构运行时，首先计算"表达式"的值，它可以是字符串或者数值变量或表达式。

然后会依次计算测试每个 Case 表达式的值，直到值匹配成功，程序会转入相应 Case 结构内执行语句。

除上述两种条件语句结构外，VBA 还提供 3 个函数来完成相应选择操作。

（1）IIf 函数

调用格式：IIf（条件式，表达式 1，表达式 2）

该函数是根据"条件式"的值来决定函数返回值。

（2）Switch 函数

调用格式：Switch（条件式 1，表达式 1[，条件式 2，表达式 2_[，条件式 n，表达式 n]]）

该函数是分别根据"条件式 1"、"条件式 2"直至"条件式 n"的值来决定函数返回值。

（3）Choose 函数

调用格式：Choose（索引式，选项 1[，选项 2，…[，选项 n]]）

该函数是根据"索引式"的值来返回选项列表中的某个值。

3. 循环语句

循环语句可以实现重复执行一行或几行程序代码。VBA 支持以下循环语句结构。

（1）For…Next 语句

For…Next 语句能够重复执行程序代码区域特定次数，使用格式如下：

```
For 循环变量=初值 To 终值 [Step 步长]
    循环体
    [条件语句序列
    Exit For
    结束条件语句序列]
Next [循环变量]
```

其执行步骤如下。

① 循环变量取初值。

② 循环变量与终值比较，确定循环是否进行。

③ 执行循环体。

④ 循环变量值增加步长（循环变量=循环变量+步长），程序跳转至②。

（2）Do…While(或 Until)…Loop 语句

Do…While…Loop 语句使用格式如下：

```
Do While 条件式
    循环体
    [条件语句序列
    Exit Do
    结束条件语句序列]
Loop
```

这个循环结构是在条件式结果为真时，执行循环体，并持续到条件式结果为假或执行到选择 Exit Do 语句而退出循环。

（3）While…Wend 语句

While…Wend 循环与 Do While…Loop 结构类似，但不能在 While…Wend 循环中使用 Exit Do 语句。While…Wend 语句格式为：

```
    While 条件式
        循环体
    Wend
```

4. 其他语句——标号和 GoTo 语句

GoTo 语句用于实现无条件转移。使用格式为：

```
GoTo 标号
```

程序运行到此结构，会无条件转移到其后的"标号"位置，并从那里继续执行下去。

典型题解

【例 9-6】以下程序段运行结束后，变量 x 的值为（　　）。

```
x = 2
y = 4
Do
    x = x*y
    y = y+1
Loop　While　y<4
```

A）2　　　　　　　　B）4　　　　　　　　C）8　　　　　　　　D）20

【解析】DO … LOOP WHILE 格式的循环，首先执行循环体中的内容，然后进行条件判断，条件为真，继续执行循环，条件为假，则跳出循环。在此题中，首先为变量 x 及变量 y 分别赋值为 2 和 4，而执行循环体内语句后，变量 x 的值为 8（将 x 与 y 相乘后的结果赋值给变量 x），而 y 的值为 5（将变量 y 值加 1 后，赋值给变量 y）。循环继续执行的条件为 y 值小于 4，而此时 y 值为 5，不满足条件，跳出循环。此时 x 的值为 8，所以选项 C 正确。

【例 9-7】在窗体中添加一个名称为 Command1 的命令按钮，然后编写如下事件代码：

```
Private Sub Command1_Click( )
    s="ABBACDDCBA"
    For I=6 To 2 Step　—2
        x=Mid(s,I,I)
        y=Left(s,I)
        z=Right(s,I)
        z=x & y & z
    Next I
    MsgBox z
End Sub
```

窗体打开运行后，单击命令按钮，则消息框的输出结果是（　　）。

A）AABAAB　　　　B）ABBABA　　　　C）BABBA　　　　D）BBABBA

【解析】本题的 For 循环体中只有 4 条赋值语句，作用分别为：截取字符串 s 的中间一部分赋给 x；截取 s 左侧的一部分赋给 y；截取 s 右边的一部分赋给 z；把 x、y、z 连接成一个字符串赋给 z。由此可见，每次循环 s 不会被改变，所以只需分析最后一次循环时的执行情况即可。当最后一次循环开始时，变量 I 的值为 2，则 Mid(s,I,I)（Mid(s,2,2)）的值为"BB"，赋予变量 x；Left(s,I)（Left(s,2)）的值为"AB"，赋予变量 y；Right(s,I)（Right(s,2)）的值为"BA"，赋予变量 z；最后这 3 个字符串连接，结果为"BBABBA"，所以答案为选项 D。

【例 9-8】以下程序用来输出 20 个在开区间(10, 87)上的随机整数 R，每行输出 4 个整数。请完成空白处。

```
Private Sub Command1_Click()
    For I=1 To 20
        R= Int(Rnd*76+11)
        Print R;
    If ____ Then Print
    Next I
End Sub
```

【解析】Rnd 函数是产生[0, 1)之间的随机数，Int 函数是将浮点型或货币型数据转换成不大于给定数的最大整数。根据 Int 函数的用法，要产生开区间(10, 87)上的随机整数，应该使用 Int(Rnd*76+11)，注意因为开区间(10, 87)从 11 开始，所以不能使用数字 10。因为题目要求每行输出 4 个整数，所以每当循环变量 I 能被 4 整除时输出换行符号。故应该填 I Mod 4 = 0。

【例 9-9】某个窗体已编写以下事件过程。打开窗体运行后，单击窗体，消息框的输出结果为____。

```
Private Sub Form_Click()
    Dim k as Integer, n as Integer, m as Integer
    n=10 : m=1 : k=1
    Do While   k<=n
        m=m*2
        k=k+1
    Loop
    MsgBox m
End Sub
```

【解析】在题目所给程序中，第 1 次循环结束后，m=1*2=2，即 2^1；第 2 次循环结束后，m=2*2=4，即 2^2；可见每次循环都使得 m 变为原来大小的 2 倍。因为 k 的初始值为 1，终止条件为 k<=10，所以循环一共可以执行 10 次，因此 m 最后的值应该是 2^{10}，即 1024。

【例 9-10】执行下面的程序，消息框的输出结果是____。

```
Option Base 1
Private Sub Command1_Click( )
    Dim a(10),P(3)As Integer
    k=5
    For i=1To10
        a(i)=i
    Next i
    For i=1To3
        P(i)=a(i*i)
    Next i
    For i=1 To 3
        k=k+p(i)*2
    Next i
    MsgBox k
End sub
```

【解析】题目中有 3 个循环，但相互之间并没有嵌套。第 1 个 For 循环实现向数组 a 赋初值，第 2 个 For 循环实现对数组 a 进行相关运算，然后赋给数组 p，p(1)=a(1)=1，p(2)=a(4)=4，p(3)=a(9)=9。第 3 个 For 循环进行相关计算，然后把结果交给 k，i=1 时 k=5+p(1)*2=7，i=2 时 k=7+p(2)*2=15，i=3 时 k=15+p(3)*2=33 最后由 MsgBox 将结果输出。

强化训练

（1）VBA 程序的多条语句可以写在一行中，其分隔符必须使用符号（　　）。

　　A）：　　　　　　　B）'　　　　　　　　C）；　　　　　　　　D），

（2）假定有以下程序段

```
n=0
for i = 1 to 3
  for j = -4 to -1
    n=n+1
  next j
next i
```

运行完毕后，n 的值是（　　）。

　　A）0　　　　　　　　B）3　　　　　　　　C）4　　　　　　　　D）12

（3）在窗体中添加一个名称为 Command1 的命令按钮，然后编写如下事件代码：

```
Private Sub Command1_Click( )
  A=75
  If A>60 Then I=1
  If A>70 Then I=2
  If A>80 Then I=3
  If A>90 Then I=4
  MsgBox   I
End Sub
```

窗体打开运行后，单击命令按钮，则消息框的输出结果是（　　）。

　　A）1　　　　　　　　B）2　　　　　　　　C）3　　　　　　　　D）4

（4）在窗体上画一个命令按钮，然后编写如下事件过程：

```
Private Sub Command1_Click()
  Dim a()
  a=Array(1,3,5,7)
  s=0
  For i=1 To 3
    s=s*10+a(i)
  Next i
  Print s
End Sub
```

程序运行后，输出结果为（　　）。

　　A）135　　　　　　　B）357　　　　　　　C）531　　　　　　　D）753

（5）在窗体中添加一个名称为 Command1 的命令按钮，然后编写如下事件代码：

```
Private Sub Command1_Click( )
 Dim a(10,10)
 For m=2 To 4
   For n=4 To 5
     a(m,n)=m*n
   Next n
 Next m
 MsgBox a(2,5)+a(3,4)+a(4,5)
 End Sub
```

窗体打开运行后，单击命令按钮，则消息框的输出结果是（　　）。

A）22　　　　　　　B）32　　　　　　　C）42　　　　　　　D）52

（6）在窗体上添加一个命令按钮（名为 Command1），然后编写如下事件过程：

```
Private Sub Command1_Click()
  For i=1 To 4
    x = 4
    For j=1 To 3
      x = 3
      For k=1 To 2
        x = x+6
      Next k
    Next j
  Next i
  MsgBox x
 End Sub
```

打开窗体后，单击命令按钮，消息框的输出结果是（　　）。

A）7　　　　　　　B）15　　　　　　　C）157　　　　　　　D）538

（7）设有如下窗体单击事件过程：

```
Private Sub Form_Click()
    a = 1
    For i = 1 To 3
        Select Case i
        Case 1, 3
            a = a + 1
        Case 2, 4
            a = a + 2
        End Select
    Next i
    MsgBox a
 End Sub
```

打开窗体运行后，单击窗体，则消息框的输出的结果是（　　）。

A）3　　　　　　　B）4　　　　　　　C）5　　　　　　　D）6

（8）在窗体中添加一个名称为 Command1 的命令按钮，然后编写如下事件代码：

```
Private Sub Command1_Click()
        a = 75
        If a>60 Then
            k = 1
        ElseIf a>70 Then
            k = 2
        ElseIf a>80 Then
            k = 3
        ElseIf a>90 Then
            k = 4
        End If
        MsgBox k
    End Sub
```

窗体打开运行后，单击命令按钮，则消息框的输出结果是（　　）。

　A）1　　　　　　　　B）2　　　　　　　　C）3　　　　　　　　D）4

（9）函数 Now()返回值的含义是____。

（10）执行下面的程序段后，变量 s 的值为____。

```
        S=5
        For i=2.6 To 4.9 Step 0.6
          S=S+1
        Next i
```

（11）下面 VBA 程序段运行时，内层循环的循环总次数是____。

```
        For m = 0 To 7 step 3
          For n = m    1 To m+1
          Next n
        Next m
```

（12）在窗体上画一个名称为 Text1 的文本框和一个名称为 Command1 的命令按钮，然后编写如下事件过程：

```
        Private Sub Command1_Click()
          Dim array1(10,10)As Integer
          Dim i,j As Integer
          For i=1 To 3
            For j=2 To 4
              array1(i,j)=i+j
            Next j
          Next i
          Text1.Text=array1(2,3)+array1(3,4)
        End Sub
```

程序运行后，单击命令按钮，在文本框中显示的值是____。

（13）下列程序的输出结果是____。

```
        Private Sub Command1_Click()
```

```
        Dim a(1 To 20)
        Dim i
        For i=1 To 20
            a(i)=i
        Next i
        For Each i In a()
            a(i)=20
        Next i
        Print a(2)
    End Sub
```

（14）在窗体中添加一个命令按钮，名称为 Command1，然后编写如下程序：

```
Private Sub Command1_Click()
    Dim s, i
    For i=1 To 10
        s = s+i
    Next i
    MsgBox s
End Sub
```

窗体打开运行后，单击命令按钮，则消息框的输出结果为_____。

【答案】

（1）A （2）D （3）B （4）B （5）C （6）B （7）C （8）A （9）系统当前日期和当前时间 （10）9 （11）9 （12）12 （13）20 （14）55

9.5　过程调用和参数传递

1. 过程调用

（1）子过程的定义和调用

可以用 Sub 语句声明一个新的子过程、接受的参数和子过程代码。其定义格式如下：

```
[Public | Private][Static] Sub  子过程名([<形参>])
        [<子过程语句>]
        [Exit Sub]
        [<子过程语句>]
End Sub
```

使用 Public 关键字可以使该过程适用于所有模块中的所有其他过程；使用 Private 关键字可以使该子过程只适用于同一模块中的其他过程。

子过程的调用形式有两种：

```
    Call  子过程名([<实参> ])   或   子过程名 [<实参>]
```

（2）函数过程的定义和调用

可以使用 Function 语句定义一个新函数过程、接受参数、返回变量类型及运行该函数过程的代码。其定义格式如下：

[Public | Private][Static] Function　函数过程名([<形参>]) [As　数据类型]

　　　　[<函数过程语句>]

　　　　[函数过程名=<表达式>]

　　　　[Exit Function]

　　　　[<函数过程语句>]

　　　　[函数过程名= <表达式>]

End Function

使用 Public 关键字，则所有模块的所有其他过程都可以调用它。使用 Private 关键字可以使该函数只适用于同一模块中的其他过程。当把一个函数过程说明为模块对象中的私有函数过程时，就不能从查询、宏或另一个模块中的函数过程调用这个函数过程。

包含 Static 关键字时，只要含有这个过程的模块是打开的，则所有在这个过程中无论是显示还是隐含说明的变量值都将被保留。

可以在函数过程名末尾使用一个类型声明字符或使用 As 子句来声明被这个函数过程返回的变量数据类型。否则 VBA 将自动赋给该函数过程一个最合适的数据类型。

函数过程的调用形式只有一种：函数过程名（[<实参>]）。

2．参数传递

由上面过程定义式看到，过程定义时可以设置一个或多个形参（形式参数的简称），多个形参之间用逗号分隔。其中，每个形参的完整定义格式为：

　　　　[Optional] [ByVal | ByRef] [ParamArray] varname[()] [As type] [= defaultvalue]

各项含义如下：

varname	必需的，形参名称。遵循标准的变量命名约定。
type	可选项，传递给该过程的参数的数据类型。
Optional	可选项，表示参数不是必需的。如果使用了 ParamArray，则任何参数都不能使用

Optional。

ByVal	可选项，表示该参数按值传递。
ByRef	可选项，表示该参数按地址传递。ByRef 是 VBA 的默认选项。
ParamArray	可选项，只用于形参的最后一个参数，指明最后这个参数是一个 Variant 元素的

Optional 数组。使用 ParamArray 关键字可以提供任意数目的参数。但 ParamArray 关键字不能与 ByVal,ByRef 或 Optional 一起使用。

defaultvalue　可选项，任何常数或常数表达式。只对 Optional 参数合法。如果类型为 Object，则显式的默认只能是 Nothing。

过程定义时，如果形式参数被说明为传值（ByVal 项），则过程调用只是相应位置实参的值"单向"传送给形参处理，而被调用过程内部对形参的任何操作引起的形参值的变化均不会反馈、影响实参的值。由于这个过程，数据的传递只有单向性，故称为"传值调用"的"单向"作用形式。反之，如果形式参数被说明为传址（ByRef 项），则过程调用是将相应位置实参的地址传送给形参处理，而被调用过程内部对形参的任何操作引起的形参值的变化又会反向影响实参的值。在这个过程中，数据的传递具有双向性，故称为"传址调用"的"双向"作用形式。

典型题解

【例 9-11】在窗体中添加一个命令按钮（名为 Command1）和一个文本框（名为 text1），然后编写如下事件过程：

```
Private Sub Command1_Click()
    Dim x As Integer, y As Integer, z As Integer
    x=5:y=7:z=0
    Me!Text1=""
    Call p1(x,y,z)
    Me!Text1=z
End Sub
Sub p1(a As Integer,b As Integer,c As Integer)
    c=a+b
End Sub
```

打开窗体运行后，单击命令按钮，文本框中显示的内容是____。

【解析】程序中调用 p1(x,y,z)函数来将 z 的值交给文本框 Text1，p1(x,y,z)函数实现将 x 与 y 相加，然后赋给 z 的功能。所以在文本框中显示的内容是 12，是 5+7 的结果。

强化训练

（1）Sub 过程和 Function 过程最根本的区别是（   ）。

A）Sub 过程的过程名不能返回值，而 Function 过程能通过过程名返回值

B）Sub 过程可以使用 Call 语句或直接使用过程名，而 Function 过程不能

C）两种过程参数的传递方式不同

D）Function 过程可以有参数，Sub 过程不能有参数

（2）在过程定义中有语句：

Private   Sub   GetData (ByRef   f   As Integer)

其中"ByRef"的含义是（   ）。

A）传值调用   B）传址调用   C）形式参数   D）实际参数

（3）在窗体中添加一个名称为 Command1 的命令按钮，然后编写如下程序：

```
Public x As Integer
Private Sub Command1_Click( )
    x = 10
    Call s1
    Call s2
    MsgBox x
End Sub
Private Sub s1( )
    x = x + 20
End Sub
Private Sub s2( )
    Dim x As Integer
    x = x + 20
End Sub
```

窗体打开运行后，单击命令按钮，则消息框的输出结果为（   ）。

A）10   B）30   C）40   D）50

（4）若窗体中已有一个名为 Command1 的命令按钮、一个名为 Label1 的标签和一个名为 Text1 的文本框，且文本框的内容为空，然后编写如下事件代码：

```
Private Function f(x As Long) As Boolean
    If x Mod 2 = 0 Then
        f = True
    Else
        f = False
    End If
End Function
Private Sub Command1_Click()
    Dim n As Long
    n = Val(Me!text1)
    p = IIf(f(n), "Even number", "Odd number")
    Me!Label1.Caption = n & " is " & p
End Sub
```

窗体打开运行后，在文本框中输入 21，单击命令按钮，则标签显示内容为____。

【答案】

（1）A （2）B （3）B （4）21 is Odd number

9.6 VBA 程序运行错误处理

无论怎样为程序代码作彻底地测试与排错，程序错误仍可能出现。VBA 中提供 On Error GoTo 语句来控制当有错误发生时程序的处理。

On Error GoTo 指令的一般语法如下：

On Error GoTo 标号
On Error Resume Next
On Error GoTo 0

"On Error GoTo 标号"语句在遇到错误发生时程序转移到标号所指位置代码执行。

典型题解

【例 9-12】 VBA 中不能进行错误处理的语句结构是（   ）。

A）On Error Then 标号   B）On Error Goto 标号

C）On Error Resume Next   D）On Error Goto 0

【解析】 VBA 中提供 On Error GoTo 语句来控制当有错误发生时程序的处理。选项 A 并不是错误处理的语句结构。"On Error GoTo 标号"语句在遇到错误发生时程序转移到标号所指定位置代码执行，Error 语句的作用是模拟产生错误，以检查错误处理语句的正确性。On Error Resume Next 语句在遇有错误发生时不会考虑错误，并继续执行下一条语句。On Error GoTo 0 语句用于关闭错误处理。所以应该选择 A。

强化训练

（1）VBA 的错误处理主要使用____语句结构。

（2）On Error Goto 0 语句的含义是____。

（3）On Error Resume Next 语句的含义是____。

【答案】

（1）On Error （2）取消错误处理 （3）忽略错误并执行下一条语句

9.7 VBA 程序的调试：设置断点、单步跟踪、设置监视窗口

Access 的 VBE 编程环境提供了完整的一套调试工具和调试方法。

（1）"断点"概念

所谓"断点"就是在过程的某个特定语句上设置一个位置点以中断程序的执行。"断点"的设置和使用贯穿在程序调试运行的整个过程。"断点"设置和取消有 4 种方法。

① 选择语句行，单击"调试"工具栏中的"切换断点"可以设置和取消"断点"。

② 选择语句行，单击"调试"菜单中的"切换断点"选项可以设置和取消"断点"。

③ 选择语句行，按下键盘〈F9〉键可以设置和取消"断点"。

④ 选择语句行，鼠标光标移至行首单击可以设置和取消"断点"。

（2）调试工具的使用

在 VBE 环境中，右键单击菜单空白位置，弹出快捷菜单，选中"调试"选项，这时就会打开"调试"工具栏。调试工具一般是与"断点"配合使用进行各种调试操作。

第 10 章　VBA 数据库编程

考点概览

本章是 Access 数据库的高级应用，也是难点，但涉及内容不多，在历次考试中，本章题目所占分数在 2～6 分。

重点考点

VBA 常见操作：打开和关闭操作；消息框（MsgBox）；鼠标和键盘事件处理。

复习建议

本章内容需要在实践中进行理解和学习，所以考生应将 VBA 的常见操作都上机实际动手操作一下，多做练习，理解 VBA 程序的运行原理。

10.1　VBA 常见操作

（1）打开和关闭操作

① 打开窗体操作。其命令格式为：

DoCmd.OpenForm 窗体名称[, 打开模式][, 过滤查询名][, Where 条件][, 数据输入模式][, 窗口模式]

② 打开报表操作。其命令格式为：

DoCmd.OpenReport 报表名称[, 打开模式][, 过滤查询名][, Where 条件]

③ 关闭操作。其命令格式为：

DoCmd.Close [对象类型][, 对象名称][, 保存设置]

（2）输入框（InputBox）

输入框用于在一个对话框中显示提示，等待用户输入内容，返回输入的字符串数据。其使用格式如下：

InputBox(提示字符串[, 标题][, 默认值][, 左边距][, 上边距][, 帮助文件, 帮助上下文编号])

图 10-1 为语句"yourName = InputBox("你叫什么名字：", "你好", "胡斐")"的调用结果。如果用户单击"确定"按钮，下面文本框内的字符串将被赋给 yourName 变量。

（3）消息框（MsgBox）

消息框用于在对话框中显示信息，等待用户单击按钮做出选择，并返回用户的选择结果。其使用格式如下：

MsgBox(提示字符串[, 按钮和图标类型][, 标题][, 帮助文件, 帮助上下文编号])

图 10-2 为语句"iAnswer = MsgBox("你喜欢 Access 吗？", vbYesNo + vbQuestion, "请告诉我")"的调用结果。

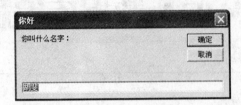

图 10-1　InputBox 对话框

图 10-2　MsgBox 对话框

如果用户单击"是"按钮，iAnswer 变量的值为 VbYes，否则为 VbNo。

（4）VBA 编程验证数据

在控件中的数据被改变之前或记录数据被更新之前会发生 BeforeUpdate 事件。通过创建窗体或控件的 BeforeUpdate 事件过程，可以实现对输入到窗体控件中的数据进行各种验证。

（5）计时事件（Timer）

VBA 通过设置窗体的"计时器间隔（TimerInterval）"属性与添加"计时器触发（Timer）"事件来完成"定时"功能。Timer 事件每隔 TimerInterval 时间间隔（单位：毫秒）就会被自动执行一次。

（6）鼠标和键盘事件处理

鼠标主要有 MouseDown（鼠标按下）、MouseMove（鼠标移动）和 MouseUp（鼠标抬起）3 个事件；键盘操作主要有 KeyDown（键按下）、KeyPress（键按下又抬起，输入了 1 个字符）、KeyUp（键抬起）。

（7）用代码设置 Access 选项

Access 系统环境的选项可以通过"工具"→"选项"菜单命令来静态设置，也可以通过 VBA 代码来动态设置。其一般格式如下：

Application.SetOption(选项名称, 为选项设置的值)

典型题解

【例 10-1】执行下面的语句后，所弹出的信息框外观样式为（　　）。

MsgBox "AAAA", vbOKCancel+vbQuestion, "BBBB"

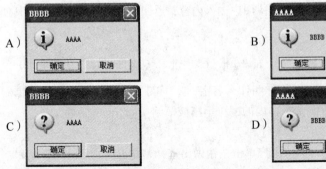

【解析】本题考查消息框函数的使用。消息框函数 MsgBox 的调用格式为：

MsgBox(提示字符串[, 按钮和图标类型][, 标题][, 帮助文件, 帮助上下文编号])

　　其中"提示字符串"是显示在对话框中的消息, 而第 3 个参数"标题"是在对话框标题栏中显示的字符串表达式。可见本题显示在对话框中的消息应该是第 1 个参数, 即"AAAA", 而对话框标题栏中的内容应该是第 3 个参数, 即"BBBB"。故排除选项 B 和选项 D。第 2 个参数"按钮和图标类型"用来指定显示按钮的数目、形式以及使用的图标样式, vbQuestion 表示的图标是"问号", 而选项 A 中的"感叹号"图标对应的参数应该是 vbInformation。因此本题的正确答案应该是选项 C。

强化训练

（1）VBA "定时" 操作中, 需要设置窗体的 "计时器间隔(TimerInterval)" 属性值。其计量单位是（　　）。

　　A）微秒　　　　　　　B）毫秒　　　　　　　C）秒　　　　　　　D）分钟

（2）InputBox 函数返回值的类型为（　　）。

　　A）数值　　　　　　　　　　　　　　B）字符串

　　C）变体　　　　　　　　　　　　　　D）数值或字符串(视输入的数据而定)

【答案】

（1）B　（2）B

10.2　VBA 的数据库编程

　　（1）数据库引擎及其接口

　　Microsoft Office VBA 是通过 Microsoft Jet 数据库引擎工具来支持对数据库的访问。它主要提供了 3 种数据库访问接口: 开放数据库互连应用编程接口(Open Database Connectivity API, 简称 ODBC API)、数据访问对象（Data Access Objects, 简称 DAO）和 ActiveX 数据对象（ActiveX Data Objects, 简称 ADO）。

　　（2）VBA 访问的数据库类型

　　VBA 访问的数据库有 3 种。

　　① JET 数据库, 即 Microsoft Access。

　　② ISAM 数据库, 如 dBase、FoxPro 等。

　　③ ODBC 数据库, 凡是遵循 ODBC 标准的客户机/服务器数据库。如 Microsoft SQL Server、Oracle 等。

　　（3）数据访问对象（DAO）

　　数据访问对象（DAO）是 VBA 提供的一种数据访问接口。包括数据库创建、表和查询的定义等工具, 借助 VBA 代码可以灵活地控制数据访问的各种操作。

　　（4）ActiveX 数据对象（ADO）

　　ActiveX 数据对象（ADO）是基于组件的数据库编程接口, 它是一个和编程语言无关的 COM 组件系统, 可以对来自多种数据提供者的数据进行读取和写入操作。

　　（5）数据库编程分析

　　综合分析 Access 环境下的数据库编程, 大致可以划分为以下情况。

　　① 利用 VBA+ADO（或 DAO）操作当前数据库。

　　② 利用 VBA+ADO（或 DAO）操作本地数据库（Access 数据库或其他）。

　　③ 利用 VBA+ADO（或 DAO）操作远端数据库（Access 数据库或其他）。

典型题解

【例 10-2】已知一个名为"学生"的 Access 数据库，库中的表"stud"存储学生的基本信息，包括学号、姓名、性别和籍贯。下面程序的功能是：通过下图所示的窗体向"stud"表中添加学生记录，对应"学号"、"姓名"、"性别"和"籍贯"的 4 个文本框的名称分别为 tNo、tName、tSex 和 tRes。当单击窗体中的"增加"命令按钮（名称为 Command1）时，首先判断学号是否重复，如果不重复则向"stud"表中添加学生记录；如果学号重复，则给出提示信息。

请依据所要求的功能，将如下程序补充完整。

```
Private Sub Form_Load()
        '打开窗口时，连接 Access 数据库
        Set ADOcn = CurrentProject.Connection
End Sub
Dim ADOcn AS New ADODB.Connection
Private Sub Command1_Click()
        '增加学生记录
        Dim strSQL As String
        Dim ADOrs As New ADODB.Recordset
        Set ADOrs.ActiveConnection = ADOcn
        ADOrs.Open "Select  学号  From Stud Where  学号='" + tNo + "'"
        If Not ADOrs ____ Then
            '如果该学号的学生记录已经存在，则显示提示信息
            MsgBox "你输入的学号已存在，不能增加！"
        Else
            '增加新学生的记录
            strSQL = "Insert Into stud(学号, 姓名, 性别, 籍贯)"
            strSQL = strSQL + "Values('" + tNo + "','" + tName + "','" + tSex + "','" + tRes + "')"
            ADOcn.Execute ____
            MsgBox "添加成功，请继续！"
        End If
        ADOrs.Close
        Set ADOrs = Nothing
End Sub
```

【解析】本题的代码由两个事件过程：Form_Load()、Command1_Click()和一个全局对象 ADOcn 组成。其中，Form_Load()是窗体的载入事件，当窗体被启动时执行；Command1_Click()是命令按钮 Command1 的单击事件，单击该按钮即被执行；ADOcn 是一个 ADO 连接对象，它代表了要连接的数据库。

Form_Load()过程只有一条语句 Set ADOcn = Current Project.Connection，从注释中不难看出，它实现了"打

开窗口时，连接 Access 数据库"。Command1_Click()过程中，首先定义了一个字符串变量 strSQL 和一个 ADO 记录集对象 ADOrs，然后通过语句 Set ADOrs.ActiveConnection = ADOcn 将记录集绑定到连接对象上，并使用记录集的 Open 方法通过 SQL 语句"Select 学号 From Stud Where 学号='" + tNo + "'"来启动记录集。这句 SQL 语句的意思是：从 Stud 表中选择所有学号字段等于 tNo（即输入到窗体学号文本框中的内容）的学号字段。根据题目的注释，接下来的 If 语句要判断"该学号的学生记录是否已经存在"，如果存在则刚才执行了 SQL 语句后，ADOrs 中内容非空，否则 ADOrs 内容为空。判断一个 ADO 记录集对象中的内容是否为空，可以通过记录集对象的 EOF 属性。如果当前记录的位置在记录集对象的最后一个记录之后（即添加新记录的位置处），则 EOF 属性为真，否则为假。所以，前一空应填 EOF。

If 的 Else 子句实现向 stud 表添加一条记录，添加记录操作可以通过执行 SQL 语句来实现。注意，添加记录的 SQL 语句和 SELECT 查询 SQL 语句不同，前面执行的 SELECT 查询语句将返回一张临时表，所以需要使用记录集对象来执行这样的 SQL 语句，执行后记录集对象将保存查询语句所产生的临时表。而 Insert 添加记录语句执行后不会返回任何结果，所以可以直接通过 ADO 连接对象的 Execute 方法来执行。Else 子句的前两行已经将 SQL 语句准备好在 strSQL 字符串变量中，所以以后一空处直接填入 StrSQL 即可完成题目要求，执行的 SQL 语句为："Insert Into stud(学号, 姓名, 性别, 籍贯) Values('" + tNo + "','" + tName + "','" + tSex + "','" + tRes + "')"，即将窗体中 tNo、tName、tSex 和 tRes 四个文本框中的内容组成一条记录添加到 stud 表中。

强化训练

（1）在 Access 中，DAO 的含义是（　　）。

    A）开放数据库互连应用编程接口　　　　　B）数据库访问对象

    C）Active 数据对象　　　　　　　　　　　D）数据库动态链接库

（2）ADO 对象模型中可以打开 RecordSet 对象的是（　　）。

    A）只能是 Connection 对象　　　　　　　B）只能是 Command 对象

    C）可以是 Connection 对象和 Command 对象　D）不存在

（3）ADO 的含义是（　　）。

    A）开放数据库互连应用编程接口　　　　　B）数据库访问对象

    C）动态链接库　　　　　　　　　　　　　D）Active 数据对象

（4）实现数据库操作的 DAO 技术，其模型采用的是层次结构，其中处于最顶层的对象是____。

    【答案】

    （1）B　（2）C　（3）D　（4）DBEngine

第 11 章　笔试全真模拟试卷及解析

第 1 套笔试全真模拟试卷

（考试时间 90 分钟，满分 100 分）

一、选择题（每小题 2 分，共 70 分）

下列各题 A）、B）、C）、D）四个选项中，只有一个选项是正确的。请将正确选项填涂在答题卡相应位置上，答在试卷上不得分。

（1）下列选项中不属于结构化程序设计方法的是（ ）。

　　A）自顶向下　　　　B）逐步求精　　　　　C）模块化　　　　　　D）可复用

（2）在结构化程序设计中，模块划分的原则是（ ）。

　　A）各模块应包括尽量多的功能　　　　　　B）各模块的规模应尽量大

　　C）各模块之间的联系应尽量紧密　　　　　D）模块内具有高内聚度、模块间具有低耦合度

（3）一棵二叉树中共有 70 个叶子结点与 80 个度为 1 的结点，则该二叉树中的总结点数为（ ）。

　　A）221　　　　　　　B）219　　　　　　　C）231　　　　　　　D）229

（4）下面选项中不属于面向对象程序设计特征的是（ ）。

　　A）继承性　　　　　B）多态性　　　　　　C）类比性　　　　　　D）封装性

（5）下列叙述中正确的是（ ）。

　　A）在面向对象的程序设计中，各个对象之间具有密切的联系

　　B）在面向对象的程序设计中，各个对象都是公用的

　　C）在面向对象的程序设计中，各个对象之间相对独立，相互依赖性小

　　D）ABC 三种说法都不对

（6）设有如下 3 个关系表

R
A
m
n

S	
B	C
1	3

T		
A	B	C
m	1	3
n	1	3

下列操作中正确的是（ ）。

　　A）T＝R∩S　　　　B）T＝R∪S　　　　　C）T＝R×S　　　　　D）T＝R/S

（7）某二叉树中有 n 个度为 2 的结点，则该二叉树中的叶子结点数为（　　）。

A）n+1　　　　　　　B）n-1　　　　　　　C）2n　　　　　　　D）n/2

（8）在关系数据库中，用来表示实体之间联系的是（　　）。

A）树结构　　　　　B）网结构　　　　　C）线性表　　　　　D）二维表

（9）数据库技术的根本目标是要解决数据的（　　）。

A）存储问题　　　　B）共享问题　　　　C）安全问题　　　　D）保护问题

（10）下列叙述中错误的是（　　）。

A）在数据库系统中，数据的物理结构必须与逻辑结构一致

B）数据库技术的根本目标是要解决数据的共享问题

C）数据库设计是指在已有数据库管理系统的基础上建立数据库

D）数据库系统需要操作系统的支持

（11）Access 数据库的各对象中，实际存放数据的地方只有（　　）。

A）表　　　　　B）查询　　　　　C）窗体　　　　　D）报表

（12）在以下叙述中，正确的是（　　）。

A）Access 只能使用系统菜单创建数据库应用系统

B）Access 不具备程序设计能力

C）Access 只具备了模块化程序设计能力

D）Access 具有面向对象的程序设计能力，并能创建复杂的数据库应用系统

（13）不属于 Access 对象的是（　　）。

A）表　　　　　B）文件夹　　　　　C）窗体　　　　　D）查询

（14）在关系运算中，选择运算的含义是（　　）。

A）在基本表中，选择满足条件的元组组成一个新的关系

B）在基本表中，选择需要的属性组成一个新的关系

C）在基本表中，选择满足条件的元组和属性组成一个新的关系

D）ABC 三种说法均是正确的

（15）在查询中，默认的字段显示顺序是（　　）。

A）在表的数据表视图中显示的顺序　　　　B）添加时的顺序

C）按照字母顺序　　　　　　　　　　　　D）按照文字笔画顺序

（16）可以连接数据源中 OLE 类型的字段的是（　　）。

A）非绑定对象框　　　　　　　　　　　　B）绑定对象框

C）文本框　　　　　　　　　　　　　　　D）图像控件

（17）在数据库中，建立索引的主要作用是（　　）。

A）节省存储空间　　B）提高查询速度　　C）便于管理　　　　D）防止数据丢失

（18）假设某数据表中有一个工作时间字段，查找 1999 年参加工作的职工记录的准则是（　　）。

A）Between # 99-01-01# And # 99-12-31 #

B）Between " 99-01-01 " And " 99-12-31 "

C）Between " 99.01.01 " And " 99.12.31 "

D）# 99.01.01 # And # 99.12.31 #

（19）在创建交叉表查询时，列标题字段的值显示在交叉表的位置是（　　）。

A）第 1 行　　　　B）第 1 列　　　　　C）上面若干行　　　　D）左面若干列

（20）用来接收用户输入数据，应单击工具箱的（　　）按钮。

A）abl　　　　　B）Aa　　　　　C）🖼　　　　　D）🗋

（21）创建参数查询时，在查询设计图准则行中应将参数提示文本放置在（　　）。

A）{　}中　　　　B）(　)中　　　　C）[　]中　　　　D）<　>中

（22）若要在报表每一页底部都输出信息，需要设置的是（　　）。

A）页面页脚　　　B）报表页脚　　　C）页面页眉　　　D）报表页眉

（23）要在查找表达式中使用通配符通配一个数字字符，应选用的通配符是（　　）。

A）*　　　　　　B）?　　　　　　C）!　　　　　　D）#

（24）假设已在 Access 中建立了包含书名、单价和数量等 3 个字段的 tOfg 表，以该表为数据源创建的窗体中，有一个计算订购总金额的文本框，其控件来源为（　　）。

A）[单价]*[数量]　　　　　　　　　B）=[单价]*[数量]

C）[图书订单表]![单价]*[图书订单表]![数量]　　D）=[图书订单表]![单价]*[图书订单表]![数量]

（25）在报表设计时，如果只在报表最后一页的主体内容之后输出规定的内容，则需要设置的是（　　）。

A）报表页眉　　　B）报表页脚　　　C）页面页眉　　　D）页面页脚

（26）在宏的调试中，可配合使用设计器上的（　　）工具按钮。

A）"调试"　　　　B）"条件"　　　　C）"单步"　　　　D）"运行"

（27）打开查询的宏操作是（　　）。

A）OpenForm　　B）OpenQuery　　C）OpenTable　　D）OpenModule

（28）在窗体中添加了一个文本框和一个命令按钮（名称分别为 tText 和 bCommand），并编写了相应的事件过程。运行此窗体后，在文本框中输入一个字符，则命令按钮上的标题变为"计算机等级考试"。以下能实现上述操作的事件过程是（　　）。

A）Private Sub bCommand_Click( )

　　　　Caption = "计算机等级考试"

　　End Sub

B）Private Sub tText_Click( )

　　　　bCommand.Caption = "计算机等级考试"

　　End Sub

C）Private Sub bCommand_Change( )

　　　　Caption = "计算机等级考试"

　　End Sub

D）Private Sub tText_Change( )

　　　　bCommand.Caption = "计算机等级考试"

　　End Sub

（29）在以下关于报表数据源设置的叙述中，正确的是（　　）。

A）可以是任意对象　　　　　　　B）只能是表对象

C）只能是查询对象　　　　　　　D）可以是表对象或查询对象

（30）假设某数据库已建有宏对象"宏 1"，"宏 1"中只有一个宏操作 SetValue。其中第 1 个参数项目为"[Label0].[Caption]"，第 2 个参数表达式为"[Text0]"。窗体"fmTest"中有一个标签 Label0 和一个文本框 Text0，现设置控件 Text0 的"更新后"事件为运行"宏 1"，则结果是（　　）。

A）将文本框清空

B）将标签清空

C）将文本框中的内容复制给标签的标题，使二者显示相同内容

D）将标签的标题复制到文本框，使二者显示相同内容

（31）下列逻辑表达式中，能正确表示条件"x 和 y 都是奇数"的是（   ）。

A）x Mod 2 = 1 Or y Mod 2 = 1   B）x Mod 2 = 0 Or y Mod 2 = 0

C）x Mod 2 = 1 And y Mod 2 = 1   D）x Mod 2 = 0 And y Mod 2 = 0

（32）若要求在文本框中输入文本时达到密码"*"号的显示效果，则应设置的属性是（   ）。

A）"默认值"属性   B）"标题"属性   C）"密码"属性   D）"输入掩码"属性

（33）在窗体上画一个命令按钮，然后编写如下事件过程：

```
Private Sub Command1_Click()
    Dim a()
    a=Array(1,3,5,7)
    s=0
    For i=1 To 3
        s=s*10+a(i)
    Next i
    Print s
End Sub
```

程序运行后，输出结果为（   ）。

A）135   B）357   C）531   D）753

（34）窗体上添加 3 个命令按钮，分别命名为 Command1、Command2 和 Command3。编写 Command1 的单击事件过程，完成的功能为：当单击按钮 Command1 时，按钮 Command2 可用，按钮 Command3 不可见。以下正确的是（   ）。

A） Private Sub Command1_Click()

     Command2.Visible=True

     Command3.Visible=False

    End Sub

B） Private Sub Command1_Click()

     Command2.Enabled=True

     Command3.Enabled=False

    End Sub

C） Private Sub Command1_Click()

     Command2.Enabled=True

     Command3.Visible=False

    End Sub

D） Private Sub Command1_Click()

     Command2.Visible=True

     Command3.Enabled=False

    End Sub

（35）在窗体中有一个名称为 run35 的命令按钮，单击该按钮从键盘接收学生成绩，如果输入的成绩不在 0～

100 分之间，则要求重新输入；如果输入的成绩正确，则进入后续程序处理。run35 命令按钮的 Click 的事件代码如下：

```
Private Sub run35_Click()
        Dim flag As Boolean
        result=0
        flag=True
        Do While flag
            result=Val(InputBox("请输入学生成绩：", "输入"))
            If result>=0 And result<=100 Then
                _____
            Else
                MsgBox    "成绩输入错误，请重新输入"
            End If
        Loop
        Rem  成绩输入正确后的程序代码略
    End Sub
```

程序中有一空白处，需要填入一条语句使程序完成其功能。下列选项中错误的语句是（　　）。

　A）flag=False　　　　B）flag=Not flag　　　　C）flag=True　　　　D）Exit Do

二、填空题（每空 2 分，共 30 分）

请将每空的正确答案写在答题卡【1】～【15】序号的横线上，答在试卷上不得分。

（1）设一棵完全二叉树共有 700 个结点，则在该二叉树中有【1】个叶子结点。

（2）在面向对象方法中，【2】描述的是具有相似属性与操作的一组对象。

（3）诊断和改正程序中错误的工作通常称为【3】。

（4）对下列二叉树进行中序遍历的结果为【4】。

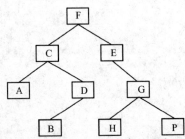

（5）在结构化分析使用的数据流图（DFD）中，利用【5】对其中的图形元素进行确切解释。

（6）操作查询共有 4 种类型，分别是删除查询、【6】、追加查询和生成表查询。

（7）用来显示整份报表的汇总说明，在所有记录被处理以后，只打印在报表结束处的是【7】。

（8）报表设计中，可以通过在组页眉或组页脚中创建【8】来显示记录的分组汇总数据。

（9）某窗体中有一命令按钮，在窗体视图中单击此命令按钮打开一个查询，需要执行的宏操作是【9】。

（10）在使用 Dim 语句定义数组时，在默认情况下数组下标的下限为【10】。

（11）在窗体中添加一个命令按钮（名称为 Command1），然后编写如下代码：

```
Private Sub Command1_Click()
        Static b As Integer
        b=b+1
```

End Sub

窗体打开运行后，3次单击命令按钮后，变量b的值是【11】。

（12）在窗体上有一个文本框控件，名称为 Text1。同时，窗体加载时设置其计时器间隔为 1s、计时器触发事件过程则实现在 Text1 文本框中动态显示当前日期和时间。请补充完整。

```
Private Sub Form_Load( )
    Me.TimerInterval =1000
End Sub
Private Sub 【12】
    Me!Text1 = Now( )
End Sub
```

（13）以下是一个竞赛评分程序。8 位评委，去掉一个最高分和一个最低分，计算平均分（设满分为 10 分），请填空补充完整。

```
Private Sub Form_Click()
    Dim Max as Integer,Min as Integer
    Dim i as Integer, x as Integer,s as Integer
    Dim p as Single
    Max=0
    Min=10
    For i=1 To 8
        x=Val (InputBox ("请输入分数：") )
        If 【13】 Then    Max=x
        If 【14】 Then    Min=x
        s=s+x
    Next i
    s=【15】
    p=s/6
    MsgBox "最后得分：" & p
End Sub
```

第 1 套笔试全真模拟试卷答案和解析

一、选择题

（1）【答案】D【解析】结构化程序设计方法的主要原则有四点：自顶向下（选项 A）、逐步求精（选项 B）、模块化（选项 C）、限制使用 GOTO 语句。没有可复用原则。

（2）【答案】D【解析】模块划分的原则有：模块的功能应该可预测，如果包含的功能太多，则不能体现模块化设计的特点，选项 A 错误。模块规模应适中，一个模块的规模不应过大，选项 B 错误。改进软件结构，提高模块独立性。通过模块的分解或合并，力求降低耦合提高内聚，所以选项 C 错误，选项 D 正确。

（3）【答案】B【解析】在任意二叉树中，度为 0 的结点（也就是叶子结点）总比度为 2 的结点多一个。由于本题中的二叉树有 70 个叶子结点，所以有 69 个度为 2 的结点。该二叉树中总结点数为：度为 2 的结点数+度为 1 的结点数+度为 0 的结点数=69+80+70=219。

（4）【答案】C【解析】面向对象方法具有封装性、继承性、多态性几大特点。

（5）【答案】C【解析】在面向对象的程序设计中，对象是面向对象的软件的基本模块。从模块的独立性考虑，对象内部各种元素彼此结合得很紧密，内聚性强。由于完成对象功能所需要的元素（数据和方法）基本上都被封装在对象内部，它与外界的联系自然就比较少，所以，对象之间的耦合通常比较松。所以，选项 A 与选项 B 错误，选项 C 正确。

（6）【答案】C【解析】R 表中只有一个域名 A，有两个记录，分别是 m 和 n；S 表中有两个域名，分别是 B 和 C，其所对应的记录分别是 1 和 3。T 表是由 R 的第 1 个记录依次与 S 的所有记录组合，然后再由 R 的第 2 个记录与 S 的所有记录组合，形成的一个新表。上述运算符合关系代数的笛卡尔积运算规则。关系代数中，笛卡尔积运算用"×"来表示。因此，上述运算可以表示为 T=R×S。

（7）【答案】A【解析】对任意一棵二叉树，若终端结点（即叶子结点）数为 n_0，而其度数为 2 的结点数为 n_2，则 $n_0 = n_2 + 1$。由此可知，若二叉树中有 n 个度为 2 的结点，则该二叉树中的叶子结点数为 n+1。

（8）【答案】D【解析】在关系模型中，把数据看成一个二维表，每一个二维表称为一个关系。即关系模型是用二维表格数据来表示实体本身及其相互之间的联系。

（9）【答案】B【解析】数据库产生的背景就是计算机的应用范围越来越广泛，数据量急剧增加，对数据共享的要求越来越高。数据库技术的根本目标就是解决数据的共享问题。

（10）【答案】A【解析】数据的逻辑结构是数据间关系的描述，它只抽象地反映数据元素之间的逻辑关系，而不管其在计算机中的存储方式。数据的存储结构又叫物理结构，是逻辑结构在计算机存储器里的实现。这两者之间没有必然的联系。选项 A 的说法是错误的。

（11）【答案】A【解析】查询是对基表数据有选择的提取而产生的另一类对象，它不改变基表中的原始数据，选项 B 不符合题意；窗体是用户和 Access 之间的接口，选项 C 不符合题意；报表是打印出各种表格，并对数据进行分类、分组、排序、计算等处理的最好工具，选项 D 不符合题意。表是唯一存储数据的对象，选项 A 正确。

（12）【答案】D【解析】在 Access 中，可以使用菜单命令、启动对话框及向导这 3 种方式来创建数据库，选项 A 描述错误；可以使用"模块"对象来创建可执行的程序，Access 具备程序设计能力，选项 B 描述错误；Access 除了具有模块化程序设计能力之外，还可以使用面向对象的方法来设计程序，选项 C 描述错误；选项 D 描述正确。

（13）【答案】B【解析】Access 有 7 种对象，分别为表、查询、窗体、报表、页、宏及模块，此题中选项 B 指出的"文件夹"，并不是 Access 的对象。

（14）【答案】A【解析】选择运算是在一个数据库中，选择满足给定条件的所有元组，组成一个新的关系。

（15）【答案】B【解析】在查询中，默认的字段显示顺序是添加时的顺序。

（16）【答案】B【解析】选项 A "非绑定对象框"可以建立"OLE"类型的对象，但不能与数据源绑定；选项 B "绑定对象框"可以建立数据源中"OLE"类型的字段的控件，为正确答案；选项 C "文本框"不能用来建立"OLE"对象；选项 D "图像控件"不能与数据源绑定，如果要建立数据库中的图像字段的控件，则要使用绑定对象框控件。

（17）【答案】B【解析】本题考查的是索引的概念。在数据库中，索引是一种可以唯一标识记录的字段，所以，建立索引不能节省存储空间也不能防止数据丢失，但可以提高查询速度。故本题应该选择 B。

（18）【答案】A【解析】注意两点：时间值需要用半角的"#"括起来；Between 的格式为"表达式[Not] Between value1 And value2"。本题 B 选项和 C 选项没有使用"#"号，选项 D 没有 Between。正确答案为选项 A。

（19）【答案】A【解析】在交叉表查询设计视图中，列标题字段的值显示在交叉表的位置的第一行。

（20）【答案】A【解析】选项 A 是文本框控件，用于显示、输入或编辑窗体的基础记录数据源，显示计算结果或接收用户输入数据，为正确答案；选项 B 是标签控件，用于显示说明文本的控件；选项 C 是子窗体/子报表控件，用来显示来自多个表的数据；选项 D 是选项卡控件，用于创建一个多页的选项卡窗体或选项卡对话框，可以在选项卡控件上复制或添加其他控件。

（21）【答案】C【解析】本题考查的是带参数的查询。在 Access 中，创建带参数查询时，应将参数提示文本放置在[]中，故本题应该选择 C。

（22）【答案】A【解析】在报表中包括 7 种节，分别是主体、报表页眉、页面页眉、页面页脚、组页眉、组页脚和报表页脚。页面页脚一般用于预览、打印时在每一页底部，常用来显示页码、日期、本页汇总数据等信息，打印时在每一页都打印。所以如果要在报表的每一页底部都输出信息，则需要设置在页面页脚上。

（23）【答案】D【解析】选项 A "*"表示与包含任意多个字符的字符串匹配；选项 B "?"表示与任意 1 个字符匹配；选项 C "!"表示与不在方括号内的任意 1 个字符匹配（必须与[ ]一起用）；选项 D "#表示与任意 1 个数字字符匹配。

（24）【答案】B【解析】窗体文本框的控件来源应以等号开始，故选项 A 和选项 C 是错误的，而选项 D 中的[图书订单表]和本题毫不相干，也是错误的。选项 B 正确。

（25）【答案】B【解析】报表页眉只在第一页打印，报表页脚在只在最后一页打印，页面页眉与页面页脚在每一页都打印。此题的正确答案为选项 B。

（26）【答案】C【解析】在宏的调试过程中，可以使用"单步"工具来让宏单步执行，以便查看宏的执行效果。

（27）【答案】B【解析】OpenQuery 可以在数据表视图、设计视图或打印预览中打开选择查询或交叉表查询，所以选项 B 为正确答案。选项 A "OpenForm"宏打开窗体，选项 C "OpenTable"打开表，选项 D "OpenModule"打开特定的 Visual Basic 模块。

（28）【答案】D【解析】题干要求在文本框中输入一个字符的时候，就引发事件，则必须要选择文本框的更改事件，在更改事件代码中，要求改变命令按钮的 Caption 属性。选项 A 和选项 B 分别使用的是命令按钮和文本框的单击事件，不符合题目要求；选项 C 使用命令按钮的更改事件，也不符合要求；选项 D 使用了文本框的更改事件，并且修改了命令按钮的 Caption 属性，符合题目要求，故为正确答案。

（29）【答案】D【解析】报表可以选择表或查询作为数据源，但其他对象不可以作为报表的数据源，所以选项 D 是正确答案。

（30）【答案】C【解析】宏操作 SetValue 的作用是为窗体、窗体数据或报表上的控件、字段或属性设置值。其中第 1 个参数（项目）要设置的是控件、字段或属性的名称，本题中的"[Label0].[Caption]"表示要设置标签 Label0 的 Caption 属性；第 2 个参数（表达式）为设置此项目值的表达式，本题中的"Text0"表示该表达式为 Text0 的值。在 Text0 更新后运行此宏时，宏将 Label0 的 Caption 属性（Label0 的标签内容）更新为 Text0 中的内容。所以选项 C 为正确答案。

（31）【答案】C【解析】题目要求表示条件"x 和 y 都是奇数"，因此应该是"与"，所以排除选项 A 和选项 B，它们是"或"的条件。奇数应该是 Mod 2=1，Mod 运算符的功能是求余，所以选项 C 正确。

（32）【答案】C【解析】"默认值"属性是自动输入到字段中，作为新记录的值，选项 A 错误；"标题"属性是设置文本框的名称，选项 B 错误；"密码"属性是在文本框中输入文本时达到密码"*"号的显示效果，满足题目要求，选项 C 正确；"输入掩码"属性是设置输入字段的格式，选项 D 错误。

（33）【答案】B【解析】Dim a()是定义一个动态数组，Array 是给一维数组赋初值的函数。For 循环控制的初值从 1 开始，可见 a(i)的取值依次是 3、5、7，而不是 1、3、5。执行 s=s*10+a(i)语句后的最后结果为357，所以程序运行的结果是选项 B。

（34）【答案】C【解析】命令按钮是否可见是由 Visible 属性来控制的，是否可用由 Enabled 属性来控制。题目要求当单击按钮 Command1 时，按钮 Command2 可用，也就是命令按钮 Command2 的 Enbaled 属性为真；按钮 Command3 不可见，也就是命令按钮 Command3 的 Visible 属性为 False，由此可见选项 C 是正确答案。

（35）【答案】C【解析】本题考查的是 While 循环的应用。根据题目要求"如果输入的成绩不在 0～100 分之间，则要求重新输入；如果输入的成绩正确，则进入后续程序处理。"，那么，如果符合 if 语句的条件 result>=0 And result<=100，则应该跳出 While 循环。选项 A）将 flag 设为 False，这样 While 循环体的条件 flag 为假，循环自然退出，符合题意；选项 B）将 flag 设为 Not flag，因为 flag 初始化为 True，所以 Not flag 为 False，所以也符合题意；选项 D）直接使用 Exit Do 语句跳出循环体，也符合题目要求。故本题只有选项 C）不能实现题目要求，因为将 flag 设为 True，循环仍然会继续，又会执行到 result=Val(InputBox("请输入学生成绩："，"输入"))语句，让用户输入成绩，所以是错误的。应该选择 C。

二、填空题

（1）【1】【答案】350【解析】在任意一棵二叉树中，度为 0 的结点（即叶子结点）总是比度为 2 的结点多一个。根据完全二叉树的定义，在一棵完全二叉树中，最多有 1 个度为 1 的结点。因此，设一棵完全二叉树具有 n 个结点，若 n 为偶数，则在该二叉树中有 n/2 个叶子结点以及 n/2-1 个度为 2 的结点，还有 1 个是度为 1 的结点；若 n 为奇数，则在该二叉树中有[n/2]+1 个叶子结点以及[n/2]个度为 2 的结点，没有度为 1 的结点。本题中，完全二叉树共有 700 个结点，700 是偶数，所以，在该二叉树中有 350 个叶子结点以及 349 个度为 2 的结点，还有 1 个是度为 1 的结点。所以，本题的正确答案为 350。

（2）【2】【答案】类【解析】在面向对象方法中，类描述的是具有相似属性与操作的一组对象。

（3）【3】【答案】调试【解析】调试也称排错，调试的目的是发现错误的位置，并改正错误。

（4）【4】【答案】ACBDFEHGP【解析】中序遍历方法的递归定义：当二叉树的根不为空时，依次执行如下 3 个操作：① 按中序遍历左子树。② 访问根结点。③ 按中序遍历右子树。根据遍历规则来遍历本题中的二叉树。首先遍历 F 的左子树，同样按中序遍历。先遍历 C 的左子树，即结点 A，然后访问 C，接着访问 C 的右子树，同样按中序遍历 C 的右子树，先访问结点 B，然后访问结点 D，因为结点 D 没有右子树，因此遍历完 C 的右子树，以上就遍历完根结点 F 的左子树。然后访问根结点 F，接下来遍历 F 的右子树，同样按中序遍历。首先访问 E 的左子树，E 的左子树为空，则访问结点 E，然后访问结点 E 的右子树，同样按中序遍历。首先访问 G 的左子树，即 H，然后访问结点 G，最后访问 G 的右子树 P。以上就把整个二叉树遍历一遍，中序遍历的结果为 ACBDFEHGP。因此，应填入"ACBDFEHGP"。

（5）【5】【答案】数据字典 或 DD【解析】数据流图用来对系统的功能需求进行建模，它可以用少数几种符号综合地反映出信息在系统中的流动、处理和存储情况。数据词典(Data Dictionary，DD)用于对数据流图中出现的所有成分给出定义，它使数据流图上的数据流名字、加工名字和数据存储名字具有确切的解释。

（6）【6】【答案】更新查询【解析】操作查询共有 4 种类型，分别是删除查询、更新查询、追加查询和生成表查询。

（7）【7】【答案】报表页脚【解析】报表页脚用来显示整份报表的汇总说明，在所有记录被处理后，只打印在报表的结束处。

（8）【8】【答案】文本框 或 计算控件【解析】如果要对数据进行分组汇总，可以在组页眉/组页脚区域内相应位置布置计算控件，然后使用统计函数设置控件源。而文本框是最常用的计算控件。因此本题的答案应为文本框或计算控件。

（9）【9】【答案】OpenQuery【解析】打开查询的宏操作名称为 OpenQuery。

（10）【10】【答案】0【解析】默认值为0。

（11）【11】【答案】3【解析】使用 Static 定义的变量称为静态变量，该变量与独立变量相似，但每次调用过程时不重新声明和初始化该变量，所以单击 3 次命令按钮，则"b=b+1"的操作执行 3 次，而变量 b 的值为 3。

（12）【12】【答案】Form_Timer()【解析】在窗体的属性中的计时器，可以设置其时间间隔，在时间间隔到的情况下，启动"计时器触发"事件，其子过程名为"Form_Timer()"。

（13）【13】【答案】x >Max 或 x>=Max【14】【答案】x <Min 或 x<=Min【15】【答案】s- Max- Min【解析】根据题意，首先要找出最大值与最小值，所给程序用循环读入数据并找出最大值与最小值，并对读入的数据进行求和操作。此时用总和减去最大值和最小值再求出平均分，就可完成题目要求。位置语句的作用是记录最高分，因此，在当前输入的分数 x 大于（也可以是大于或等于）以前的最高分数 Max 时，就应该使 Max 取当前的 x 值。因此，该位置应该填 x>Max 或 x>=Max 或 Max<x 或 Max<=x。位置语句的作用是记录最低分，因此，在当前输入的分数 x 小于（也可以是小于或等于）以前的最低分数 Min 时，就应该使 Min 取当前的 x 值。因此，该位置应该填 x<Min 或 x<=Min 或 Min>x 或 Min>=x。本题中 For 循环结束后，变量 s 的值为所有 8 个分数值的总和，而题目要求计算平均分的前提是去掉一个最高分和一个最低分，因为最高分储存在变量 Max 中，最低分储存在变量 Min 中，应该在总分 s 中将 Max 和 Min 减掉。应该填 s-Max-Min 或 s-Min-Max。

第 2 套笔试全真模拟试卷

（考试时间90分钟，满分100分）

一、选择题（每小题 2 分，共 70 分）

下列各题 A）、B）、C）、D）四个选项中，只有一个选项是正确的。请将正确选项填涂在答题卡相应位置上，答在试卷上不得分。

（1）下列叙述中正确的是（　　）。

　　A）数据的逻辑结构与存储结构必定一一对应

　　B）由于计算机存储空间是向量式的存储结构，因此，数据的存储结构一定是线性结构

　　C）程序设计语言中的数组一般是顺序存储结构，因此，利用数组只能处理线性结构

　　D）以上三种说法都不对

（2）下列数据结构中，能用二分法进行查找的是（　　）。

　　A）顺序存储的有序线性表　　　　　　　　B）线性链表

　　C）二叉链表　　　　　　　　　　　　　　D）有序线性链表

（3）对于长度为 n 的线性表，在最坏情况下，下列各排序法所对应的比较次数中正确的是（　　）。

　　A）冒泡排序为 n/2　　　　　　　　　　　B）冒泡排序为 n

　　C）快速排序为 n　　　　　　　　　　　　D）快速排序为 n(n-1)/2

（4）程序设计方法要求在程序设计过程中，（　　）。

　　A）先编制出程序，经调试使程序运行结果正确后再画出程序的流程图

　　B）先编制出程序，经调试使程序运行结果正确后再在程序中的适当位置处加注释

　　C）先画出流程图，再根据流程图编制出程序，最后经调试使程序运行结果正确后再在程序中的适当位置处加注释

D）以上三种说法都不对

（5）下列描述中正确的是（ ）。

    A）软件工程只是解决软件项目的管理问题

    B）软件工程主要解决软件产品的生产率问题

    C）软件工程的主要思想是强调在软件开发过程中需要应用工程化原则

    D）软件工程只是解决软件开发中的技术问题

（6）在面向对象方法中，实现信息隐蔽是依靠（ ）。

    A）对象的继承   B）对象的多态   C）对象的封装   D）对象的分类

（7）冒泡排序在最坏情况下的比较次数是（ ）。

    A）$n(n+1)/2$ B）$n\log_2 n$ C）$n(n-1)/2$ D）$n/2$

（8）下列实体的联系中，属于多对多联系的是（ ）。

    A）学生与课程   B）学校与校长

    C）住院的病人与病床   D）职工与工资

（9）在面向对象的程序设计中，下列叙述中错误的是（ ）。

    A）任何一个对象构成一个独立的模块

    B）一个对象不是独立存在的实体，各个对象之间有关联，相互依赖

    C）下一层次的对象可以继承上一层次对象的某些属性

    D）ABC 三种说法都正确

（10）下列关于 E-R 图的描述中正确的是（ ）。

    A）E-R 图只能表示实体之间的联系   B）E-R 图只能表示实体和实体之间的联系

    C）E-R 图只能表示实体和属性   D）E-R 图能表示实体、属性和实体之间的联系

（11）在 Access 数据库中，表就是（ ）。

    A）关系   B）记录   C）索引   D）数据库

（12）假设数据中表 A 与表 B 建立了"一对多"关系，表 B 为"多"的一方，则下述说法中正确的是（ ）。

    A）表 A 中的一个记录能与表 B 中的多个记录匹配

    B）表 B 中的一个记录能与表 A 中的多个记录匹配

    C）表 A 中的一个字段能与表 B 中的多个字段匹配

    D）表 B 中的一个字段能与表 A 中的多个字段匹配

（13）SQL 的含义是（ ）。

    A）结构化查询语言   B）数据定义语言   C）数据库查询语言   D）数据库操纵与控制语言

（14）能够使用"输入掩码向导"创建输入掩码的字段类型是（ ）。

    A）备注和日期/时间   B）文本和超级链接

    C）文本和日期/时间   D）数字和文本

（15）在 Access 数据库的表设计视图中，不能进行的操作是（ ）。

    A）修改字段类型   B）设置索引

    C）增加字段   D）删除记录

（16）数据类型是（ ）。

    A）字段的另一种说法

    B）决定字段能包含哪类数据的设置

    C）一类数据库应用程序

D）一类用来描述 Access 表向导允许从中选择的字段名称

（17）在已经建立的数据表中，若在显示表中内容时使某些字段不能移动显示位置，可以使用的方法是（　　）。

    A）排序　　　　　　B）筛选　　　　　　　　C）隐藏　　　　　　　D）冻结

（18）在课程表中要查找课程名称中包含"计算机"的课程，对应"课程名称"字段的正确准则表达式是（　　）。

    A）"计算机"　　　　B）"*计算机*"　　　　　C）Like "*计算机*"　　　D）Like "计算机"

（19）下面显示的是查询设计视图的"设计网格"部分。

字段:	姓名	性别	工作时间	系别	
表:	教师	教师	教师	教师	
排序:					
显示:	☑	☑	☑		☑
条件:		"女"	Year([工作时间])<1980		
或:					

    从所显示的内容中可以判断出该查询要查找的是（　　）。

    A）性别为"女"并且 1980 年以前参加工作的记录

    B）性别为"女"并且 1980 年以后参加工作的记录

    C）性别为"女"或者 1980 年以前参加工作的记录

    D）性别为"女"或者 1980 年以后参加工作的记录

（20）建立一个基于"学生"表的查询，要查找"出生日期"（数据类型为日期/时间型）在 1980-06-06 和 1980-07-06 间的学生，在"出生日期"对应列的"准则"行中应输入的表达式是（　　）。

    A）between 1980-06-06 and 1980-07-06　　　　B）between #1980-06-06# and #1980-07-06#

    C）between 1980-06-06 or 1980-07-06　　　　　D）between #1980-06-06# or #1980-07-06#

（21）可以作为窗体记录源的是（　　）。

    A）表　　　　　　　B）查询　　　　　　　　C）Select 语句　　　　D）表、查询或 select 语句

（22）某窗体中有一命令按钮，在窗体视图中单击此命令按钮打开另一个窗体，需要执行的宏操作是（　　）。

    A）OpenQuery　　　B）OpenReport　　　　　C）OpenWindow　　　　D）OpenForm

（23）下列窗体中不可以自动创建的是（　　）。

    A）纵栏式窗体　　　B）表格式窗体　　　　　C）图表窗体　　　　　D）主/子窗体窗体

（24）在窗体设计工具箱中，代表组合框的图标是（　　）。

    A）◉　　　　　　　B）☑　　　　　　　　　C）▭　　　　　　　　D）▦

（25）为窗体或报表上的控件设置属性值的正确宏操作命令是（　　）。

    A）Set　　　　　　B）SetData　　　　　　　C）SetWarnings　　　　D）SetValue

（26）要实现报表的分组统计，其操作区域是（　　）。

    A）报表页眉或报表页脚区域　　　　　　　　B）页面页眉或页面页脚区域

    C）主体区域　　　　　　　　　　　　　　　D）组页眉或组页脚区域

（27）使用自动创建数据访问页功能创建数据访问页时，Access 会在当前文件夹下，自动保存创建的数据访问页，其格式为（　　）。

    A）HTML　　　　　B）文本　　　　　　　　C）数据库　　　　　　D）Web

（28）宏操作 SetValue 可以设置（　　）。

    A）窗体或报表控件的属性　　　　　　　　　B）刷新控件数据

    C）字段的值　　　　　　　　　　　　　　　D）当前系统的时间

（29）在一个宏的操作序列中，如果既包含带条件的操作，又包含无条件的操作，则带条件的操作是否执行取决于条件表达式的真假，而没有指定条件的操作则会（　　）。

　　A）无条件执行　　　　B）有条件执行　　　　C）不执行　　　　D）出错

（30）当第一次打开窗体时，下述事件发生的顺序是（　　）。

　　① Current　　　② Load　　　③ Open　　　④ Resize　　　⑤ Close　　　⑥ Unload

　　A）①-②-③-④-⑤-⑥　　　　　　　　　　B）③-④-②-①-⑥-⑤

　　C）②-①-③-④-⑤-⑥　　　　　　　　　　D）③-②-④-①-⑥-⑤

（31）宏命令 Requery 的功能是（　　）。

　　A）实施指定控件重新查询　　　　　　　　B）指定当前第一条记录

　　C）查找符合条件的记录　　　　　　　　　D）查找下一个符合条件的记录

（32）能被"对象所识别的动作"和"对象可执行的活动"分别称为对象的（　　）。

　　A）方法和事件　　　B）事件和方法　　　C）事件和属性　　　D）过程和方法

（33）设有如下程序：

```
Private Sub Command1_Click()
        Dim sum As Double, x As Double
        sum = 0
        n = 0
        For i = 1 To 5
                x=n/i
                n=n+1
                sum=sum+x
        Next i
End Sub
```

　　该程序通过 For 循环来计算一个表达式的值，这个表达式是（　　）。

　　A）1+1/2+2/3+3/4+4/5　　　　　　　　B）1+1/2+1/3+1/4+1/5

　　C）1/2+2/3+3/4+4/5　　　　　　　　　D）1/2+1/3+1/4+1/5

（34）下列不是分支结构的语句是（　　）。

　　A）If…Then…End If　　　　　　　　　　B）While…Wend

　　C）If…Then…Else…End If　　　　　　　D）Select…Case…End Select

（35）使用 VBA 的逻辑值进行算术运算时，True 值被处理为（　　）。

　　A）-1　　　　　B）0　　　　　C）1　　　　　D）任意值

二、填空题（每空 2 分，共 30 分）

请将每空的正确答案写在答题卡【1】～【15】序号的横线上，答在试卷上不得分。

（1）数据管理技术发展过程经过人工管理、文件系统和数据库系统这 3 个阶段，其中数据独立性最高的阶段是【1】。

（2）在面向对象方法中，允许作用于某个对象上的操作称为【2】。

（3）软件生命周期包括 8 个阶段。为了使各时期的任务更明确，又可分为 3 个时期：软件定义期、软件开发期、软件维护期。编码和测试属于【3】期。

（4）在关系运算中，【4】运算是对两个具有公共属性的关系所进行的运算。

（5）实体之间的联系可以归结为一对一的联系、一对多的联系与多对多的联系。如果一个学校有许多学生，而一个学生只归属于一个学校，则实体集学校与实体集学生之间的联系属于【5】的联系。

（6）创建交叉表查询时，必须对行标题和【6】进行分组（Group By）操作。

（7）数组 Dim x(3,-1 to 1,6)包含元素的个数有【7】。

（8）在数据访问页中，对于不可更新的数据，一般使用【8】显示数据。

（9）窗体由多个部分组成，每个部分称为一个【9】。

（10）在模块中执行宏的命令是使用 DoCmd 对象的【10】方法。

（11）在窗体中添加一个名称为 Command1 的命令按钮，然后编写如下事件代码：

```
Private Sub Command1_Click()
    Dim x As Integer, y As Integer
    x=12:y=32
    Call p(x,y)
    MsgBox x*y
End Sub
Public Sub p(n As Integer, ByVal m As Integer)
    n = n Mod 10
    m = m Mod 10
End Sub
```

窗体打开运行后，单击命令按钮，则消息框的输出结果为【11】。

（12）已知数列的递推公式如下：

$$f(n)=1 \qquad 当 n=0,1 时$$
$$f(n)=f(n-1)+f(n-2) \qquad 当 n>1 时$$

则按照递推公式可以得到数列：1，1，2，3，5，8，13，21，34，55，……。现要求从键盘输入 n 值，输出对应项的值。例如当输入 n 为 8 时，应该输出 34。程序如下，请补充完整。

```
Private Sub run11_Click()
    f0 = 1
    f1 = 1
    num = Val(InputBox("请输入一个大于 2 的整数："))
    For n = 2 To 【12】
        f2 = 【13】
        f0 = f1
        f1 = f2
    Next n
    MsgBox f2
End Sub
```

（13）阅读下面的程序段：

```
for i=1 to 3
    for j=i to 1
        for k=j to 3
            a=a+1
        next k
    next j
next i
```

执行上面的三重循环后，a的值为【14】。

（14）有如下程序段：

```
Public Sub xy(a As Integer,b As Integer)
    Dim t As Integer
    Do
        t=a Mod b
        a=b:b=t
    Loop While t
    Print a
End Sub
```

用 Call xy(96,40)调用该通用过程后，输出结果是【15】。

第2套笔试全真模拟试卷答案和解析

一、选择题

（1）【答案】D【解析】一种数据的逻辑结构根据需要可以表示成多种存储结构，数据的逻辑结构与存储结构不一定一一对应，选项 A 错误。计算机的存储空间是向量式的存储结构，但一种数据的逻辑结构根据需要可以表示成多种存储结构，如线性链表是线性表的链式存储结构，数据的存储结构不一定是线性结构，因此选项 B 错误。数组一般是顺序存储结构，但利用数组也能处理非线性结构。选项 C 错误。由此可知，只有选项 D 的说法正确。

（2）【答案】A【解析】二分查找只适用于顺序存储的有序表。

（3）【答案】D【解析】假设线性表的长度为 n，在最坏情况下，冒泡排序和快速排序需要的比较次数为 n(n-1)/2。

（4）【答案】D【解析】程序设计的过程应是先画出流程图，然后根据流程图编制出程序，所以选项 A 错误。程序中的注释是为了提高程序的可读性，注释必须在编制程序的同时加入，所以，选项 B 和选项 C 错误。综上所述，本题的正确答案为选项 D。

（5）【答案】C【解析】软件工程学是研究软件开发和维护的普遍原理与技术的一门工程学科，选项 A 说法错误。软件工程是指采用工程的概念、原理、技术和方法指导软件的开发与维护，软件工程学的主要研究对象包括软件开发与维护的技术、方法、工具和管理等方面，选项 B 和选项 D 的说法均过于片面，选项 C 正确。

（6）【答案】C【解析】通常认为，面向对象方法具有封装性、继承性、多态性几大特点。所谓封装就是将相关的信息、操作与处理融合在一个内含的部件中（对象中）。简单地说，封装就是隐藏信息。

（7）【答案】C【解析】冒泡排序的基本思想是：将相邻的两个元素进行比较，如果反序，则交换；对于一个待排序的序列，经一趟排序后，最大值的元素移动到最后的位置，其他值较大的元素也向最终位置移动，此过程称为一趟冒泡。对于有 n 个数据的序列，共需 n-1 趟排序，第 i 趟对从 1 到 n-i 个数据进行比较、交换。冒泡排序的最坏情况是待排序序列逆序，第 1 趟比较 n-1 次，第 2 趟比较 n-2 次，依此类推，最后一趟比较 1 次，一共进行 n-1 趟排序。因此，冒泡排序在最坏情况下的比较次数是(n-1)+(n-2)+…+1，结果为 n(n-1)/2。

（8）【答案】A【解析】只有选项 A 符合多对多联系的条件，因为一个学生可以选修多门课程，而一门课程又可以由多个学生来选修，所以学生与课程之间的联系是多对多联系。

（9）【答案】B【解析】在面向对象的程序设计中，一个对象是一个可以独立存在的实体。各个对象之间相对独立，相互依赖性小。所以，选项 B 错误。

（10）【答案】D【解析】E-R 图中，用图框表示实体、属性和实体之间的联系。用 E-R 图不仅可以简单明了地描述实体及其相互之间的联系,还可以方便地描述多个实体集之间的联系和一个实体集内部实体之间的联系。选项 A、选项 B 和选项 C 的说法都错误,正确答案是选项 D。

(11)【答案】A【解析】在 Access 中,一个关系存储为一个表,具有一个表名。

(12)【答案】A【解析】如果表 A 中的一条记录与表 B 中的多条记录相匹配,且表 B 中的一条记录只与表 A 中的一条记录相匹配,则这两个表存在一对多的关系。选项 A 说法正确。

(13)【答案】A【解析】SQL 是结构化查询语言(Structured Query Language)的缩写,是关系数据库的标准数据语言。

(14)【答案】C【解析】Access 只能为"文本"和"日期/时间"型字段提供输入掩码向导,其他数据类型没有向导帮助。

(15)【答案】D【解析】在表的设计视图中,可以修改字段类型、设置索引、增加字段等操作,但不能进行删除记录操作,删除记录操作只能在表的数据表视图中进行。

(16)【答案】B【解析】数据类型就是用来决定该字段中能够包含哪些类型的值。

(17)【答案】D【解析】选项 A:排序记录是根据当前表中的一个或多个字段的值对整个表中的所有记录进行重新排列。选项 B:筛选记录是从众多的数据中挑选出一部分满足某种条件的数据进行处理。选项 C:隐藏列是为了便于查看表中的主要数据,将某些字段列暂时隐藏起来,需要时再将其显示出来。选项 D:在数据表视图中,冻结某字段列或某几个字段列后,无论用户怎样水平滚动窗口,这些字段总是可见的,并且总是显示在窗口的最左边。所以选项 D 是正确答案,满足题目要求。

(18)【答案】C【解析】题目要求查找包含"计算机"的课程,Like "*计算机*"可以实现,其中 Like 用于指定查找文本字段的字符模式,"*"表示该位置可匹配 0 个或多个字符。

(19)【答案】A【解析】Year()函数的作用是取出时间变量中的年,也就是说该条件应该为"性别为女,并且工作时间小于 1980 年,也就是 1980 年以前参加工作"。所以选项 A 正确。

(20)【答案】B【解析】书写日期类准则务必注意,日期值要用半角的井号"#"括起来,所以选项 A 和选项 C 错误。接下来直接从题意就能排除选项 D,因为 between ... or 是错误的,between ... and 是正确的。

(21)【答案】D【解析】窗体必须从外部获取记录源,表、查询或 select 语句都可以作为窗体记录源。

(22)【答案】D【解析】选项 A "OpenQuery"用于打开查询;选项 B "OpenReport"用于打开报表;选项 C "OpenWindow"属于干扰项,没有这个宏;选项 D "OpenForm"用于打开窗体,所以选项 D 是正确答案。

(23)【答案】C【解析】Access 可以自动创建纵栏式窗体、表格式窗体和主/子窗体,不可以自动创建图表窗体。

(24)【答案】D【解析】本题考查的是窗体设计。在窗体设计工具箱中,⊙表示单选按钮;☑表示多选按钮;▢表示按钮;▤表示组合框。所以本题应该选择 D。

(25)【答案】D【解析】用于设置属性值的宏操作命令是 SetValue;SetWarnings 命令是用于关闭或打开系统消息的。

(26)【答案】D【解析】要进行分组统计并输出,则统计计算控件应该布置在"组页眉/组页脚"区域内相应位置,然后使用统计函数设置控件源。选项 D 正确。

(27)【答案】A【解析】使用自动创建数据访问页创建数据访问页时,Access 自动在当前文件夹下将创建的页保存为 HTML 格式。

(28)【答案】A【解析】使用宏操作 SetValue,可以对 Access 窗体、窗体数据表或报表上的字段、控件或属性的值进行设置。本题的正确答案为选项 A。

(29)【答案】A【解析】在宏的组成操作序列中,如果既存在带条件的操作,又存在无条件的操作,那么带条件的操作是否执行取决于条件表达式结果的真假，而没有指定条件的操作则会无条件地执行。

（30）【答案】D【解析】当第一次打开窗体时，事件以下列顺序发生：Open→Load→Resize→Current→Unload→Close。正确的顺序应该是：③-②-④-①-⑥-⑤。

（31）【答案】A【解析】Requery 是用户实施指定控件重新查询，即刷新控件数据，选项 A 正确；指定当前记录使用的是 GoToRecord 命令；用于查找符合条件的第 1 条记录的是 FindRecord 命令；用户查找下一个符合条件的记录的是 FindNext 命令。

（32）【答案】B【解析】对象的方法就是对象可以执行的行为。事件是 Access 窗体或报表及其上的控件等对象可以识别的动作。

（33）【答案】C【解析】变量 Sum 和 n 的初始值都为 0，在进行第 1 次循环时，x=n/i（i=1），结果为 0，n=n+1，n 值为 1，Sum=Sum+x，Sum 值为 0；在进行第 2 次循环时，x=n/i（i=2），x 的值为 1/2，n=n+1，n 值为 2，则 Sum 值 1/2；第 3 次循环中，x=n/i（i=3），x 的值为 2/3，n=n+1，n 值为 3，则 Sum 值为 1/2+2/3；依此类推，直至循环结束。最后 Sum 的值应为 1/2+2/3+3/4+4/5 的结果，所以正确答案为 C

（34）【答案】B【解析】分支结构共有两种。第 1 种，If…Then…Else…End If，此语句在符合某个条件时运行一段语句，在条件不符合时运行另一段语句。其中 Else 子句还可以省略，故选项 A 及选项 C 都为此种方法。第 2 种，Select…Case…End Select 语句用来处理较复杂的多条件选择的判断，首先对测试表达式求值，然后测试该值是否与 Case 中的值相匹配，遇到第 1 个相匹配的值，执行其后的程序段。选项 D 为此种方法。选项 B 中的 While…Wend 为循环语句，不属于分支结构语句。所以，本题应该选 B。

（35）【答案】A【解析】在 VBA 中，逻辑量在表达式中进行算术计算，True 值被当成-1 而不是 1，Flase 值被当成 0 而不是-1 来处理。

二、填空题

（1）【1】【答案】数据库系统【解析】在数据库系统管理阶段，通过系统提供的映像功能，数据具有两方面的独立性：一是物理独立性，二是逻辑独立性。数据独立性最高的阶段是数据库系统阶段。

（2）【2】【答案】方法【解析】在面向对象方法中，方法是指允许作用于某个对象上的各种操作。

（3）【3】【答案】软件开发【解析】软件生命周期包括 8 个阶段：问题定义、可行性研究、需求分析、系统设计、详细设计、编码、测试、运行维护。为了使各时期的任务更明确，又可以分为 3 个时期：软件定义期，包括问题定义、可行性研究和需求分析 3 个阶段；软件开发期，包括系统设计、详细设计、编码和测试 4 个阶段；软件维护期，即运行维护阶段。可知，编码和测试属于软件开发阶段。

（4）【4】【答案】自然连接【解析】在关系运算中，自然连接运算是对两个具有公共属性的关系所进行的运算。

（5）【5】【答案】一对多【解析】实体之间的联系可以归结为一对一、一对多与多对多。如果一个学校有许多学生，而一个学校只归属于一个学生，则实体集学校与实体集学生之间的联系属于一对多的联系。

（6）【6】【答案】列 或 列标题【解析】当一类数据源有两个以上可以进行分组统计的字段时，可以使用交叉表查询来进行分组统计。交叉表查询以这类数据源的某一个可以进行分组统计的字段作为列标题，以其他一个或多个可以进行分组统计的字段作为行标题重构数据，形成一个新形式的表格。

（7）【7】【答案】84【解析】数组 x 的第 1 个下标从 0～3，共有 4 个，第 2 个下标从-1～1 共有 3 个，第 3 个下标从 0～6 共有 7 个，因此数组元素个数为 4*3*7=84 个。

（8）【8】【答案】绑定 HTML 控件【解析】对于不可更新的数据，数据访问页使用绑定的 HTML 控件显示。

（9）【9】【答案】节【解析】窗体分为 5 个部分，也就是 5 种节，分别是窗体页眉、页面页眉、主体、页面页脚、窗体页脚。

（10）【10】【答案】RunMacro【解析】在模块的过程中，使用 DoCmd 对象的 RunMacro 方法，可以执行设计好的宏。

（11）【11】【答案】64【解析】本题考查的是参数传递。在定义函数形参时，可以在前面加上 ByVal 或 ByRef 说明，如果不加说明默认为 ByRef。ByVal 表示传值调用，即实参被"单向"传递给形参，在过程内部对形参的任何改变均不会影响实参；ByRef 表示传址调用，即将实参地址传递给形参，在过程内部对形参的任何改变会同时改变实参。本题中的 p 函数定义的两个形参：n 没有使用 ByVal 或 ByRef 说明，所以是默认的 ByRef；m 被指定为 ByVal。所以在调用 p 时，x 值会被改变，而 y 值不受影响。x 传递给形参 n，在函数中 n = n Mod 10，所以执行完后 x 的值为 2，而 y 还是 32，故最终输出结果 x*y=64。

（12）【12】【答案】num【13】【答案】f0 + f1【解析】本题考查的是 For 循环的应用。题目使用的是递推法求数列的项，即使用 3 个变量：f0 初始为 f(0)的值 1；f1 初始为 f(1)的值 1；f2 用于计算它们的下一项值 f0+f1。然后，通过循环，依次将 f0、f1 往后移 1 位，即让 f0 等于原 f1 的值，让 f1 等于原 f2 的值，接着再次计算 f2=f0+f1 求出后面一项的值。如此循环，即可求得所有项的值。故前一空应该填 num，因为要循环到用户输入的数为止，f2 中就是该项的值。后一空应该填 f0+f1。

（13）【14】【答案】14【解析】题目程序应用三重嵌套循环，循环嵌套的执行，当外层循环执行一次，那层就要执行所有的循环。i=1 时，j=1，k 执行循环得到 a 的值为 3；i=2，j=1 时，k 执行 3 次循环得到 a 的值加上 3 并覆盖原值，j=2 时，k 执行两次循环 a 的值加上 2；依次，i=3 时，j 执行 3 次，其中 k 分别执行 3，2，1 次，a 的值分别加上 3，2，1；最后得到 a 的值为 14。

（14）【15】【答案】8【解析】Mod 是求模运算，所以 t 的值总是 a 除以 b 的余数。Do-Loop 循环要执行若干次，每执行一次循环体，变量 t、a 和 b 都会取得一个新值，就是：将上一次的除数作为下一次的被除数，将上一次 a 除以 b 的余数作为下一次的除数。当 a 被 b 整除后，结束循环的执行。用 Call xy(96,40)语句调用该通用过程后，a 取得数值 96，b 取得数值为 40。xy 通用过程的功能是求 a 和 b 的最大公约数。

第 3 套笔试全真模拟试卷

（考试时间 90 分钟，满分 100 分）

一、选择题（每小题 2 分，共 70 分）

下列各题 A）、B）、C）、D）四个选项中，只有一个选项是正确的。请将正确选项填涂在答题卡相应位置上，答在试卷上不得分。

（1）下列叙述中错误的是（　　）。

　　A）一种数据的逻辑结构可以有多种存储结构

　　B）数据的存储结构与数据处理的效率无关

　　C）数据的存储结构与数据处理的效率密切相关

　　D）数据的存储结构在计算机中所占的空间不一定是连续的

（2）从工程管理角度，软件设计一般分为两步完成，它们是（　　）。

　　A）概要设计与详细设计　　　　　　　　　　B）数据设计与接口设计

　　C）软件结构设计与数据设计　　　　　　　　D）过程设计与数据设计

（3）设树 T 的度为 4，其中度为 1，2，3，4 的结点个数分别为 4，2，1，1，则 T 中的叶子结点数为（　　）。

　　A）5　　　　　　　　B）6　　　　　　　　C）7　　　　　　　　D）8

（4）对长度为 n 的线性表进行顺序查找，在最坏情况下所需要的比较次数为（　　）。

　　A）log[2]n　　　　　　B）n/2　　　　　　　C）n　　　　　　　　D）n+1

（5）数据库设计的 4 个阶段是：需求分析、概念设计、逻辑设计和（　　）。

　　A）编码设计　　　　　B）测试阶段　　　　　C）运行阶段　　　　　D）物理设计

（6）在软件生存周期中，能准确地确定软件系统必须做什么和必须具备哪些功能的阶段是（　　）。

　　A）概要设计　　　　B）详细设计　　　　C）可行性分析　　　D）需求分析

（7）下面不属于软件设计原则的是（　　）。

　　A）抽象　　　　　　B）模块化　　　　　　C）自底向上　　　　D）信息隐蔽

（8）在长度为 64 的有序线性表中进行顺序查找，最坏情况下需要比较的次数为（　　）。

　　A）63　　　　　　　B）64　　　　　　　　C）6　　　　　　　　D）7

（9）下列叙述中正确的是（　　）。

　　A）数据库系统是一个独立的系统，不需要操作系统的支持

　　B）数据库技术的根本目标是要解决数据的共享问题

　　C）数据库管理系统就是数据库系统

　　D）ABC三种说法都不对

（10）将 E-R 图转换到关系模式时，实体与联系都可以表示成（　　）。

　　A）属性　　　　　　B）关系　　　　　　　C）键　　　　　　　　D）域

（11）Access 数据库中，表的组成是（　　）。

　　A）字段和记录　　　B）查询和字段　　　　C）记录和窗体　　　D）报表和字段

（12）Access 文件的扩展名是（　　）。

　　A）doc　　　　　　B）xls　　　　　　　　C）mdb　　　　　　　D）ppt

（13）下列说法中，不正确的是（　　）。

　　A）对记录的添加、修改、删除等操作只能在表中进行

　　B）查询可以建立在表上，也可以建立在查询上

　　C）报表的内容属于静态数据

　　D）数据访问页可以添加、编辑数据库中的数据

（14）下列关于字段的命名规则，说法正确的是（　　）。

　　A）字段名长度为 1～32 个字符

　　B）字段名可以包含字母、汉字和其他字符，但不能包含空格

　　C）字段名可以包含句号（.）、惊叹号（!）、方括号（[]）、问号（?）以及重音符号（'）

　　D）同一表中的字段名不可以重复

（15）Access 数据库中，为了保持表之间的关系，要求在子表（从表）中添加记录时，如果主表中没有与之相关的记录，则不能在子表（从表）中添加该记录。为此需要定义的关系是（　　）。

　　A）输入掩码　　　　B）有效性规则　　　　C）默认值　　　　　D）参照完整性

设有如下说明，请回答（16）～（21）小题。

有"tEmployee"表，表结构及表内容如下所示。

字段名称	字段类型	字段大小
雇员 ID	文本	10
姓名	文本	10
性别	文本	1
出生日期	日期/时间	
职务	文本	14
简历	备注	
联系电话	文本	8

雇员 ID	姓名	性别	出生日期	职务	简历	联系电话
1	王宁	女	1960-1-1	经理	1984 年大学毕业，曾是销售员	12345678
2	李清	男	1962-7-1	职员	1986 年大学毕业，现为销售员	12345678
3	王创	男	1970-1-1	职员	1993 年专科毕业，现为销售员	12345678
4	郑炎	女	1978-6-1	职员	1999 年大学毕业，现为销售员	12345678
5	魏小红	女	1934-11-1	职员	1956 年专科毕业，现为管理员	12345678

（16）在"tEmployee"表中，"姓名"字段的字段大小为 10，在此列输入数据时，最多可输入的汉字数和英文字符数分别是（   ）。

A）5   5   B）5   10   C）10   10   D）10   20

（17）若要确保输入的联系电话值只能为 8 位数字，应将该字段的输入掩码设置为（   ）。

A）00000000   B）99999999   C）########   D）????????

（18）若在"tEmployee"表中查找所有姓"王"的记录，可以在查询设计视图的准则行中输入（   ）。

A）Like "王"   B）Like "王*"   C）="王"   D）="王*"

（19）下面显示的是查询设计视图的"设计网格"部分，从此部分所示的内容中可以判断出要创建的查询是（   ）。

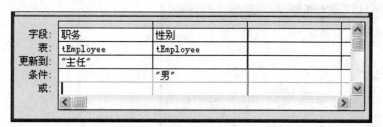

A）删除查询   B）生成表查询   C）选择查询   D）更新查询

（20）下面显示的是查询设计视图，从设计视图所示的内容中判断此查询将显示（   ）。

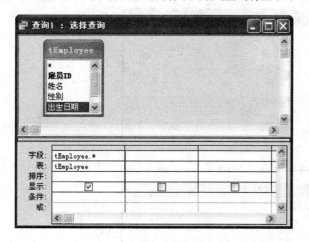

A）出生日期字段值   B）所有字段值

C）除出生日期以外的所有字段值   D）雇员 ID 字段值

（21）若以"tEmployee"表为数据源，计算每个职工的年龄（取整），并显示如下图所示的结果，那么正确的设计是（   ）。

A)

B)

C)

D)

（22）用于查找满足指定条件的第一条记录的宏命令是（　　）。

A）Requery　　　　　B）FindRecord　　　　　C）GoToRecord　　　　　D）ToRecord

（23）下列窗体中不可以自动创建的是（　　）。

A）纵栏式窗体　　　B）数据访问表窗体　　　C）图表窗体　　　　D）主/子窗体

（24）如果要求在页面页脚中显示的页码形式为"第 x 页，共 y 页"，则页面页脚中的页码的控件来源应该设置为（　　）。

A）="第" & [Pages] & "页，共" & [Page] & "页"　　B）="共" & [Pages] & "页，第" & [Page] & "页"

C）="第" & [Page] & "页，共" & [Pages] & "页"　　D）="共" & [Page] & "页，第" & [Pages] & "页"

（25）在报表中，要计算"数学"字段的最高分，应将控件的"控件来源"属性设置为（　　）。

A）= Max([数学])　　B）Max(数学)　　　C）= Max[数学]　　　D）= Max(数学)

（26）如果设置报表上某个文本框的控件来源属性为"=7 Mod 4"，则打印预览视图中，该文本框显示的信息为（　　）。

A）未绑定　　　　　B）3　　　　　　C）7 Mod 4　　　　D）出错

（27）使用宏组的目的是（　　）。

A）设计出功能复杂的宏　　　　　　　　B）设计出包含大量操作的宏

C）减少程序内存消耗　　　　　　　　　D）对多个宏进行组织和管理

（28）以下是宏对象 m1 的操作序列设计。

操作	备注
OpenForm	fTest2
OpenTable	tStud
Close	
Close	

假定在宏 m1 的操作中涉及的对象均存在，现将设计好的宏 m1 设置为窗体"fTest1"上某个命令按钮的单击事件属性，则打开窗体"fTest1"运行后，单击该命令按钮，会启动宏 m1 的运行。宏 m1 运行后，前两个操作会先后打开窗体对象"fTest2"和表对象"tStud"，那么执行 Close 操作后，会

A）只关闭窗体对象"fTest1"　　　　　　B）只关闭表对象"tStud"

C）关闭窗体对象"fTest2"和表对象"tStud"　　D）关闭窗体"fTest1"和"fTest2"及表对象"tStud"

（29）表达式 1.5+3\2>2 Or 7 Mod 3<4 And Not 1 的运算结果是（　　）。

A）−1　　　　　B）0　　　　　C）1　　　　D）其他

（30）在宏的条件表达式中，要引用"rptT"报表上名为"txtName"控件的值，可以使用的引用表达式是（　　）。

A）Reports!rptT!txtName　　　　　　　B）Report!txtName

C）rptT!txtName　　　　　　　　　　D）txtName

（31）表达式 Fix(-3.25)和 Fix(3.75)的结果分别是（　　）。

A）−3，3　　　　B）−4，3　　　　C）−3，4　　　　D）−4，4

（32）在窗体上添加一个命令按钮（名为 Command1）和一个文本框（名为 Text1），并在命令按钮中编写如下事件代码：

```
Private Sub Command1_Click( )
    m=2.17
```

```
        n=Len(Str$(m)+Space(5))
        Me!Text1 =n
    End Sub
```

打开窗体运行后，单击命令按钮，在文本框中显示（　　）。

A）5　　　　　　　　B）8　　　　　　　　C）9　　　　　　　　D）10

（33）在窗体中有一个标签 Lb1 和一个命令按钮 Command1，事件代码如下：

```
    Option Compare Database
    Dim a As String * 10
    Private Sub Command1_Click()
        a = "1234"
        b = Len(a)
        Me.Lb1.Caption = b
    End Sub
```

打开窗体后单击命令按钮，窗体中显示的内容是（　　）。

A）4　　　　　　　　B）5　　　　　　　　C）10　　　　　　　　D）40

（34）下列 Case 语句中错误的是（　　）。

A）Case 0 To 10　　　　B）Case Is>10　　　　C）Case Is>10 And Is<50　　D）Case 3, 5, Is>10

（35）假定有如下的 Sub 过程：

```
    Sub sfun ( x   As   Single, y   As   Single )
        t = x
        x = t/y
        y = t Mod y
    End Sub
```

在窗体上添加一个命令按钮（名为 Command1），然后编写如下事件过程：

```
    Private Sub Command1_Click ( )
        Dim a as single
        Dim b as single
        a = 5
        b = 4
        sfun a,b
    MsgBox a & chr(10)+chr(13) & b
    End Sub
```

打开窗体运行后，单击命令按钮，消息框的两行输出内容分别为（　　）。

A）1 和 1　　　　　　B）1.25 和 1　　　　　　C）1.25 和 4　　　　　　D）5 和 4

二、填空题（每空 2 分，共 30 分）

请将每空的正确答案写在答题卡【1】～【15】序号的横线上，答在试卷上不得分。

（1）在深度为 7 的满二叉树中，度为 2 的结点个数为【1】。

（2）算法的复杂度主要包括【2】复杂度和空间复杂度。

（3）在结构化分析方法中，用于描述系统中所用到的全部数据和文件的文档称为【3】。

（4）线性表的存储结构主要分为顺序存储结构和链式存储结构。队列是一种特殊的线性表，循环队列是队列的【4】存储结构。

（5）数据独立性分为逻辑独立性与物理独立性。当数据的存储结构改变时，其逻辑结构可以不变，因此，基于逻辑结构的应用程序不必修改，称为【5】。

（6）若要获得当前的日期，可使用【6】函数。

（7）设置计算机发出"嘟嘟"声的宏操作是【7】。

（8）在向数据表中输入数据时，若要求所输入的字符必须是字母，则应该设置的输入掩码是【8】。

（9）将处于最大化或最小化的窗口恢复为原来的大小的宏操作是【9】。

（10）数据表中的"列"称为【10】。

（11）设有以下窗体单击事件过程：

```
private Sub Form_Click()
    a=1
    For i=1 To 3
        Select Case i
            Case 1,3
                a=a+1
            Case 2,4
                a=a+2
        End Select
    Next i
    MsgBox a
End Sub
```

打开窗体运行后，单击窗体，则消息框的输出内容是【11】。

（12）假定窗体的名称为 fmTest，则把窗体的标题设置为"计算机等级考试"的语句是【12】。

（13）设有如下代码：

```
x = 1
do
    x = x+2
loop   until  【13】
```

运行程序，要求循环体执行 3 次后结束循环，在空白处填入适当语句。

（14）窗体中有两个命令按钮："显示"（控件名为 cmdDisplay）和"测试"（控件名为 cmdTest）。以下事件过程的功能是：单击"测试"按钮时，窗体上弹出一个消息框。如果单击消息框的"确定"按钮，隐藏窗体上的"显示"命令按钮；单击"取消"按钮关闭窗体。请按照功能要求，将程序补充完整。

```
Private Sub cmdTest_Click()
    Answer = 【14】 ("隐藏按钮", vbOKCancel)
    If Answer = vbOK Then
        cmdDisplay.Visible = 【15】
    Else
        Docmd.Close
    End If
End Sub
```

第3套笔试全真模拟试卷答案和解析

一、选择题

（1）【答案】B【解析】一种数据的逻辑结构根据需要可以表示成多种存储结构，常用的存储结构有顺序、链接、索引等，选项 A 和选项 D 正确。采用不同的存储结构，其数据处理的效率不同，因此，在进行数据处理时，选择合适的存储结构是很重要的，选项 C 正确，选项 B 错误，应为本题正确答案。

（2）【答案】A【解析】从工程管理的角度，软件设计可分为概要设计和详细设计两大步骤。

（3）【答案】D【解析】根据给定的条件，在树中，各结点的分支总数为：$4 \times 1 + 2 \times 2 + 1 \times 3 + 4 \times 1 = 15$；树中的总结点数为：15（各结点的分支总数）+1（根结点）=16；非叶子结点总数为：4+2+1+1=8。因此，叶子结点数为16（总结点数）-8（非叶子结点总数）=8。

（4）【答案】C【解析】在长度为 n 的线性表中进行顺序查找，最坏情况下需要比较 n 次。

（5）【答案】D【解析】数据库的生命周期可以分为两个阶段：一是数据库设计阶段；二是数据库实现阶段。数据库的设计阶段又分为如下 4 个子阶段：即需求分析、概念设计、逻辑设计和物理设计。

（6）【答案】D【解析】在需求分析阶段中，根据可行性研究阶段所提交的文档，特别是从数据流图出发，对目标系统提出清晰、准确和具体的要求，即要明确系统必须做什么的问题。

（7）【答案】C【解析】软件设计遵循软件工程的基本目标和原则，建立了适用于在软件设计中应该遵循的基本原理和与软件设计有关的概念。它们是：抽象、模块化、信息隐蔽、模块独立性。没有自底向上。

（8）【答案】B【解析】在长度为 64 的有序线性表中，其中的 64 个数据元素是按照从大到小或从小到大的顺序排列有序的。在这样的线性表中进行顺序查找，最坏的情况就是查找的数据元素不在线性表中或位于线性表的最后。按照线性表的顺序查找算法，首先用被查找的数据和线性表的第 1 个数据元素进行比较，若相等，则查找成功，否则，继续进行比较，即和线性表的第 2 个数据元素进行比较。同样，若相等，则查找成功，否则，继续进行比较。依次类推，直到在线性表中查找到该数据或查找到线性表的最后一个元素，算法才结束。因此，在长度为 64 的有序线性表中进行顺序查找，最坏的情况下需要比较 64 次。本题的正确答案为选项 B。

（9）【答案】B【解析】数据库系统除了数据库管理软件之外，还必须有其他相关软件的支持。这些软件包括操作系统、编译系统、应用软件开发工具等，选项 A 的说法是错误的。数据库具有为各种用户所共享的特点，选项 B 的说法是正确的。通常将引入数据库技术的计算机系统称为数据库系统。一个数据库系统通常由 5 个部分组成，包括相关计算机的硬件、数据库集合、数据库管理系统、相关软件和人员。因此，选项 C 的说法是错误的。

（10）【答案】B【解析】把概念模型转换成关系数据模型就是把 E-R 图转换成一组关系模式，每一个实体型转换为一个关系模式，每个联系分别转换为关系模式。

（11）【答案】A【解析】本题考查的是表的概念。在 Access 中，表是由字段和记录所组成的，所以本题应该选择 A。

（12）【答案】C【解析】doc 是 Word 文件的扩展名；xls 是 Excel 文件的扩展名；mdb 是 Access 文件的扩展名；ppt 是 PowerPoint 文件的扩展名。本题答案为选项 C。

（13）【答案】A【解析】在表中可以对记录进行添加、修改、删除等操作，在窗体或者数据访问页中也可以对数据库中的数据进行添加、编辑、删除等操作，选项 A 说法错误；一般把查询和表同等看待，查询可以建立在表上，也可以建立在其他查询上，选项 B 说法正确；报表是实现以一定的格式将数据打印输出功能的工具。报表易于阅读和保存，同时也具有分析、汇总的功能，同时还可以在互联网上发布，但它只能静态地查看数据，选项 C 说法正确；数据访问页是链接到某个数据库的 Web 页，在数据访问页中可以动态地浏览、添加、编辑和操纵存储在数据库中的数据，选项 D 说法正确。

（14）【答案】D【解析】Access 字段命名规则：字段名长度为 1 ~ 64 个字符，选项 A 错误；字段名可以包含字母、汉字、数字、空格和其他字符，选项 B 错误；字段名不能包含句号（.）、惊叹号（!）、方括号（[]）和重音符号（'），选项 C 错误；同一表中的字段名不可以重复，选项 D 正确。

（15）【答案】D【解析】在建立或修改表的关系时，可以设置或修改关系的参照完整性。要设置参照完整性，需在"编辑关系"窗口中选中"实施参照完整性"复选框，表示当输入或删除记录时，为维持表间已定义的关系而必须遵循的规则。此时，如果主表中没有相关记录，则不能在相关表中添加记录。所以选项 D 为正确答案。

（16）【答案】C【解析】实际上 Access 采用 Unicode 编码，无论汉字、字母还是数字均采用 2 个字节表示，称为 1 个字符。所以这里应该选择选项 C。

（17）【答案】A【解析】选项 A 中"00000000"是要求输入最多 8 位 0 ~ 9 的数字,满足题目要求;选项 B 中"99999999"是要求输入最多 8 位数据或空格,不符合题意;选项 C 中"########" 是要求输入最多 8 位数据或空格,不符合题意,此处还要注意"#"与"9"的区别;选项 D 中"????????" 是可以选择输入最多 8 位 A ~ Z 的字母,不符合题意。

（18）【答案】B【解析】Like 用于查找文本字段的字符模式, Like "王*"表示查找所有姓"王"的记录。

（19）【答案】D【解析】注意题目所给的设计网格中的"更新到"关键字就能知道这是一个更新查询。

（20）【答案】B【解析】注意"字段"里面是"tEmployee.*"，表名为 tEmployee，tEmployee.*表示表中的所有字段，选项 B 是正确答案。如果要查询出生日期字段值，则在"字段"里面应该是"出生日期"。其实本题只是将鼠标焦点放在"出生日期"上迷惑考生，查询本身并没有涉及"出生日期"。

（21）【答案】C【解析】题目要求计算每个职工的年龄（取整），而表中给出的是出生日期，因此这里要实现的是如何将出生日期转换为年龄。从实际出发，就是用现在的年份减去出生年份，可知年龄。使用 Year() 函数可以返回年份，而 Date() 函数可以返回当前系统日期，因此最后的表达式应为："年龄：Year(Date())-Year([出生日期])"，选项 C 正确。

（22）【答案】B【解析】Requery 命令用于实施指定控件重新查询，即刷新控件数据；FindRecord 命令用于查找满足指定条件的第一条记录；GoToRecord 命令用于指定当前记录。

（23）【答案】B【解析】Access 提供了 6 种类型的窗体，分别是纵栏式窗体、表格式窗体、数据表窗体、主/子窗体、图表窗体和数据透视表窗体，选项 B 中数据访问表窗体并非窗体类型。

（24）【答案】C【解析】[Pages]显示的是总页码，[Page]显示的是当前页码，按照题目要求，正确的形式应为："第" & [Page] & "页/共" & [Pages] & "页"，其中 "&" 是字符串的连接符。

（25）【答案】A【解析】在报表中，可以使用 Sum、Max 等函数对数字型数据进行计算，而要计算的数据为字段中的数据，所以要使用方括号将"数学"字段括起来。

（26）【答案】B【解析】如果设置报表上某个文本框的控件来源属性为"=7 Mod 4"，则打印预览视图中，该文本框显示的信息为 3，选项 B 正确。

（27）【答案】D【解析】宏组是宏的集合，主要是用来管理和组织多个宏。

（28）【答案】C【解析】根据题干图示及描述，宏 m1 在运行了 OpenForm 及 OpenTable 两步操作之后，分别打开了 fTest2 窗体及 tStud 表两个窗口，而 Close 操作是用来关闭指定的窗口，如果该操作没有指定所关闭的窗口，则关闭当前激活的窗口。在此，第 1 个 Close 操作关闭打开的 tStud 表窗口，该窗口关闭后，打开的 fTest2 窗口便成为当前激活的窗口，而第 2 个 Close 操作则将此窗口关闭。所以，执行 Close 操作后，会将窗体对象 "fTest2" 和表对象 "tStud" 全部关闭。故选项 C 为正确答案。

（29）【答案】A【解析】先计算表达式 "1.5+3\2>2"。运算符 "\" 表示整数除法，"3\2" 的结果是 1。"1.5+3\2>2" 相当于 "2.5>2"，所以 "1.5+3\2>2" 的结果为 True。再计算 "7 Mod 3<4"。Mod 为求模运算，"7 Mod 3" 的结果为 1。所以 "7 Mod 3<4" 的结果为 True。这样，整个表达式变为：True Or True And Not 1。逻辑运算的优先级从高到低是：Not→And→Or→Xor→Eqv→Imp。先计算 "Not 1"，结果为 False。再计算 True And False，结果为 False。最后计算 True Or False，用–1 表示 True。答案为选项 A。

（30）【答案】A【解析】条件表达式语法为：Reports![报表名]![控件名]。题目中，要引用 "rptT" 报表上名为 "txtName" 控件的值，按照规定语法写出即：Reports!rptT!txtName。

（31）【答案】A【解析】本题考查的是 Fix 函数。Fix 函数是截尾取整函数，即给它一个小数，它直接把小数点后面部分抹去，故本题的正确答案应该是 A。注意 Fix 函数跟 Int 函数的区别，Int 函数也是取整，但它取的是不超过原数的最大整数。如果本题改为求 Int(–3.25) 和 Int(3.75) 的结果，则应该为–4，3。因为 $-4 < -3.25$，而$-3 > -3.25$。

（32）【答案】D【解析】Len() 函数的作用是判断字符串的长度，包括字符串头尾的空格，并且返回一个数字来表示该字符串的长度；Str() 函数是将数字转换为字符串；而 Space(5) 表示 5 个空格。此表达式的作用为：将变量 m（2.17）转换为字符串并与 5 个空格相加，然后判断其长度。但需要注意的是，使用 Str() 函数将数值转换成字符串时，将始终为数值的符号预留先导空格。如果数值为正，则返回的字符串将包含先导空格，表示符号为正，此时，2.17 转换为字符串后长度为 5，再加上 5 个空格，则总长度为 10，所以变量 n 的值为 10，选项 D 正确。

（33）【答案】C【解析】本题中变量 a 是定长字符串，根据后面的 "*10" 可知其长度为 10。故最终窗体上显示的 a 的长度为 10，应该选择 C。

（34）【答案】C【解析】每个 Case 语句可以包含一个以上的值、一个值的范围或是一个值的组合以及比较运算符，但 Case 语句使用了 Is 关键字时，不能加入逻辑运算符（AND），所以选项 C 的内容为错误的 Case 语句，此选项的正确答案应当为 "Case 10 To 50"。

（35）【答案】B【解析】在主过程中，变量 a 及变量 b 分别被赋值为 5 和 4，然后调用 SUB 过程，在该过程中，变量 x 被赋值为 a 除以 b 的商（1.25），而变量 y 则被赋值为 a 除以 b 的余数（1），SUB 过程结束后，参数返回，重新对变量 a 和 b 赋值，所以 msgBox 所显示的值应当为 1.25 和 1，故选项 B 为正确答案。

二、填空题

（1）【1】【答案】63 或 2^6-1【解析】在满二叉树中，每层结点都是满的，即每层结点都具有最大结点数。深度为 k 的满二叉树，一共有 2 的 k 次方–1 个结点，其中包括度为 2 的结点和叶子结点。因此；深度为 7 的满二叉树，一共有 2^7-1 个结点，即 127 个结点。根据二叉树的另一条性质，对任意一棵二叉树，若终端结点（即叶子结点）数为 n_0，而其度为 2 的结点数为 n_2，则 $n_0=n_2+1$。设深度为 7 的满二叉树中，度为 2 的结点个数为 x，则该树中叶子结点的个数为 x+1。则应满足 x+(x+1)=127，解该方程得到，x 的值为 63。结果上述分析可知，在深度为 7 的满二叉树中，度为 2 的结点个数为 63。

（2）【2】【答案】时间【解析】算法的复杂度主要指时间复杂度和空间复杂度。

（3）【3】【答案】数据字典【解析】在结构化分析方法中，用于描述系统中所用到的全部数据和文件的文档称为数据字典。

（4）【4】【答案】顺序【解析】线性表的存储结构主要分为顺序存储结构和链式存储结构。当队列用链式存储结构实现时，就称为链队列；当队列用顺序存储结构实现时，就称为循环表。因此，本题划线处应填入 "顺序"。

（5）【5】【答案】物理独立性【解析】数据独立性分为逻辑独立性与物理独立性。当数据的存储结构改变时，其逻辑结构可以不变，因此，基于逻辑结构的应用程序不必修改，称为物理独立性。

（6）【6】【答案】Date【解析】Date( )返回当前日期；Now( )返回当前日期和时间。

（7）【7】【答案】Beep【解析】Beep 可以通过个人计算机的扬声器发出"嘟嘟"声。

（8）【8】【答案】L【解析】如果要输入字母，则需要将输入掩码全部设置为"L"，所以正确答案为"L"。

（9）【9】【答案】Restore【解析】Maximize 可以放大活动窗口，使其充满 Microsoft Access 窗口。Minimize 可以将活动窗口缩小为 Microsoft Access 窗口底部的小标题栏；MoveSize 可以通过设置起相应的操作参数移动活动窗口或调整其大小；Restore 可将处于最大化或最小化的窗口恢复为原大小。

（10）【10】【答案】字段【解析】在表中，将数据以行和列的形式保存，表中的列称为字段。

（11）【11】【答案】5【解析】题目中程序使用的是 For … Next 循环结构和 Select Case 结构，都属于考试重点知识点，考生应该熟练使用。当 i=1 或者 3 时，执行 a=a+1 语句；当 i=2 或者 4 时，执行 a=a+2 语句。所以整个循环过程中对 a 有两次加 1 的操作，1 次加 2 的操作，最后 a=1+1+2+1=5。

（12）【12】【答案】Me.Caption = "计算机等级考试"【解析】使用 Caption 属性对标题进行设置。

（13）【13】【答案】x=7 或 x>=7 或 x>6【解析】第 1 次执行循环体，x=x+2，此时 x 的值为 3；第 2 次执行循环体，此时 x 值为 5；第 3 次执行循环体，此时 x 值为 7；此时判断条件是否满足跳出循环状态，当 x=7 或 x>=7 或 x>6 都可以满足此条件，所以上述均为正确答案。

（14）【14】【答案】MsgBox【15】【答案】False 或 Off 或 No 或 0【解析】根据题意，在单击测试按钮时，应当弹出一个消息框，在 VBA 中，弹出消息框的函数为 MsgBox，所以第 1 个空的位置应当填写 MsgBox；接下来的语句用来判断用户单击消息框中的哪个按钮，如果按下"确定"按钮时，设置"显示"按钮的 Visible 属性为假，所以应当在第 2 个空的位置填写属性为假的条件，"False 或 Off 或 No 或 0"均可满足此要求。

第4套笔试全真模拟试卷

（考试时间90分钟，满分100分）

一、选择题（每小题 2 分，共 70 分）

下列各题 A）、B）、C）、D）四个选项中，只有一个选项是正确的。请将正确选项填涂在答题卡相应位置上，答在试卷上不得分。

（1）下列选项中不符合良好程序设计风格的是（　　）。

　　A）源程序要文档化　　　　　　　　　　B）数据说明的次序要规范化

　　C）避免滥用 goto 语句　　　　　　　　　D）模块设计要保证高耦合、高内聚

（2）下列关于队列的叙述中正确的是（　　）。

　　A）在队列中只能插入数据　　　　　　　B）在队列中只能删除数据

　　C）队列是先进先出的线性表　　　　　　D）队列是先进后出的线性表

（3）下列选项中不属于软件生命周期开发阶段任务的是（　　）。

　　A）软件测试　　　　B）概要设计　　　　C）软件维护　　　　D）详细设计

（4）下列叙述中正确的是（　　）。

　　A）线性链表中的各元素在存储空间中的位置必须是连续的

　　B）线性链表中的表头元素一定存储在其他元素的前面

　　C）线性链表中的各元素在存储空间中的位置不一定是连续的，但表头元素一定存储在其他元素的前面

　　D）线性链表中的各元素在存储空间中的位置不一定是连续的，且各元素的存储顺序也是任意的

（5）下列叙述中正确的是（　　）。

A）线性链表是线性表的链式存储结构　　　　B）栈与队列是非线性结构

C）双向链表是非线性结构　　　　　　　　　D）只有根结点的二叉树是线性结构

（6）下列叙述中正确的是（　　）。

　　A）黑箱（盒）测试方法完全不考虑程序的内部结构和内部特征

　　B）黑箱（盒）测试方法主要考虑程序的内部结构和内部特征

　　C）白箱（盒）测试不考虑程序内部的逻辑结构

　　D）上述三种说法都不对

（7）下列叙述中正确的是（　　）。

　　A）接口复杂的模块，其耦合程度一定低　　B）耦合程度弱的模块，其内聚程度一定低

　　C）耦合程度弱的模块，其内聚程度一定高　　D）上述三种说法都不对

（8）下列描述中正确的是（　　）。

　　A）程序就是软件　　　　　　　　　　　　B）软件开发不受计算机系统的限制

　　C）软件既是逻辑实体，又是物理实体　　　D）软件是程序、数据与相关文档的集合

（9）用树形结构来表示实体之间联系的模型称为（　　）。

　　A）关系模型　　　　　B）层次模型　　　　　C）网状模型　　　　　D）数据模型

（10）数据库 DB、数据库系统 DBS、数据库管理系统 DBMS 之间的关系是（　　）。

　　A）DB 包含 DBS 和 DBMS　　　　　　　　B）DBMS 包含 DB 和 DBS

　　C）DBS 包含 DB 和 DBMS　　　　　　　　D）没有任何关系

（11）从关系模式中指定若干属性组成的新的关系，这种操作称为（　　）。

　　A）选择　　　　　　　B）投影　　　　　　　C）连接　　　　　　　D）并

（12）ODBC 的中文含义是（　　）。

　　A）浏览器/服务器　　B）客户/服务器　　　　C）开放数据库连接　　D）关系数据库管理系统

（13）对数据表进行筛选操作，结果是（　　）。

　　A）只显示满足条件的记录，将不满足条件的记录从表中删除

　　B）显示满足条件的记录，并将这些记录保存在一个新表中

　　C）只显示满足条件的记录，不满足条件的记录被隐藏

　　D）将满足条件的记录和不满足条件的记录分为两个表进行显示

（14）关于"输入掩码"叙述错误的是（　　）。

　　A）格式属性在数据显示时优先于输入掩码的设置

　　B）Access 只为"文本"和"日期/时间"型字段提供了"输入掩码向导"来设置掩码

　　C）设置掩码时，可以用一串代码作为预留区来制作一个输入掩码

　　D）所有数据类型都可以定义一个输入掩码

（15）在数据表视图中，不能（　　）。

　　A）修改字段的类型　　B）修改字段的名称　　C）删除一个字段　　　D）删除一条记录

（16）既可以直接输入文字，又可以从列表中选择输入项的控件是（　　）。

　　A）选项框　　　　　　B）文本框　　　　　　C）组合框　　　　　　D）列表框

（17）在已创建的 Movies 表中有一 Date Released 字段，数据类型为"数字"。在向表中输入数据时可能会在这
　　　个字段中把 1985 输入为 1895，而 Access 将接受它。为了避免这类数据输入的错误，希望这个字段中的
　　　值位于 1900 和 2050 之间，可以在"有效性规则"编辑框中输入表达式（　　）。

　　A）>1900<2050　　　B）<2050>1900　　　　C）>1900 And <2050　　D）>1900 or <2050

（18）在 Access 中已建立了"工资"表，表中包括"职工号"、"所在单位"、"基本工资"和"应发工资"等字段，如果要按单位统计应发工资总数，那么在查询设计视图的"所在单位"的"总计"行和"应发工资"的"总计"行中分别选择的是（　　）。

　　A）sum，group by　　　　B）count，group by　　　　　C）group by，sum　　　　　D）group by，count

（19）在 SQL 查询中，若要取得"学生"数据表中的所有记录和字段，其 SQL 语法为（　　）。

　　A）SELECT * FROM 学生

　　B）SELECT 姓名 FROM 学生

　　C）SELECT 姓名 FROM 学生 WHILE 学号=02650

　　D）SELECT * FROM 学生 WHILE 学号=02650

（20）若要查询某字段的值为"JSJ"的记录，在查询设计视图对应字段的准则中，错误的表达式是（　　）。

　　A）JSJ　　　　　　　　B）"JSJ"　　　　　　　　　C）"*JSJ*"　　　　　　　　D）Like "JSJ"

（21）下列不属于 Access 窗体的视图是（　　）。

　　A）设计视图　　　　　B）窗体视图　　　　　　　C）版面视图　　　　　　　　D）数据表视图

设有如下说明，请回答（22）～（24）小题。

有如下窗体，窗体的名称为 fmTest，窗体中有一个标签和一个命令按钮，名称分别为 Label1 和 bChange。

（22）在"窗体视图"显示该窗体时，要求在单击命令按钮后标签上显示的文字颜色变为红色，以下能实现该操作的语句是（　　）。

　　A）label1.ForeColor=255　　　　　　　　B）bChange.ForeColor=255

　　C）label1.ForeColor="255"　　　　　　　　D）bChange.ForeColor="255"

（23）若将窗体的标题设置为"改变文字显示颜色"，应使用的语句是（　　）。

　　A）Me="改变文字显示颜色"　　　　　　　B）Me.Caption="改变文字显示颜色"

　　C）Me.text="改变文字显示颜色"　　　　　　D）Me.Name="改变文字显示颜色"

（24）在"窗体视图"中显示窗体时，窗体中没有记录选定器，应将窗体的"记录选定器"属性值设置为（　　）。

　　A）是　　　　　　　　B）否　　　　　　　　C）有　　　　　　　　D）无

（25）下列按钮中，可以打开属性表的是（　　）。

　　A）　　　　　　　B）　　　　　　　C）　　　　　　　D）

（26）下列不属于操作查询的是（　　）。

　　A）参数查询　　　　　B）生成表查询　　　　　C）更新查询　　　　　　　D）删除查询

（27）下列可作为 VBA 变量名的是（　　）。

　　A）A#A　　　　　　　B）4A　　　　　　　C）?xy　　　　　　　D）constA

（28）Sub 过程与 Function 过程最根本的区别是（　　）。

　　A）Sub 过程的过程名不能返回值，而 Function 过程能通过过程名返回值

　　B）Sub 过程可以使用 Call 语句或直接使用过程名调用，而 Function 过程不可以

　　C）两种过程参数的传递方式不同

D）Function 过程可以有参数，Sub 过程不可以

（29）在宏的表达式中要引用报表 test 上控件 txtName 的值，可以使用的引用式是（　　）。

A）Forms!txtName　　　B）test!txtName　　　C）Reports!test!txtName　　D）Report!txtName

（30）以下可以得到"2*5=10"结果的 VBA 表达式为（　　）。

A）"2*5" & "=" & 2*5　　　　　　　　　　B）"2*5" + "=" + 2*5

C）2*5 & "=" & 2*5　　　　　　　　　　　D）2*5 + "=" + 2*5

（31）现有一个已经建好的窗体，窗体中有一命令按钮，单击此按钮，将打开"tEmployee"表，如果采用 VBA
代码完成，下面语句正确的是（　　）。

A）docmd.openform "tEmployee"　　　　　B）docmd.openview "tEmployee"

C）docmd.opentable "tEmployee"　　　　　D）docmd.openreport "tEmployee"

（32）下列关于 VBA 面向对象程序设计中的"方法"说法正确的是（　　）。

A）方法是属于对象的　　　　　　　　　　B）方法是独立的实体

C）方法也可以由程序员定义　　　　　　　D）方法是对事件的响应

（33）Access 中的数据访问页有很多功能，下列选项中不是它的功能的一项是（　　）。

A）远程发布数据　　　B）远程维护信息　　　C）远程自动更新　　　D）远程随时更新

（34）在窗体中有一个命令按钮（名称为 run34），对应的事件代码如下：

```
Private Sub run34_Click()
    sum=0
    For i=10 To 1 Step -2
        sum=sum+i
    Next i
    MsgBox  sum
End Sub
```

运行以上事件，程序的输出结果是（　　）。

A）10　　　　　　　　B）30　　　　　　　　C）55　　　　　　　　D）其他结果

（35）在窗体中使用一个文本框（名为 n）接受输入的值，有一个命令按钮 run，事件代码如下：

```
Private Sub run_Click( )
    result = ""
    For i = 1 To Me!n
        For j = 1 To Me!n
            result = result + "*"
        Next j
        result = result + Chr(13) + Chr(10)
    Next i
    MsgBox result
End Sub
```

打开窗体后，如果通过文本框输入的值为 4，单击命令按钮后输出的图形是（　　）。

A）＊＊＊＊　　　　　B）＊　　　　　　　　C）　＊＊＊＊＊　　　　D）　＊＊＊＊

　＊＊＊＊　　　　　　＊＊＊　　　　　　　　＊＊＊＊＊＊　　　　　＊＊＊＊

　＊＊＊＊　　　　　　＊＊＊＊＊　　　　　　＊＊＊＊＊＊＊＊　　　　＊＊＊＊

　＊＊＊＊　　　　　　＊＊＊＊＊＊＊　　　　＊＊＊＊＊＊＊＊＊＊　　　＊＊＊＊

二、填空题（每空 2 分，共 30 分）

请将每空的正确答案写在答题卡【1】~【15】序号的横线上，答在试卷上不得分。

（1）在一个容量为 25 的循环队列中，若头指针 front=16，尾指针 rear=9，则该循环队列中共有【1】个元素。

（2）在面向对象方法中，类之间共享属性和操作的机制称为【2】。

（3）在数据库系统中，实现各种数据管理功能的核心软件称为【3】。

（4）在数据库的概念结构设计中，常用的描述工具是【4】。

（5）在 E-R 图中，矩形表示【5】。

（6）若要查找最近 20 天之内参加工作的职工记录，查询准则为【6】。

（7）在创建主/子窗体之前，必须设置【7】之间的关系。

（8）在数据表视图下向表中输入数据，在未输入数值之前，系统自动提供的数值字段的属性是【8】。

（9）VBA 中的控制结构包括顺序结构、分支结构和【9】结构。

（10）如果要将某表中的若干记录删除，应该创建【10】查询。

（11）在 VBA 编程中检测字符串长度的函数名是【11】。

（12）在窗体中添加一个名称为 Command1 的命令按钮，然后编写如下程序：

```
Private Sub s(ByVal p As Integer)
    p = p * 2
End Sub
Private Sub Command1_Click()
    Dim i As Integer
    i = 3
    Call s(i)
    If i > 4 Then i = i^2
    MsgBox i
End Sub
```

窗体打开运行后，单击命令按钮，则消息框的输出结果为【12】。

（13）有一个 VBA 计算程序的功能如下，该程序用户界面由 4 个文本框和 3 个按钮组成。4 个文本框的名称分别为：Text1、Text2、Text3 和 Text4。3 个按钮分别为：清除（名为 Command1）、计算（名为 Command2）和退出（名为 Command3）。窗体打开运行后，单击清除按钮，则清除所有文本框中显示的内容；单击计算按钮，则计算在 Text1、Text2 和 Text3 三个文本框中输入的 3 科成绩的平均成绩并将结果存放在 Text4 文本框中；单击"退出"按钮则退出。请将下列程序填空补充完整。

```
Private Sub Command1_Click()
    Me!Text1=""
    Me!Text2=""
    Me!Text3=""
    Me!Text4=""
End Sub
Private Sub Command2_Click()
    If Me!Text1="" Or Me!Text2="" Or Me!Text3="" Then
        MsgBox "成绩输入不全"
    Else
        Me!Text4=(【13】+Val(Me!Text2)+Val(Me!Text3))/3
    【14】
```

```
            End Sub
        Private Sub Command3_Click()
            Docmd. 【15】
        End Sub
```

第4套笔试全真模拟试卷答案和解析

一、选择题

（1）【答案】D【解析】良好的设计风格包括：程序文档化，选项 A 的说法正确；数据说明次序规范化，选项 B 的说法正确；功能模块化，即把源程序代码按照功能划分为低耦合、高内聚的模块，选项 D 的说法错误；注意 goto 语句的使用，选项 C 的说法正确。

（2）【答案】C【解析】队列是指允许在一端进行插入，而在另一端进行删除的线性表，允许插入的一端称为队尾，允许删除的一端称为队头，选项 A 和选项 B 错误。在队列中，最先插入的元素将最先能够被删除，反之，最后插入的元素将最后才能被删除，所以，队列又称为"先进先出"或"后进后出"的线性表，它体现了"先来先服务"的原则，选项 C 正确，选项 D 错误。

（3）【答案】C【解析】软件开发周期开发阶段通常由下面 5 个阶段组成：概要设计、详细设计、编写代码、组装测试和确认测试。软件维护时期的主要任务是使软件持久地满足用户的需要。选项 C 中的软件维护不是软件生命周期开发阶段的任务。

（4）【答案】D【解析】在线性表的链式存储结构中，各数据结点的存储位置不连续，选项 A 错误。各结点在存储空间中的位置关系与逻辑关系也不一致，选项 B 和选项 C 错误。选项 D 正确。

（5）【答案】A【解析】线性链表是线性表的链式存储结构，选项 A 的说法是正确的。栈与队列是特殊的线性表，它们也是线性结构，选项 B 的说法是错误的；双向链表是线性表的链式存储结构，其对应的逻辑结构也是线性结构，而不是非线性结构，选项 C 的说法是错误的；二叉树是非线性结构，而不是线性结构，选项 D 的说法是错误的。

（6）【答案】A【解析】黑箱测试方法完全不考虑程序的内部结构和内部特征，而只是根据程序功能导出测试用例，选项 A 是正确的，选项 B 错误。白箱测试是根据对程序内部逻辑结构的分析来选取测试用例，选项 C 错误。

（7）【答案】C【解析】影响模块之间耦合的主要因素有两个：模块之间的连接形式，模块接口的复杂性。一般来说，接口复杂的模块，其耦合程度要比接口简单的模块强，所以选项 A 的说法错误；耦合程度弱的模块，其内聚程度一定高，选项 B 错误；选项 C 正确。

（8）【答案】D【解析】计算机软件是计算机系统中与硬件相互依存的另一部分，包括程序、数据及相关文档的完整集合。

（9）【答案】B【解析】目前常用的数据模型有 3 种：层次模型、网状模型和关系模型。在层次模型中，实体之间的联系是用树结构来表示的。

（10）【答案】C【解析】数据库管理系统 DBMS 是数据库系统中实现各种数据管理功能的核心软件。它负责数据库中所有数据的存储、检索、修改以及安全保护等，数据库内的所有活动都是在其控制下进行的。所以，DBMS 包含数据库 DB。操作系统、数据库管理系统与应用程序在一定的硬件支持下就构成了数据库系统 DBS。所以，DBS 包含 DBMS，也就包含 DB。

（11）【答案】B【解析】从关系中找到满足给定条件的元组的操作称为选择；从关系模式中指定若干属性组成的新的关系称为投影，所以选项 B 是正确答案；连接是关系的横向结合，连接运算将两个关系模式拼接成一个更宽的关系模式，生成的新关系中包含满足连接条件的元组；两个相同结构关系的并是由属于这两个关系的元组组成的集合。

（12）【答案】C【解析】选项 A 的英文形式是 Browser/Server，选项 B 的英文是 Client/Server，选项 C 是 ODBC（Open Data Base Connectivity），数据库管理系统的缩写是 DBMS。

（13）【答案】C【解析】本题考查的是筛选的概念。筛选是将不满足条件的记录隐藏起来，只显示满足条件的记录，因此对数据表进行筛选并不会删除任何记录，也不会创建什么新表。故本题应该选择 C。

（14）【答案】C【解析】输入掩码只能为"文本"和"日期/时间"型字段提供向导，其他数据类型没有向导帮助。

（15）【答案】A【解析】在数据表视图中，可以通过双击表中字段名位置的方法，来修改该字段名，故选项的 B 错误；可以通过用鼠标右键单击字段名，然后在弹出菜单中选择"删除列"命令的方法，来删除该字段，故选项 C 错误；还可以通过用鼠标右键单击记录选择器位置，在菜单中选择"删除记录"命令的方法，来删除选中的记录，所以选项 D 错误。在这几个选项中，唯一不能在数据表视图中进行操作的就是修改字段的类型，所以正确答案为选项 A。

（16）【答案】C【解析】选项 A "选项框"是作为单独的控件来显示表或查询中的"是"或"否"值。选项 B "文本框"主要用来输入或编辑字段数据，是一种交互式控件。选项 C "组合框"的列表由多行数据组成，但平时只显示一行，使用组合框，既可以进行选择，也可以输入文本，所以选项 C 正确。选项 D "列表框"可以包含一列或几列数据，用户只能从列表中选择值，而不能输入新值。

（17）【答案】C【解析】题目要求 Date Released 数字字段的值位于 1900 和 2050 之间，仅用到了">"、"<"和 And，依照题意知正确的表达式应为>1900 And <2050。正确答案为选项 C。选项 A 和选项 B 明显错误，选项 D 是"或"的关系，不满足题意。

（18）【答案】C【解析】查询设计视图中的"总计"行用来设置字段的汇总方式，在本题中，要求按单位统计汇总，所以在"单位"的"总计"行中要选择分组汇总语句 Group By；需要计算"应发工资"的总数，所以在"应发工资"的总计行中要选择汇总命令 Sum，所以选项 C 为正确答案。

（19）【答案】A【解析】"SELECT * FROM 学生"表示取得"学生"数据表中的所有记录和字段。所以选项 A 是正确的。"SELECT 姓名 FROM 学生"表示取得"学生"数据表中的所有记录，但只取得"姓名"字段，并不是全部字段，选项 B 不符合题意。"SELECT 姓名 FROM 学生 WHILE 学号=02650"表示取得"学生"数据表中的"学号"为 02650 的记录，而且只选取"姓名"字段，选项 C 不符合题意。"SELECT * FROM 学生 WHILE 学号=02650"表示取得"学生"数据表中的"学号"为 02650 的记录，并选取全部字段，选项 D 不符合题意。

（20）【答案】C【解析】在查询的"准则"框中，用户可以直接输入要查询的值，也可以使用引号"""将查询的值括起来，还可以使用 Like 语句加上关键字及通配符来进行查询，但通配符必须配合 Like 使用，不能单独使用，所以选项 C 的表达式是错误的。

（21）【答案】C【解析】窗体有 3 种视图，即设计视图、窗体视图和数据表视图。

（22）【答案】A【解析】"红色"是数字 255，而不是字符串"255"，可以排除选项 C 和选项 D。文字颜色是 ForeColor 属性。题目要求改变标签上显示的文字颜色，所以应该是对 Label 的操作，排除选项 B 和选项 D，正确答案为选项 A。

（23）【答案】B【解析】因为要设置窗体的标题，Caption 属性是标题，所以选项 B 正确。

（24）【答案】B【解析】窗体中没有记录选定器，因此可以排除选项 A 和选项 C，应将窗体的"记录选定器"属性值设置为"否"，而不是无。

（25）【答案】A【解析】选项 B 是工具箱按钮；选项 C 是字段列表按钮；选项 D 是生成器按钮。选项 A 是用来打开属性表的，为本题正确答案。

（26）【答案】A【解析】操作查询共有 4 种类型，分别是删除查询、更新查询、追加查询和生成表查询。

(27)【答案】D【解析】根据 VBA 中变量的命名规则可知，变量名必须以字母开头，所以选项 B 是错误的；不可以包含嵌入的句号或者类型声明字符，如$、!、@、#、%，以及通配符?、*等，所以选项 A 和选项 C 是错误的。另外，变量名还不能超过 255 个字符，也不能和受到限制的关键字同名。由此可见，选项 D 为正确答案。

(28)【答案】A【解析】Function 过程是一种返回值的过程，Sub 过程没有返回值，选项 A 正确。如果不在意函数过程的返回值，这两种过程都可以使用 Call 语句调用，都可以指定参数，并且都可以按地址进行参数传递，选项 B、选项 C、选项 D 的说法错误。

(29)【答案】C【解析】引用窗体或报表上的控件值，可以使用如下的语法：

Forms![窗体名]![控件名]
Reports![报表名]![控件名]

由此可见，只有选项 C 符合题意。

(30)【答案】A【解析】本题中，需要连接的字符串中既有字符串（如"2*5"、"="），又有表达式（如 2*5），因此应该使用强制字符串连接的运算符"&"。前面的"2*5"是字符串，应加引号，后面的"2*5"是表达式，不需要加引号。因此选项 A 是正确的。

(31)【答案】C【解析】选项 A 表示打开窗体"tEmployee"；选项 B 表示打开视图"tEmployee"；选项 C 表示打开表"tEmployee"；选项 D 表示打开报表"tEmployee"。所以选项 C 为正确答案。

(32)【答案】A【解析】对象是属性、方法和事件的封装，方法是属于对象的，所以选项 A 的说法是正确的；因为方法是属于对象的，因而它就不是独立的，一定要依附于某个对象，方法才有意义，选项 B 的说法是错误的；在 VBA 中，方法是由系统预先设定好的，程序员不需要知道这个方法是如何实现的，也不能自行定义，故选项 C 的说法是错误的；响应事件的是事件过程，方法是对象可以执行的操作，选项 D 的说法是错误的。

(33)【答案】C【解析】数据访问页有 3 个功能：远程发布数据、远程维护信息和随时更新。

(34)【答案】B【解析】本题考查的是 For 循环的应用。题目中的 For 循环的循环变量 i 从 10 递减到 1，每次减 2，所以循环会进行 5 次，每次 i 值依次为：10、8、6、4、2。循环体中每次累加 i 值到 sum 中，最后输出 sum 值，所以输出结果就是 10+8+6+4+2=30，应该选择 B。

(35)【答案】A【解析】事件代码中是一个 For 循环的二重嵌套，外循环的循环变量 i 从 1 循环递增到 Me!n 也就是文本框 n 中的值 4，内循环的循环变量 j 也是从 1 循环递增到 4。而内循环的循环体 result=result+"*" 语句每次执行后将在 result 字符串后增加一个*字符。所以，每次内循环 4 次循环结束后 result 被增加 4 个*，接下来外循环中 result=result+Chr(13)+Chr(10)语句的功能是让 result 字符串新起一行。所以，外循环 4 次循环结束后，result 中的结果是整齐的 4 行 4 列*字符。故本题应该选择 A。

二、填空题

(1)【1】【答案】18【解析】设循环队列的容量为 n。若 rear>front，则循环队列中的元素个数为 rear-front；若 rear<front，则循环队列中的元素个数为 n+(rear-front)。题中，front=16，rear=9，即 rear<front，所以，循环队列中的元素个数为 m+(rear-front)=25+(9-16)=18。

(2)【2】【答案】分类性【解析】在面向对象方法中，类是具有共同属性、共同方法的对象的集合。所以，类是对象的抽象，它描述了属于该对象类型的所有对象的性质。而一个具体的对象则是其对应类的一个实例。由此可知，类是关于对象性质的描述，它包括一组数据属性和在数据上的一组合法操作。类之间这种共享属性和操作的机制称为分类性。

(3)【3】【答案】数据库管理系统或 DBMS【解析】数据库管理系统（Database Management System，DBMS）

是一种操纵和管理数据库的大型软件，用于建立、使用和维护数据库，简称 DBMS。它对数据库进行统一的管理和控制，以保证数据库的安全性和完整性。用户通过 DBMS 访问数据库中的数据，数据库管理员也通过 DBMS 进行数据库的维护工作。它提供多种功能，可使多个应用程序和用户用不同的方法在同时或不同时刻去建立，修改和询问数据库。因此，数据库系统中，数据库管理系统是实现各种数据管理功能的核心软件。本题的答案是数据库管理系统或 DBMS。

（4）【4】【答案】E-R 图【解析】E-R 图是设计概念模型的有力工具。

（5）【5】【答案】实体【解析】E-R 模型中，有 3 个基本的抽象概念：实体、联系和属性。在 E-R 图中，用矩形框表示实体，菱形框表示联系，椭圆形框表示属性。

（6）【6】【答案】Between Date() and Date()-20 或 Between Date()-20 and Date() 或 Between Now() and Now()-20 或 Between Now()-20 and Now() 或 >=Date()-20 and <=Date() 或 <=Date() and >=Date()-20 或 >=Now()-20 and <=Now 或 <=Now() and >=Now()-20【解析】因为要查找最近 20 天内的记录，即从当前日期开始前推 20 天，即 Between Date() and Date()-20。而获取当前日期的函数可以是 Date()，也可以是 Now()，因此本题答案可为上列各种形式。

（7）【7】【答案】表【解析】在 Access 中，既可以对两个设置了一对多关系的表创建子窗体，也可以对尚未创建关系但表中数据具有一对多关系的两个表创建子窗体，但在创建主/子窗体前，表之间的关系应已经正确建立，所以此处应当填写"表"。

（8）【8】【答案】默认值【解析】表中字段的默认值是指在添加记录时，系统自动为该字段赋的值。所以说，在未输入数值之前，系统自动提供的数值字段的属性是默认值。

（9）【9】【答案】循环【解析】VBA 中的控制结构包括顺序结构、分支结构和循环结构。

（10）【10】【答案】删除【解析】删除查询删除指定表中的符合查询条件的记录。

（11）【11】【答案】LEN 或 LEN()【解析】LEN 函数返回一个数值，其中包含字符串内字符的数目，或是存储一变量所需的字节数。

（12）【12】【答案】3【解析】在此题中，使用了 ByVal 对过程 s 的形参 p 进行了声明，表示形参 p 为传值调用形式，并不影响实参变量的值。所以，当 i 赋值为 3 时，调用过程 s，在过程中，变量 p 值被赋值为 6，但返回调用的过程后，i 值仍然为 3，不满足 If 条件语句的判断条件，所以，显示的 i 值仍然为 3。

（13）【13】【答案】Val(Me!Text1) 或 Val(Text1)　【14】【答案】End If【15】【答案】Close 或 Quit【解析】命令按钮 Command1 的 Click 事件是将窗体中的 4 个文本框中内容全部清空，命令按钮 Command2 的 Click 事件判断文本框 Text1、Text2 和 Text3 的内容是否为空，如果为空则使用 MsgBox 来输出提示信息，如果不为空则将其内容从字符串转化为数值进行求和计算，并计算其平均值，将结果传递给文本框 Text4。命令按钮 Command3 的 Click 事件是要实现窗体的退出或关闭操作。【13】位置语句的作用给出文本框 Text1 中的成绩，从后面内容可以判断此处应该填写：Val(Me!Text1)。【14】位置语句的作用是结束 If…Else 分支结构，所以应该填写 End If。【15】位置语句的作用是用来退出窗体，所以可以使用 DoCmd.Close 或者 DoCmd.Quit。

第 5 套笔试全真模拟试卷

（考试时间90分钟，满分100分）

一、选择题（每小题 2 分，共 70 分）

下列各题 A）、B）、C）、D）四个选项中，只有一个选项是正确的。请将正确选项填涂在答题卡相应位置上，答在试卷上不得分。

（1）一个栈的初始状态为空。现将元素 1、2、3、4、5、A、B、C、D、E 依次入栈，然后再依次出栈，则元素出栈的顺序是（　　）。

　　A）12345ABCDE　　　　B）EDCBA54321　　　　C）ABCDE12345　　　　D）54321EDCBA

（2）下列叙述中正确的是（　　）。

　　A）循环队列有队头和队尾两个指针，因此，循环队列是非线性结构

　　B）在循环队列中，只需要队头指针就能反映队列中元素的动态变化情况

　　C）在循环队列中，只需要队尾指针就能反映队列中元素的动态变化情况

　　D）循环队列中元素的个数是由队头指针和队尾指针共同决定

（3）在长度为 n 的有序线性表中进行二分查找，最坏情况下需要比较的次数是（　　）。

　　A）$O(n)$　　　　B）$O(n^2)$　　　　C）$O(\log_2 n)$　　　　D）$O(n \log_2 n)$

（4）下列叙述中正确的是（　　）。

　　A）顺序存储结构的存储一定是连续的，链式存储结构的存储空间不一定是连续的

　　B）顺序存储结构只针对线性结构，链式存储结构只针对非线性结构

　　C）顺序存储结构能存储有序表，链式存储结构不能存储有序表

　　D）链式存储结构比顺序存储结构节省存储空间

（5）数据流图中带有箭头的线段表示的是（　　）。

　　A）控制流　　　　B）事件驱动　　　　C）模块调用　　　　D）数据流

（6）在软件开发中，需求分析阶段可以使用的工具是（　　）。

　　A）N-S 图　　　　B）DFD 图　　　　C）PAD 图　　　　D）程序流程图

（7）在面向对象方法中，不属于"对象"基本特点的是（　　）。

　　A）一致性　　　　B）分类性　　　　C）多态性　　　　D）标识唯一性

（8）一间宿舍可住多个学生，则实体宿舍和学生之间的联系是（　　）。

　　A）一对一　　　　B）一对多　　　　C）多对一　　　　D）多对多

（9）在数据管理技术发展的 3 个阶段中，数据共享最好的是（　　）。

　　A）人工管理阶段　　　　B）文件系统阶段　　　　C）数据库系统阶段　　　　D）3 个阶段相同

（10）有 3 个关系 R、S 和 T 如下。

R	
A	B
m	1
n	2

S	
B	C
1	3
3	5

T		
A	B	C
m	1	3

由关系 R 和 S 通过运算得到关系 T，则所使用的运算为（　　）。

　　A）笛卡尔积　　　　B）交　　　　C）并　　　　D）自然连接

（11）在超市营业过程中，每个时段要安排一个班组上岗值班，每个收款口要配备两名收款员配合工作，共同使用一套收款设备为顾客服务。在超市数据库中，实体之间属于一对一关系的是（　　）。

　　A）"顾客"与"收款口"的关系　　　　　　B）"收款口"与"收款员"的关系

　　C）"班组"与"收款员"的关系　　　　　　D）"收款口"与"设备"的关系

（12）若设置字段的输入掩码为"####-######"，该字段正确的输入数据是（　　）。

　　A）0755-123456　　B）0755-abcdef　　C）abcd-123456　　D）####-######

（13）在 SELECT 语句中使用 ORDER BY 是为了指定（　　）。

A）查询的表　　　　B）查询结果的顺序　　　C）查询的条件　　　　D）查询的字段

（14）在显示查询结果时，如果要将数据表中的"籍贯"字段名，显示为"出生地"，可在查询设计视图中改动（　　）。

A）排序　　　　　　B）字段　　　　　　　　C）条件　　　　　　　D）显示

（15）在 Access 的数据表中删除一条记录，被删除的记录（　　）。

A）可以恢复到原来位置　　　　　　　　B）被恢复为最后一条记录

C）被恢复为第一条记录　　　　　　　　D）不能恢复

（16）在 Access 中，参照完整性规则不包括（　　）。

A）更新规则　　　　B）查询规则　　　　　　C）删除规则　　　　　D）插入规则

（17）如果在数据库中已有同名的表，要通过查询覆盖原来的表，应该使用的查询类型是（　　）。

A）删除　　　　　　B）追加　　　　　　　　C）生成表　　　　　　D）更新

（18）假设有一组数据：工资为 800 元，职称为"讲师"，性别为"男"，在下列逻辑表达式中结果为"假"的是（　　）。

A）工资>800　AND　职称="助教"　OR　职称="讲师"

B）性别="女"　OR　NOT　职称="助教"

C）工资=800　AND　（职称="讲师"　OR　性别="女"）

D）工资>800　AND　（职称="讲师"　OR　性别="男"）

（19）在建立查询时，若要筛选出图书编号是"T01"或"T02"的记录，可以在查询设计视图准则行中输入（　　）。

A）"T01" or "T02"　　　　　　　　　　B）"T01" and "T02"

C）in ("T01" and "T02")　　　　　　　　D）not in ("T01" and "T02")

（20）在 Access 数据库中使用向导创建查询，其数据可以来自（　　）。

A）多个表　　　　　B）一个表　　　　　　　C）一个表的一部分　　D）表或查询

（21）定义字段默认值的含义是（　　）。

A）不得使该字段为空　　　　　　　　　B）不允许字段的值超出某个范围

C）在未输入数据之前系统自动提供的数值　　D）系统自动把小写字母转换为大写字母

（22）在下列查询语句中，与

　　　　SELECT　TAB1.*　FROM　TAB1　WHERE　InStr([简历], "篮球")<>0

功能相同的语句是（　　）。

A）SELECT TAB1.* FROM TAB1 WHERE TAB1.简历　Like "篮球"

B）SELECT TAB1.* FROM TAB1 WHERE TAB1.简历　Like "*篮球"

C）SELECT TAB1.* FROM TAB1 WHERE TAB1.简历　Like "*篮球*"

D）SELECT TAB1.* FROM TAB1 WHERE TAB1.简历　Like "篮球*"

（23）在 Access 数据库中创建一个新表，应该使用的 SQL 语句是（　　）。

A）Create Table　　B）Create Index　　　　C）Alter Table　　　D）Create Database

（24）SQL 语句不能创建的是（　　）。

A）报表　　　　　　B）操作查询　　　　　　C）选择查询　　　　　D）数据定义查询

（25）要改变窗体上文本框控件的输出内容，应设置的属性是（　　）。

A）标题　　　　　　B）查询条件　　　　　　C）控件来源　　　　　D）记录源

（26）在下列关于宏和模块的叙述中，正确的是（　　）。

A）模块是能够被程序调用的函数

B）通过定义宏可以选择或更新数据

C）宏或模块都不能是窗体或报表上的事件代码

D）宏可以是独立的数据库对象，可以提供独立的操作动作

（27）Access 报表对象的数据源可以是（　　）。

A）表、查询和窗体　　　　　　　　　　B）表和查询

C）表、查询和 SQL 命令　　　　　　　 D）表、查询和报表

（28）要限制宏命令的操作范围，可以在创建宏时定义（　　）。

A）宏操作对象　　　　　　　　　　　　B）宏条件表达式

C）窗体或报表控件属性　　　　　　　　D）宏操作目标

（29）在 VBA 中，实现窗体打开操作的命令是（　　）。

A）DoCmd.OpenForm　　　　　　　　　B）OpenForm

C）Do.OpenForm　　　　　　　　　　　D）DoOpen.Form

（30）在 Access 中，如果变量定义在模块的过程内部，当过程代码执行时才可见，则这种变量的作用域为
（　　）。

A）程序范围　　　　B）全局范围　　　　C）模块范围　　　　D）局部范围

（31）不属于 VBA 提供的程序运行错误处理的语句结构是（　　）。

A）On Error Then 标号　　　　　　　 B）On Error Goto 标号

C）On Error Resume Next　　　　　　　D）On Error Goto 0

（32）在 VBA 中，错误的循环结构是（　　）。

A）Do While 条件式　　　　　　　　　 B）Do Until 条件式

循环体　　　　　　　　　　　　　　　 循环体

Loop　　　　　　　　　　　　　　　　 Loop

C）Do Until　　　　　　　　　　　　　D）Do

循环体　　　　　　　　　　　　　　　 循环体

Loop 条件式　　　　　　　　　　　　　Loop While 条件式

（33）在过程定义中有语句：

　　　　　Private　Sub　GetData(ByVal　data　As Integer)

其中 "ByVal" 的含义是（　　）。

A）传值调用　　　　B）传址调用　　　　C）形式参数　　　　D）实际参数

（34）下列 4 种形式的循环设计中，循环次数最少的是（　　）。

A）a=5:b=8　　　　　　　　　　　　　 B）a=5:b=8

Do　　　　　　　　　　　　　　　　　 Do

a=a+1　　　　　　　　　　　　　　　　a=a+1

Loop While a<b　　　　　　　　　　　 Loop Until a<b

C）a=5:b=8　　　　　　　　　　　　　 D）a=5:b=8

Do Until a<b　　　　　　　　　　　　　Do Until a>b

b=b+1　　　　　　　　　　　　　　　　a=a+1

Loop　　　　　　　　　　　　　　　　 Loop

（35）在窗体中有一个命令按钮 run35，对应的事件代码如下：

```
Private Sub run35_Enter()
    Dim num As Integer
    Dim a As Integer
    Dim b As Integer
    Dim i As Integer
    For i = 1 To 10
        num = InputBox("请输入数据：", "输入", 1)
        If Int(num/2)=num/2 Then
            a=a+1
        Else
            b=b+1
        End If
    Next i
    MsgBox("运行结果：a = " & Str(a) & ", b = " & Str(b))
End Sub
```

运行以上事件所完成的功能是（　　）。

A）对输入的 10 个数据求累加和

B）对输入的 10 个数据求各自的余数，然后再进行累加

C）对输入的 10 个数据分别统计有几个是整数，有几个是非整数

D）对输入的 10 个数据分别统计有几个是奇数，有几个是偶数

二、填空题（每空 2 分，共 30 分）

请将每一空的正确答案写在答题卡【1】～【15】序号的横线上，答在试卷上不得分。

（1）对下列二叉树进行中序遍历的结果是【1】。

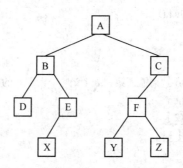

（2）按照软件测试的一般步骤，集成测试应在【2】测试之后进行。

（3）软件工程三要素包括方法、工具和过程，其中，【3】支持软件开发的各个环节的控制和管理。

（4）数据库设计包括概念设计、【4】和物理设计。

（5）在二维表中，元组的【5】不能再分成更小的数据项。

（6）在关系数据库中，基本的关系运算有 3 种，它们是选择、投影和【6】。

（7）数据访问页有两种视图，它们是页视图和【7】视图。

（8）下图所示的流程控制结构称为【8】。

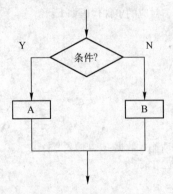

（9）Access 中用于执行指定的 SQL 语言的宏操作名是【9】。

（10）直接在属性窗口设置对象的属性，属于"静态"设置方法，在代码窗口中由 VBA 代码设置对象的属性叫做"【10】"设置方法。

（11）在窗体中有一个名为 Command1 的命令按钮，Click 事件的代码如下：

```
Private Sub Command1_Click()
    f=0
    For n=1 To 10 Step 2
        f=f+n
    Next n
    Me!Lb1.Caption=f
End Sub
```

单击命令按钮后，标签显示的结果是【11】。

（12）在窗体中有一个名为 Command12 的命令按钮，Click 事件的代码如下：该事件所完成的功能是：接受从键盘输入的 10 个大于 0 的整数，找出其中的最大值和对应的输入位置。请依据上述功能要求将程序补充完整。

```
Private Sub Command12_Click()
    max=0
    max_n=0
    For i=1 To 10
        num=Val(InputBox("请输入第 " & i & " 个大于 0 的整数："))
        If (num>max) Then
            max = 【12】
            max_n = 【13】
        End If
    Next i
    MsgBox("最大值为第 " & max_n & " 个输入的" & max)
End Sub
```

（13）现有用户登录界面如下：

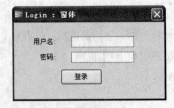

窗体中名为 username 的文体框用于输入用户名，名为 pass 的文本框用于输入用户的密码。用户输入用户名和密码后，单击"登录"名为 login 的按钮，系统查找名为"密码表"的数据表，如果密码表中有指定的用户且密码正确，则系统根据用户的"权限"分别进入"管理员窗体"和"用户窗体"；如果用户名或密码输入错误，则给出相应的提示信息。

密码表中的字段均为文本类型，数据如下图。

密码表

用户名	密码	权限
Chen	1234	
Zhang	5678	管理员
Wang	1234	

单击"登录"按钮后相关的事件代码如下，请补充完整。

```
Private Sub login_Click()
        Dim str As String
        Dim rs As New ADODB.Recordset
        Dim fd As ADODB,Field
        Set cn = CurrentProject.Connection
        Logname=Trim(Me! username)
        pass = Trim(Me!pass)
        If Len(Nz(logname))= 0 Then
            MsgBox "请输入用户名"
        ElseIf Len(Nz(pass))= 0 Then
            MsgBox "请输入密码"
        Else
            str = "select * from 密码表 where 用户名='" & logname &
                "' and 密码='" & pass & "'"
            rs.Open  str, cn, adOpenDynamic, adLockOptimistic, adCmdText
            If 【14】 Then
                MsgBox "没有这个用户名或密码输入错误，请重新输入"
                Me.username = ""
                Me.pass = ""
            Else
                Set 【15】 = rs.Fields("权限")
                If  fd = "管理员"  Then
                    DoCmd.Close
                    DoCmd.OpenForm       "管理员窗体"
                    MsgBox  "欢迎您，管理员"
                Else
                    DoCmd.Close
                    DoCmd.OpenForm       "用户窗体"
                    MsgBox   "欢迎使用会员管理系统"
                End If
            End If
        End If
End Sub
```

第5套笔试全真模拟试卷答案和解析

一、选择题

(1)【答案】B【解析】本题考查的是栈的概念。栈是一种先进后出的队列，所以将元素1、2、3、4、5、A、B、C、D、E 依次入栈，则出栈的顺序则正好相反为 E、D、C、B、A、5、4、3、2、1。故本题应该选择B。

(2)【答案】D【解析】本题考查的是循环队列的概念。循环队列是一种线形结构，所以选项 A）不正确；在循环队列中，插入元素需要移动队尾指针，取出元素需要移动队头指针，因此选项 B）和 C）均不正确；循环队列中元素的个数是由队头和队尾指针共同决定的是正确的，故应该选择D。

(3)【答案】C【解析】本题考查的是二分查找法。对于长度为 n 的有序线性表，在最坏情况下，二分查找只需要比较 $\log_2 n$ 次。所以本题应该选择C。

(4)【答案】A【解析】本题考查的是顺序存储结构和链式存储结构。链式存储结构既可用于表示线性结构，也可用于表示非线性结构，所以选项 B）和 C）不正确；链式存储结构比顺序存储结构每个元素多了一个或多个指针域，所以比顺序存储结构要多耗费一些存储空间，所以选项 D）也不正确。所以，本题中只有选项 A）是正确的。

(5)【答案】D【解析】本题考查的是数据流图的基本概念。数据流图（DFD）是结构化分析中常用的一种工具，它的图形元素主要有 4 种：以圆圈表示加工；以带有箭头的线段表示数据流；以上下两条横线表示存储文件；以矩形表示源。故本题应该选择D。

(6)【答案】B【解析】本题考查的是需求分析。在需求分析阶段常使用的工具有：数据流图（DFD）、数据字典（DD）、判定树和判定表。故本题应该选择B。

(7)【答案】A【解析】本题考查的是对象的基本特点。对象具有标识唯一性、分类性、多态性、封装性和模块独立性好这 5 个基本特点，所以本题应该选择A。

(8)【答案】B【解析】本题考查的是数据模型。题目已给出"一间宿舍可住多个学生"，那么一个学生能不能住多间宿舍呢？答案肯定是否定的。所以本题的宿舍和学生之间的联系是一对多。故本题应该选择B。

(9)【答案】C【解析】本题考查的是数据管理技术的发展。在人工管理阶段，数据无共享，数据冗余度大；文件系统阶段，数据共享性差，数据冗余度还是很大；到数据库系统阶段，数据共享性大了，数据冗余度变小。所以本题应该选择C。

(10)【答案】D【解析】本题考查的是数据库的关系代数运算。R 表中有两个域 A、B，有两条记录（也叫元组），分别是（m，1）和（n，2）；S 表中有两个域 B、C，有两条记录（1，3）和（3，5）。注意观察表 T，它包含了 R 和 S 两个表的所有域 A、B、C，但只包含 1 条记录（m，1，3），这条记录是由 R 表的第 1 条记录和 S 表的第 1 条记录组合而成的，两者的 B 域值正好相等。上述运算恰恰符合关系代数的自然连接运算规则。因此，本题的正确答案为选项 D。

(11)【答案】D【解析】本题考查的是实体之间的关系。实体之间的关系可以分为一对一关系、一对多关系和多对多关系 3 种。若每一个实体 A 都与唯一一个实体 B 相对应，反之也是一样，那么这两个实体就存在一对一的关系。一个"收款口"可接纳多位"顾客"，所以选项 A）不是一对一关系；一个"收款口"可被多个"收款员"使用，所以选项 B）也不是；一个"班组"有多位"收款员"，故选项 C）也不是。所以，只有一个"收款口"使用一套收款"设备"，而一套收款"设备"只能被一个"收款口"所使用，故本题应该选择 D。

(12)【答案】A【解析】本题考查的是输入掩码的概念。输入掩码是希望输入的格式标准保持一致，或希望检查输入时的错误。"#"表示可以选择输入数据或空格，在"编辑"模式下空格以空白显示，但是在保存数据时将空白删除，允许输入加号和减号。因此，本题应该选择 A。

（13）【答案】B【解析】本题考查的是 SQL 语句。在 SQL 语句中，ORDER BY 子句的作用是排序，所以本题应该选择 B。

（14）【答案】B【解析】本题考查的是查询。在创建查询时，可以对数据表字段另起一个别名，只需修改查询设计视图中的相应"字段"栏为"出生地:籍贯"即可满足题目要求。故本题应该选择 B。

（15）【答案】D【解析】本题考查的是删除记录。在 Access 的数据表中，删除的记录是不能被恢复的。故本题应该选择 D。

（16）【答案】B【解析】本题考查的是参照完整性。参照完整性是在插入、更新或删除记录时，为维护表之间已定义的关系而必须遵循的规则。由此可见，本题应该选择 B。

（17）【答案】C【解析】本题考查的是查询的基本概念。在 Access 数据库中，查询共有 4 种类型，分别是删除查询、更新查询、追加查询和生成表查询。生成表查询是利用一个或多个表中的全部或部分数据建立新表（如果指定的新表已经存在，则覆盖原有表）；删除查询可以从一个表或多个表中删除记录；更新查询可以对一个或多个表中的记录作修改；追加查询可以将从一个或多个表中选取的记录添加到一个或多个表中。所以，本题应该选择 C。

（18）【答案】D【解析】本题考查的是逻辑表达式。在 Access 中，逻辑表达式一般出现在查询中，用作查询条件。逻辑运算符 AND、OR、NOT 分别表示逻辑与、逻辑或和逻辑非，它们的优先级顺序为 NOT > AND > OR。

选项 A）"工资>800 AND 职称="助教" OR 职称="讲师""=>"假 AND 假 OR 真"=>"假 OR 真"=>"真"，故不为所选。

选项 B）"性别="女" OR NOT 职称="助教""=>"假 OR NOT 假"=>"假 OR 真"=>"真"，故也不为所选。

选项 C）"工资=800 AND (职称="讲师" OR 性别="女")"=>"真 AND (真 OR 假)"=>"真 AND 真"=>"真"，也不为所选。

选项 D）"工资>800 AND (职称="讲师" OR 性别="男")"=>"假 AND (真 OR 真)"=>"假 AND 真"=>"假"，故应该选择 D。

（19）【答案】A【解析】本题考查的是逻辑表达式。in 运算符的格式是 in(常量 1, 常量 2, ...)，各常量间用逗号分隔而不是 and，所以选项 C）和 D）不正确。题目要求筛选出图书编号是"T01"或"T02"的记录，所以应该使用逻辑或（OR）运算，故应该选择 A。

（20）【答案】D【解析】本题考查的是查询的概念。在 Access 数据库中，查询的数据来源可以是表或者其他查询。故本题应该选择 D。

（21）【答案】C【解析】本题考查的是字段默认值。在 Access 中，定义字段的默认值可以在插入记录时，如果没有为该字段指定值，则会自动填入此默认值。故本题应该选择 C。

（22）【答案】C【解析】本题考查的是 InStr 函数。InStr 函数返回指定字符串在另一字符串中最先出现的位置。所以题目中的 SQL 语句的意思是，查询 TAB1 表中，简历字段包含"篮球"字符串的所有记录，同样的功能也可以通过 Like 运算符来实现。使用 Like 时，*表示任意个字符，所以 Like "*篮球"，代表以"篮球"结尾的字符串；Like "篮球*"，代表以"篮球"开头的字符串；而 Like "*篮球*"，则代表字符串中任意位置出现"篮球"的字符串。这正好和 InStr([简历], "篮球")的功能相同，所以本题应该选择 C。

（23）【答案】A【解析】本题考查的是 SQL 语句。无论在什么数据库中，创建表的 SQL 语句都是 Create Table，故本题应该选择 A。

（24）【答案】A【解析】本题考查的是 SQL 语句的概念。在 Access 数据库中，任何查询都是一条 SQL 语句，可以通过查询的 SQL 视图来查看该查询所对应的 SQL 语句。所以，选项 B）、C）和 D）都可以使用 SQL 语句创建。

（25）【答案】C【解析】本题考查的是窗体设计。在 Access 中，文本框主要用来输入或编辑字段数据。如果要显示表中的内容，可以将其控件来源设置为某个字段；如果要计算一个表达式，可以将其控件来源设置为一个表达式。由此可见，要改变窗体上文本框控件的输出内容，应设置的属性是控件来源，应该选择 C。

（26）【答案】D【解析】本题考查的是宏和模块的概念。模块是 Access 系统中的一个重要对象，它以 VBA（Visual Basic for Application）语言为基础编写，以函数过程（Function）或子过程（Sub）为单元的集合方式存储。在 Access 中，模块分为类模块和标准模块两种类型。由此可见，选项 A）的说法是不准确的。宏是由一个或多个操作组成的集合，其中的每个操作能够自动地实现特定的功能。所以，通过定义宏并不能选择或更新数据，而是可以通过定义宏来操作能选择或更新数据的查询，选项 B）不正确。宏或模块都能用作窗体或报表上的事件代码，选项 C）的说法也是错误的。故本题应该选择 D。

（27）【答案】C【解析】本题考查的是报表的概念。在 Access 中，报表对象的数据源可以是表和查询，也可以是 SQL 语句。其实，查询也可以看成是 SQL 语句，在查询设计器中打开 SQL 视图就能看到查询所对应的 SQL 语句了。故本题应该选择 C。

（28）【答案】B【解析】本题考查的是条件操作宏。条件操作宏是在数据处理过程中，只满足指定条件才执行的宏。使用条件操作宏就可以限制宏命令的操作范围，所以本题应该选择 B。

（29）【答案】A【解析】本题考查的是 VBA 中的常用操作方法。在 VBA 中，打开和关闭窗体都是通过 DoCmd 对象来实现的，打开窗体使用 DoCmd.OpenForm；关闭窗体使用 DoCmd.Close。故本题应该选择 A。

（30）【答案】D【解析】本题考查的是 VBA 的变量作用域。在 VBA 中，变量作用域有 3 个层次。

① 局部范围：变量定义在模块的过程内部，过程代码执行时才可见。

② 模块范围：变量定义在模块的所有过程之外的起始位置，运行时在模块所包含的所有子过程和函数过程中可见。

③ 全局范围：变量定义在标准模块的所有过程之外的起始位置，运行时在所有类模块和标准模块的所有子过程与函数过程中都可见。

综上所述，本题应该选择 D。

（31）【答案】A【解析】本题考查的是 VBA 程序的运行错误处理。VBA 中提供 On Error GoTo 语句来控制当有错误发生时程序的处理。On Error GoTo 指令的一般语法如下：

On Error GoTo 标号

On Error Resume Next

On Error GoTo 0

由此可见，本题应该选择 A。

（32）【答案】C【解析】本题考查的是 Do…While(Until)…Loop 语句。VBA 中的 Do…While(Until)…Loop 循环语句非常灵活，循环体在 Do 和 Loop 之间，While 或 Until 既可以跟在 Do 后面，也可以跟在 Loop 后面，所形成 4 种类型，正好跟本题 4 个选项类似。但是，循环条件必须紧跟在 While 或 Until 之后，所以本题的 A、B、D 选项都是正确的循环结构，只有 C 是错误的。

（33）【答案】A【解析】本题考查的是参数传递。在定义函数形参时，可以在前面加上 ByVal 或 ByRef 说明，如果不加说明默认为 ByRef。ByVal 表示传值调用，即实参被"单向"传递给形参，在过程内部对形参的任何改变均不会影响实参；ByRef 表示传址调用，即将实参地址传递给形参，在过程内部对形参的任何改变会同时改变实参。故本题应该选择 A。

（34）【答案】C【解析】本题考查的是 VBA 的循环结构。在选项 A）中，While 在 Loop 后面，循环是先执行后判断条件，当 a 递增至 7 时循环才会结束，所以循环会进行 3 次，a 分别为 5、6、7；选项 B）是 Until 循环，符合条件 a<b 则跳出循环，但 Until 在 Loop 之后，所以循环至少执行 1 次；选项 C）也是 Until 循环，由于一开始就符合 a<b，而且 Until 在 Do 之后，所以循环 1 次也不会执行；在选项 D）中，Until 的条件是 a>b，所以当 a 递增至 9 时，循环才会结束，故循环会执行 5 次。所以，本题应该选择 C。

（35）【答案】D【解析】本题考查的是 VBA 程序分析。在程序的 For 循环中，循环变量 i 从 1 递增到 10。每次循环，首先通过 InputBox 函数，读取用户输入的 1 个整数，然后判断是否满足 Int(num/2) = num/2，来决定是给 a 增 1 还是给 b 增 1。如果一个数满足 Int(X) = X，则这个数肯定是一个整数。所以，该条件就是判断整数 num 除以 2 后是否还是一个整数，如果是则该数肯定是一个偶数，否则就是奇数。由此可见，该程序实现的功能是"对输入的 10 个数据分别统计有几个是奇数，有几个是偶数"。故应该选择 D。

二、填空题

（1）【1】【答案】DBXEAYFZC【解析】本题考查的是二叉树的遍历。二叉树的中序遍历递归算法为：如果根不空，则先按中序次序访问左子树，然后访问根结点，最后按中序次序访问右子树。本题中，根据中序遍历算法，应首先按照中序次序访问以 B 为根结点的左子树，然后再访问根结点 A，最后才访问以 C 为根结点的右子树。遍历以 B 为根结点的左子树同样要遵循中序遍历算法，因此中序遍历结果为 DBXE；然后遍历根结点 A；遍历以 C 为根结点的右子树，同样要遵循中序遍历算法，因此中序遍历结果为 YFZC。最后把这 3 部分的遍历结果按顺序连接起来，中序遍历结果为 DBXEAYFZC。

（2）【2】【答案】单元【解析】本题考查的是软件测试。软件测试过程一般按 4 个步骤进行，即单元测试、集成测试、验收测试（确认测试）和系统测试。所以，本题的正确答案应该是单元测试。

（3）【3】【答案】过程【解析】本题考查的是软件工程的三要素。软件工程三要素包括方法、工具和过程。方法是完成软件工程项目的技术手段；工具支持软件的开发、管理、文档生成；过程支持软件开发的各个环节的控制、管理。所以，本题的正确答案为过程。

（4）【4】【答案】逻辑设计【解析】本题考查的是数据库设计。数据库的生命周期可以分为两个阶段：一是数据库设计阶段；二是数据库实现阶段。数据库的设计阶段又分为如下 4 个子阶段：即需求分析、概念设计、逻辑设计和物理设计。因此，本题的正确答案应该是逻辑设计。

（5）【5】【答案】分量【解析】本题考查的是二维表的性质。二维表一般满足下面 7 个性质。

① 二维表中元组个数是有限的——元组个数有限性。

② 二维表中元组均不相同——元组的唯一性。

③ 二维表中元组的次序可以任意交换——元组的次序无关性。

④ 二维表中元组的分量是不可分割的基本数据项——元组分量的原子性。

⑤ 二维表中属性名各不相同——属性名唯一性。

⑥ 二维表中属性与次序无关，可任意交换——属性的次序无关性。

⑦ 二维表属性的分量具有与该属性相同的值域——分量值域的同一性。

所以，根据第 4 条性质，本题的正确答案应该是分量。

（6）【6】【答案】连接【解析】本题考查的是基本关系运算。关系的基本运算有两类：一类是传统的集合运算（并、差、交等），另一类是专门的关系运算（选择、投影、连接），有些查询需要几个基本运算的组合。所以本题的正确答案应该是连接。

（7）【7】【答案】设计【解析】本题考查的是数据访问页的基本概念。数据访问页有两种视图，它们是页视图和设计视图。所以本题的答案是设计。

（8）【8】【答案】选择结构【解析】本题考查的是程序流程控制。程序流程一般有 3 种：顺序结构、选择结构和循环结构。本题的流程图首先判断条件，然后根据条件的真假（Y/N）来选择执行 A 还是 B，所以是选择结构。

（9）【9】【答案】RunSQL【解析】本题考查的是常用宏操作。在 Access 中，用于执行指定的 SQL 语句的宏是RunSQL。

（10）【10】【答案】动态【解析】本题考查的是窗体对象。直接在属性窗口设置对象的属性，属于"静态"设置方法，在代码窗口中由 VBA 代码设置对象的属性叫做"动态"设置方法。

（11）【11】【答案】25【解析】在题目的 For 循环中，循环变量 n 从 1 递增到 10，每次增 2，所以整个循环只进行 5 次，n 依次为 1、3、5、7、9。在循环体中，每次将 n 的值加入 f 中，所以最终 f 的值为 1+3+5+7+9 = 25。故标签显示结果是 25。

（12）【12】【答案】num【13】【答案】i【解析】本题考查的是查找最大数算法。该算法的思想是：首先假设最大数为 0（比其他数都要小的数），然后遍历所有的数，如果碰到的数比当前已知的最大数还要大，则将当前已知最大数设为该数，并记录其位置。这样遍历一遍之后，当前已知最大数就是整个序列的最大数。从题目中的条件语句 If (num>max) Then 中可以看出，max 中存放的就是"当前已知最大数"，故前一空应该填 num（将当前已知最大数设为该数），后一空应该填 i（记录当前已知最大数的位置）。

（13）【14】【答案】rs.eof【15】【答案】fd【解析】本题考查的是 VBA 的数据库编程。第 1 空位于 if 的判断条件中，根据该 if 子句的内容，应该是判断没有找到这个用户名或密码。再看看 if 语句上面两条语句，"str = "select * from 密码表 where 用户名='" & logname & "' and 密码='" & pass & "'""，这是将一条 SQL 语句赋给变量 str，&是字符串连接运算符，所以可以看明白这条 SQL 语句是 select * from 密码表 where 用户名="用户输入的用户名" and 密码="用户输入的密码"。然后通过 Recordset 对象 rs 的 Open 方法执行这条 SQL（rs.Open str, cn, adOpenDynamic, adLockOptimistic, adCmdText）。所以，第 1 空只需要判断 rs 执行这条 SQL 的结果是否为空即可，判断 Recordset 对象是否包含记录可以通过 rs.eof 来进行，故第 1 空应该填 rs.eof。后一空位于这条 if 语句的 else 子句中，那就是说，rs 不为空，用户已经输入了正确的用户名和密码。而 rs.Fields("权限")语句是取 rs 当前记录的"权限"字段的内容，可以看到密码表中权限字段中有"管理员"字样，而紧接着的 if 语句判断 fd 是否为"管理员"，所以可以确定，后一空应该填 fd。将记录的"权限"字段的内容赋给 fd 变量，然后判断 fd 是不是"管理员"，以对其进行相应的操作。

第12章 上机全真模拟试卷及解析

第1套上机全真模拟试卷

（考试时间90分钟，满分100分）

一、基本操作题（1小题，共30分）

（1）在考生文件夹下 Product.mdb 数据库文件中，新建"产品"表，表结构如下。

字段名称	数据类型	字段大小
产品ID	自动编号	长整型
产品名称	文本	50
产品说明	文本	255
单价	货币	

（2）设置"产品ID"为主键。

（3）设置"单价"字段的小数位数为2。

（4）在"产品"表中输入以下4条记录。

产品ID	产品名称	产品说明	单价
1	产品1	价格低廉	￥15.00
2	产品2	性能优越	￥40.00
3	产品3	性能优越	￥42.00
4	产品4	质量过关	￥10.00

二、简单应用题（1小题，共40分）

在工资表数据库中有两张表：部门和工资表。

（1）以部门表和工资表为数据源，创建查询"Q1"，查询研发部人员的基本工资，结果显示部门名称、员工姓名和基本工资字段。查询的结果如图所示。

部门名称	员工姓名	基本工资
研发部	李四	￥1,500.00
研发部	张昕	￥1,500.00

（2）建立一个参数查询"Q2"，通过输入员工 ID 显示员工的工资情况。参数提示为"请输入员工 ID"，结果显示员工姓名、基本工资、奖金、岗位工资和保险金字段。查询的结果如图所示。

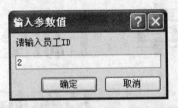

（3）建立"部门"和"工资表"之间的一对多关系，并实施参照完整性。

三、综合应用题（1 小题，共 30 分）

在考生文件夹下有一个"销售管理系统.mdb"数据库，里面有一个报表对象"产品"。

（1）在报表的报表页眉节区添加一个标签控件，其名称为"bTitle"，标题显示为"产品"，字号设置为 20 磅。

（2）在页面页眉节区添加一个标签控件，其名称为"bPrice"，标题显示为"价格"。该控件放置在距上边 0.1cm，距左边 5.8cm 位置。

（3）在主体节区添加一个文本框控件，显示"产品"表的"价格"字段，其名称为"tPrice"。该控件放置在距上边 0.1cm，距左边 5.8cm 位置。宽度设置为 1.5cm。

（4）在报表页脚节区添加一个文本框控件，计算并显示平均价格，其名称为"tAvg"。

第 1 套上机全真模拟试卷答案和解析

一、基本操作题

【解析】

（1）双击打开 Product.mdb 数据库文件；在"数据库"窗口中单击"表"对象，单击"新建"按钮，在"新建表"对话框中选择"设计视图"，单击"确定"按钮。在设计视图中输入题目所要求的字段，并选择好数据类型和字段大小。

（2）在设计视图中，选中"产品 ID"字段，单击工具栏上的"主键"按钮，将产品 ID 字段设置为主键。

（3）在设计视图中，选中"单价"字段，在字段属性的"常规"选项卡中，找到小数位数项，输入 2。

（4）关闭设计视图，在提示是否保存时选择"是"按钮，在"另存为"对话框中输入表名"产品"并单击"确定"按钮。在数据库窗口中，双击"产品"表，打开"产品"表的数据表视图，按照题目要求输入记录内容（产品 ID 为自动编号类型，不用输入）。

二、简单应用题

【解析】

（1）在数据库窗口中单击"查询"对象，单击"新建"按钮，选择"设计视图"，添加部门表和工资表。选择部门表的部门名称字段，在准则行输入"研发部"。选择工资表的员工姓名字段，工资表的基本工资字段。按下"保存"按钮，输入查询名称为"Q1"。

（2）在数据库窗口中单击"查询"对象，单击"新建"按钮，选择"设计视图"，添加工资表。选择工资表的员工姓名、基本工资、奖金、岗位工资、保险金和员工 ID 字段，在员工 ID 对应的准则行输入"[请输入员工 ID]"并去掉显示栏的钩。按下"保存"按钮，输入查询名称为"Q2"。

（3）单击工具栏上的"关系"按钮打开关系视图。单击工具栏上的"显示表"按钮，在弹出的"显示表"对话框中，将"部门"和"工资表"两张表添加到关系视图中。将工资表中的"部门 ID"字段拖到部门表的"部门 ID"字段上，在弹出的"编辑关系"对话框中勾选"实施参照完整性"并单击"确定"按钮。单击工具栏上的"保存"按钮。

三、综合应用题

【解析】

（1）打开"销售管理系统.mdb"数据库，在数据库窗口中单击"报表"，选中"产品"报表，单击"设计"按钮，进入"产品"报表的设计视图。在工具箱中选择标签控件添加到报表页眉中。单击工具栏上的属性按钮，打开刚添加的标签属性，切换到"格式"标签页，在标题栏填入"产品"，字号栏填入"20"；切换到"其他"标签页，在名称栏填入"bTitle"。

（2）在工具箱中选择标签控件添加到页面页眉中，并设置其属性：标题为"价格"、名称为"bPrice"、上边距为 0.1、左边距为 5.8。

（3）单击工具栏上的"字段列表"按钮，打开产品表字段列表，将其中的"价格"字段拖拽到主体节区中，删除其前面的标签。设置其属性：上边距为 0.1、左边距为 5.8、名称为"tPrice"。

（4）将鼠标放到报表页脚横条的下边线，往下拖拽出一定的报表页脚范围，从工具箱中选择文本框控件添加到报表页脚中，并删除前面的标签。设置其名称属性为"tAvg"、控件来源属性为"=Avg([价格])"。

第 2 套上机全真模拟试卷

（考试时间90分钟，满分100分）

一、基本操作题（1 小题，共 30 分）

（1）在考生文件夹下 xx.mdb 数据库文件中，新建"通信录"表，表结构如下。

字段名称	数据类型	字段大小
ID	自动编号	长整型
姓名	文本	20
性别	文本	1
民族	文本	10
电话	文本	30

（2）设置"ID"为主键。

（3）设置"性别"字段的有效性规则，只能为"男"或"女"；设置"民族"字段的默认值为"汉"。

（4）在"通信录"表中输入以下 3 条记录：

ID	姓名	性别	民族	电话
1	张信息	女	汉	12345678
2	蓝波	男	回	12345678
3	程刚	男	汉	12345678

二、简单应用题（1 小题，共 40 分）

在"db4.mdb"数据库中有课程名表、学生成绩表和学生档案表。

（1）以课程名表、学生成绩表和学生档案表为数据源，创建查询"查询 1"，查询课程不及格的学生，结果显示课程名、姓名和成绩字段。查询结果如图所示。

课程名	姓名	成绩
政治经济学	张新	55
计算机接口技术	刘卡	56
电子线路	李红梅	57
电子线路	王倩	56

共有记录数：4

（2）以课程名表、学生成绩表和学生档案表为数据源，创建分组统计查询"查询 2"，统计每门课程的不及格人数。结果显示课程名和不及格人数字段，不及格人数=学号之 Count。查询结果如图所示。

课程名	不及格人数
政治经济学	1
电子线路	1
电子线路	1
计算机接口技术	1

（3）建立学生档案表和学生成绩表之间的一对多关系，实施参照完整性。建立课程名表和学生成绩表之间的一对多关系，实施参照完整性。

三、综合应用题（1 小题，共 30 分）

考生文件夹下存在一个数据库文件"公司.mdb"，里面已经设计好窗体对象"综合操作"。试在此基础上按照以下要求补充窗体设计。

（1）在窗体的窗体页眉节区位置添加一个标签控件，其名称为"bTitle"，标题显示为"综合操作"。

（2）在主体节区位置添加一个选项组控件，将其命名为"bOpt"，选项组标签显示内容为"操作"。

（3）在选项组内放置 3 个单选按钮控件，选项按钮分别命名为"opt1"、"opt2"和"opt3"，选项按钮标签显示内容分别为"部门人员"、"产品"和"工资表"。

（4）在窗体页脚节区位置添加两个命令按钮，分别命名为"bOk"和"bQuit"，按钮标题分别为"确定"和"退出"。

（5）将窗体标题设置为"综合操作"。

窗体最终结果如下图所示。

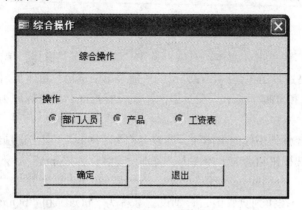

第2套上机全真模拟试卷答案和解析

一、基本操作题

【解析】

（1）双击打开 xx.mdb 数据库文件；在"数据库"窗口中单击"表"对象，单击"新建"按钮，在"新建表"对话框中选择"设计视图"，单击"确定"按钮。在设计视图中输入题目所要求的字段，并选择好数据类型和字段大小。

（2）在设计视图中，选中 ID 字段，单击工具栏上的"主键"按钮，将 ID 字段设置为主键。

（3）在设计视图中，选中"性别"字段，在字段属性的常规选项卡中，找到有效性规则项，输入"男" Or "女"。选中"民族"字段，在字段属性的常规选项卡中，找到默认值项，输入"汉"。

（4）关闭设计视图，在提示是否保存时选择"是"按钮，在"另存为"对话框中输入表名"通信录"并单击"确定"按钮。在数据库窗口中，双击"通信录"表，打开"通信录"表的数据表视图，按照题目要求输入记录内容（ID 为自动编号类型，不用输入）。

二、简单应用题

【解析】

（1）在数据库窗口中单击"查询"对象，单击"新建"按钮，选择"设计视图"，添加课程名表、学生成绩和学生档案表。选择课程名、姓名和成绩字段，在成绩字段的准则行输入"<60"。按下"保存"按钮，输入查询名称为"查询1"。

（2）在数据库窗口中单击"查询"对象，单击"新建"按钮，选择"设计视图"，添加程名表、学生成绩表和学生档案表。选择课程名、学号、课程编号和成绩字段，取消课程编号和成绩字段的显示，在成绩准则行输入"<60"，保证工具栏中总计按钮按下。在课程名、课程编号和成绩字段总计行选择"分组"。在学号总计行选择"计数"，在学号字段前添加"不及格人数:"字样。按下"保存"按钮，输入查询名称为"查询2"。

（3）单击工具栏上的"关系"按钮打开关系视图。单击工具栏上的"显示表"按钮，在弹出的"显示表"对话框中，将课程名表、学生成绩表和学生档案表添加到关系视图中。将学生成绩表中的"学号"字段拖到学生档案表的"学号"字段上，在弹出的"编辑关系"对话框中勾选"实施参照完整性"并单击"确定"按钮。将学生成绩表中的"课程编号"字段拖到课程名表的"课程编号"字段上，在弹出的"编辑关系"对话框中勾选"实施参照完整性"并单击"确定"按钮。单击工具栏上的"保存"按钮。

三、综合应用题

【解析】

（1）在数据库窗口中单击"窗体"对象，选中"综合操作"窗体，单击"设计"按钮，打开"设计视图"。用鼠标右键单击主体区，在弹出的快捷菜单中选择"窗体页眉/页脚"，使其呈选中状态，即可使窗体的页眉和页脚区显示。在页眉区添加标签控件，设置标题为"综合操作"，名称为"bTitle"。

（2）添加选项组控件到窗体的主体区，设置名称为"bOpt"，双击选项组标签，输入"操作"。

（3）添加 3 个单选按钮到选项组控件内，分别设置名称为"opt1"、"opt2"和"opt3"，依次双击 3 个单选按钮的标签，分别输入"部门人员"、"产品"和"工资表"。

（4）添加两个命令按钮到页脚区，分别设置名称为"bOk"和"bQuit"；标题为"确定"和"退出"。

（5）单击设计视图窗口左上方的矩形区域，使其中间出现一个黑色方块即选中整个窗体。到属性窗口中，将窗体的标题设置为"综合操作"。单击"保存"按钮。

第3套上机全真模拟试卷

（考试时间90分钟，满分100分）

一、基本操作题（1 小题，共 30 分）

（1）在考生文件夹下 Student.mdb 数据库文件中，新建"选课成绩"表，表结构如下。

字段名称	数据类型	字段大小
选课 ID	自动编号	长整型
学生编号	文本	8
课程编号	文本	5
成绩	数字	整型

（2）设置"选课 ID"为主键。

（3）设置"成绩"字段的有效性规则为不低于 0，且不高于 100。

（4）在"通信录"表中输入以下两条记录。

选课 ID	学生编号	课程编号	成绩
1	20020206	K001	80
2	20020206	K005	75

二、简单应用题（1 小题，共 40 分）

在"办公.mdb"数据库中有办公室用品库存、领取明细和员工信息 3 张表。

（1）以办公室用品库存、领取明细和员工信息 3 张表为数据源，创建查询"查询 1"，查询员工领取信息。结果显示姓名、[办公室用品库存].[名称]和领取数量字段。查询结果如图所示。

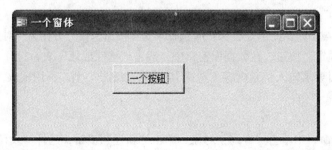

（2）以办公室用品库存、领取明细和员工信息 3 张表为数据源，创建统计查询"查询 2"，统计每个员工领取的总额。结果显示姓名和领取总额字段，领取总额=Sum([办公室用品库存]![单价]*[领取明细]![领取数量])。查询结果如图所示。

（3）新建一个名为"窗体 1"的窗体，设置标题为"一个窗体"，取消记录选择器、导航按钮和分隔线。在主体中添加一个名称为"Command0"的命令按钮，显示标题为"一个按钮"。最终结果如下图所示。

三、综合应用题（1 小题，共 30 分）

考生文件夹下存在一个数据库文件 xxx.mdb，里面已经设计好窗体对象"雇员信息"。试在此基础上按照以下要求补充窗体设计。

（1）在窗体的窗体页眉节区位置添加一个标签控件，其名称为"bTitle"，标题显示为"雇员信息表"。

（2）在主体节区中"雇员姓名"标签右侧的文本框显示内容设置为"雇员姓名"字段值，并将文本框更名为"tName。

（3）在窗体页脚节区位置添加 4 个命令按钮，分别命名为"bNext"、"bPrev"、"bAppend"和"bSave"，按钮标题分别为"下一记录"、"前一记录"、"添加记录"和"保存记录。

（4）将窗体标题设置为"雇员信息"。

窗体最终结果如下图所示。

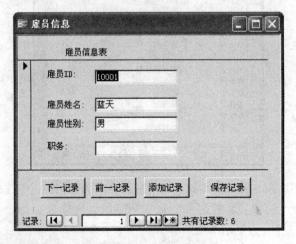

第 3 套上机全真模拟试卷答案和解析

一、基本操作题

【解析】

（1）双击打开 Student.mdb 数据库文件；在数据库窗口中单击"表"对象，单击"新建"按钮，在"新建表"对话框中选择"设计视图"，单击"确定"按钮。在设计视图中输入题目所要求的字段，并选择好数据类型和字段大小。

（2）在设计视图中，选中"选课 ID"字段，单击工具栏上的"主键"按钮，将"选课 ID"字段设置为主键。

（3）在设计视图中，选中"成绩"字段，在字段属性的常规选项卡中，找到有效性规则项，输入">=0 Or <=100"。

（4）关闭设计视图，在提示是否保存时选择"是"按钮，在"另存为"对话框中输入表名"选课成绩"并单击"确定"按钮。在数据库窗口中，双击"选课成绩"表，打开"选课成绩"表的数据表视图，按照题目要求输入记录内容（选课 ID 为自动编号类型，不用输入）。

二、简单应用题

【解析】

（1）在数据库窗口中单击"查询"对象，单击"新建"按钮，选择"设计视图"，添加办公室用品库存、领取明细和员工信息 3 张表。选择显示姓名、[办公室用品库存].[名称]和领取数量字段。按下"保存"按钮，输入查询名称为"查询 1"。

（2）在数据库窗口中单击"查询"对象，单击"新建"按钮，选择"设计视图"，添加办公室用品库存、领取明细和员工信息 3 张表。选择姓名和领取人 ID 字段，取消领取人 ID 的显示，保证工具栏中总计按钮按下。在姓名和领取人 ID 字段总计行选择"分组"，添加"领取总额: Sum([办公室用品库存]![单价]*[领取明细]![领取数量])"字段，总计行选择"表达式"。按下"保存"按钮，输入查询名称为"查询2"。

（3）在数据库窗口中单击"窗体"对象，单击"新建"按钮，选择"设计视图"。单击工具栏上的"属性"按钮打开"属性"窗口。在属性窗口上面的下拉列表中，选择"窗体"，切换到"格式"标签页，在"标题"项输入"一个窗体"，在"记录选择器"、"导航按钮"和"分隔线"项均输入"否"。在工具箱中选中按钮控件，在窗体的主体区拖出一个按钮，设置其标题属性为"一个按钮"，名称为"Command0"。单击工具栏上的"保存"按钮，将窗体保存为"窗体1"。

三、综合应用题

【解析】

（1）在数据库窗口中单击"窗体"对象，选中"雇员信息"窗体，单击"设计"按钮，打开"设计视图"。用鼠标右键单击主体区，在弹出的快捷菜单中选择"窗体页眉/页脚"，使其呈选中状态，即可使窗体的页眉和页脚区显示。在页眉区添加标签控件，设置标题为"雇员信息表"，名称为"bTitle"。

（2）选中"雇员姓名"标签右侧的文本框，在属性窗口中设置其名称为"tName"，控件来源为"雇员姓名"。

（3）添加4个命令按钮到页脚区，分别设置名称为"bNext"、"bPrev"、"bAppend"和"bSave"；标题为"下一记录"、"前一记录"、"添加记录"和"保存记录"。

（4）单击设计视图窗口左上方的矩形区域，使其中间出现一个黑色方块即选中整个窗体。到属性窗口中，将窗体的标题设置为"雇员信息"。单击"保存"按钮。

第 4 套上机全真模拟试卷

（考试时间90分钟，满分100分）

一、基本操作题（1 小题，共 30 分）

（1）在考生文件夹下"招聘.mdb"数据库文件中，新建"个人信息"表，表结构如下。

字段名称	数据类型	字段大小
人员编号	文本	8
账号	文本	20
姓名	文本	20
性别	文本	1
年龄	数字	整型
学历	文本	10
简历	文本	200

（2）设置"人员编号"为主键。

（3）设置"年龄"字段的默认值为0，有效性规则为不低于16，且不高于70。

（4）在"个人信息"表中输入以下5条记录。

人员编号	账号	姓名	性别	年龄	学历	简历
P00001	ZHANG	张新苗	女	25	专科	简历 1
P00002	dingding	刘海阳	男	20	专科	简历 2
P00003	sunjia	孙男	男	22	专科	简历 3
P00004	liansj	刘家乡	男	26	专科	简历 4
P00005	shks	欧阳明日	男	30	本科	简历 5

二、简单应用题（1 小题，共 40 分）

（1）以个人信息、求职和职位表为数据源，创建参数查询"按账号查询求职信息"，实现输入账号查询求职信息。参数提示为"请输入账号"，结果显示账号、职位编号和职位信息。查询结果如图所示。

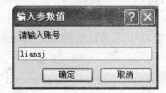

（2）以职位表和求职表为数据源，创建查询"查询 1"，统计每个职位的求职人数。结果显示职位编号和求职人数字段。查询结果如图所示。

（3）将"查询 1"按求职人数降序排序。

三、综合应用题（1 小题，共 30 分）

在考生文件夹下有一个"学生.mdb"数据库，里面有一个报表对象"学生"。

（1）在报表的报表页眉节区添加一个标签控件，其名称为"bTitle"，标题显示为"学生统计图"。

（2）在页面页脚节区添加一个计算控件，显示当前页码（仅显示页码数字）。该控件放置在距上边 0.9cm，距左边 6.7cm 位置，并命名为"tPage"。

（3）在报表页脚节区添加一个计算控件，使用函数显示系统日期。该控件放置在距上边 0.6cm，距左边 1.9cm 位置，并命名为"tDa"。

第 4 套上机全真模拟试卷答案和解析

一、基本操作题

【解析】

（1）双击打开"招聘.mdb"数据库文件，在"数据库"窗口中单击"表"对象，单击"新建"按钮，在"新建表"对话框中选择"设计视图"，单击"确定"按钮。在设计视图中输入题目所要求的字段，并选择好数据类型和字段大小。

（2）在设计视图中，选中"人员编号"字段，单击工具栏上的"主键"按钮，将"人员编号"字段设置为主键。

（3）在设计视图中，选中"年龄"字段，在字段属性的常规选项卡中，在默认值项中输入 0；在有效性规则项中输入"Between 16 And 70"。

（4）关闭设计视图，在提示是否保存时选择"是"按钮，在"另存为"对话框中输入表名"个人信息"并单击"确定"按钮。在数据库窗口中，双击"个人信息"表，打开"个人信息"表的数据表视图，按照题目要求输入记录内容。

二、简单应用题

【解析】

（1）在数据库窗口中单击"查询"对象，单击"新建"按钮，选择"设计视图"，添加个人信息、求职和职位表。选择账号、职位编号和职位信息字段，在账号字段准则行输入"[请输入账号]"。按下"保存"按钮，输入查询名称为"按账号查询求职信息"。

（2）在数据库窗口中单击"查询"对象，单击"新建"按钮，选择"设计视图"，添加职位表和求职表。选择职位编号和人员编号字段，保证工具栏中总计按钮按下。在职位编号字段对应总计行选择"分组"。在人员编号总计行选择"计数"，在人员编号字段前添加"求职人数："字样。按下"保存"按钮，输入查询名称为"查询1"。

（3）在数据库窗口中单击"查询"对象，选中"查询1"，单击"设计"按钮。在"求职人数"对应的排序行选择"降序"，保存即可。

三、综合应用题

【解析】

（1）打开"学生.mdb"数据库，在数据库窗口中单击"报表"，选中"学生"报表，单击"设计"按钮，进入"学生"报表的设计视图。在工具箱中选择标签控件添加到报表页眉中。单击工具栏上的属性按钮，打开刚添加的标签属性，切换到"格式"标签页，在标题栏填入"学生统计图"；切换到"其他"标签页，在名称栏填入"bTitle"。

（2）在页面页脚中添加一个文本框控件，删除其附带标签。设置其控件来源为"=[Page]"、名称为"tPage"、上边距为 0.9cm、左边距为 6.7cm。

（3）在报表页脚中添加一个文本框控件，删除其附带标签。设置其控件来源为"=Date()"、名称为"tDa"、上边距为 0.6cm、左边距为 1.9cm。

第 5 套上机全真模拟试卷

（考试时间90分钟，满分100分）

一、基本操作题（1 小题，共 30 分）

（1）在考生文件夹下"学生.mdb"数据库文件中，新建"学生"表，表结构如下。

字段名称	数据类型	字段大小
学号	数字	长整型
学生姓名	文本	20
性别	文本	1
年龄	数字	整型

（2）设置"学号"为主键。

（3）设置"性别"字段的默认值为"男"，有效性规则为"男"或"女"，有效性文本为"请输入性别！"。

（4）在"个人信息"表中输入以下 4 条记录。

学号	学生姓名	性别	年龄
9801	张心心	女	20
9802	柳儒士	男	21
9803	孙那	男	20
9804	那莹	女	20

二、简单应用题（1 小题，共 40 分）

在"学生.mdb"数据库中有学生、课程和课程成绩表。

（1）以成绩表为数据源，创建删除查询"查询 1"，将成绩<30 的成绩信息删除。运行结果如下图所示。（注意：创建后至少要执行一次）

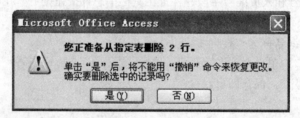

（2）以学生表为数据源，创建查询"查询 2"，查询本月出生的学生信息。结果显示学生表中的全部字段。假设当月为 12 月份，则运行结果如下图所示。

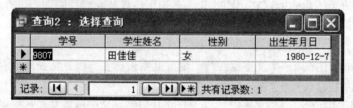

（3）建立课程表和课程成绩表之间的一对多关系，实施参照完整性。建立学生表和课程成绩表之间的一对多关系，实施参照完整性。

三、综合应用题（1 小题，共 30 分）

在考生文件夹下有一个 xx.mdb 数据库，里面有一个报表对象"班级信息输出"。

（1）在报表的报表页眉节区添加一个标签控件，其名称为"lblTitle"，标题显示为"班级信息输出"。

（2）在主体区添加一个文本框控件，显示"学生姓名"字段。该控件放置在距上边 0.1cm，距左边 3.9cm 位置，并命名为"tName"。

（3）在页面页脚节区添加一个计算控件，使用函数显示系统的日期和时间。该控件放置在距上边 0.4cm，距左边 0.1cm 位置，并命名为"tDa"。

第5套上机全真模拟试卷答案和解析

一、基本操作题

【解析】

（1）双击打开"学生.mdb"数据库文件，在数据库窗口中单击"表"对象，单击"新建"按钮，在"新建表"对话框中选择"设计视图"，单击"确定"按钮。在设计视图中输入题目所要求的字段，并选择好数据类型和字段大小。

（2）在设计视图中，选中"学号"字段，单击工具栏上的"主键"按钮，将"学号"字段设置为主键。

（3）在设计视图中，选中"性别"字段，在字段属性的常规选项卡中，设置默认值为"男"；有效性规则为""男" Or "女""；有效性文本为"请输入性别！"。

（4）关闭设计视图，在提示是否保存时选择"是"按钮，在"另存为"对话框中输入表名"个人信息"并单击"确定"按钮。在数据库窗口中，双击"个人信息"表，打开"个人信息"表的数据表视图，按照题目要求输入记录内容。

二、简单应用题

【解析】

（1）在数据库窗口中单击"查询"对象，单击"新建"按钮，选择"设计视图"，添加成绩表。在查询类型中选择删除查询，选择成绩和课程成绩.*字段。在成绩删除行选择"Where"，在准则行输入"<30"。在课程成绩.*字段删除行选择"From"。按下"保存"按钮，输入查询名称为"查询1"。双击运行该查询。

（2）在数据库窗口中单击"查询"对象，单击"新建"按钮，选择"设计视图"，添加学生表。选择学生.*字段。添加"Month([出生年月日])"字段，在准则行输入"Month(Date())"。按下"保存"按钮，输入查询名称为"查询2"。

（3）单击工具栏上的"关系"按钮打开关系视图。单击工具栏上的"显示表"按钮，在弹出的"显示表"对话框中，将课程表、课程成绩表和学生表添加到关系视图中。将课程成绩表中的"课程编号"字段拖到课程表的"课程编号"字段上，在弹出的"编辑关系"对话框中勾选"实施参照完整性"并单击"确定"按钮。将课程成绩表中的"学号"字段拖到学生表的"学号"字段上，在弹出的"编辑关系"对话框中勾选"实施参照完整性"并单击"确定"按钮。单击工具栏上的"保存"按钮。

三、综合应用题

【解析】

（1）打开 xx.mdb 数据库，在数据库窗口中单击"报表"，选中"班级信息输出"报表，单击"设计"按钮，进入"班级信息输出"报表的设计视图。在工具箱中选择标签控件添加到报表页眉中。单击工具栏上的属性按钮，打开刚添加的标签属性，切换到"格式"标签页，在标题栏填入"班级信息输出"；切换到"其他"标签页，在名称栏填入"lblTitle"。

（2）在主体区中添加一个文本框控件，删除其附带标签。设置其控件来源为"学生姓名"、名称为"tName"、上边距为0.1cm、左边距为3.9cm。

（3）在页面页脚中添加一个文本框控件，删除其附带标签。设置其控件来源为"=Now()"、名称为"tDa"、上边距为0.4cm、左边距为0.1cm。

第13章　应试策略

13.1　笔试应考策略

笔试部分的考题分为两种类型。第 1 类是选择题，占 70 分；第 2 类是填空题，15 个空，每空两分，共 30 分。对于二级考试，选择题的前 10 题和填空题的前 5 题，都是公共基础知识，共占 30 分。

1. 笔试考试注意事项

笔试选择题使用标准答题卡进行机器评阅。要注意以下几点：

① 考生在正式开考前，要在答题卡规定的栏目内用钢笔或圆珠笔准确清楚地填写准考证号、姓名等，并用 2B 铅笔将对应数字涂黑。切勿使用钢笔或圆珠笔涂写数字，否则无效。填空题答案要做在答题卡的下半部分，只能使用钢笔或圆珠笔，不得使用铅笔，考生在考前应事先准备好所需的 2B 铅笔、塑料橡皮、小刀等，以免影响考试。

② 拿到答题卡后，首先确认无破损，卡面整洁。如果答题卡不符合要求，或者在答题过程中无意弄坏了答题卡，一定要请监考老师重新更换新的。

③ 先在试卷上写好答案，检查确认无误后，再在答题卡上涂写。答案不能折叠和撕裂，以免影响阅卷。

④ 避免漏涂、错涂、多涂、浅涂。如果颜色太浅，机器阅卷会视为未涂，即使答案正确也不给分。涂黑颜色要适当深而清晰，但也要防止用力过猛而捅破答卷，否则也会影响评卷的准确性。

⑤ 交卷前，一定要再仔细检查准考证号、姓名和答题卡上的所有答案，要核对答案。答案写在试卷上不给分，只有在答题卡上才给分。

2. 选择题答题技巧

选择题要求考生从 4 个给出的 A、B、C、D 选项中选出一个正确的选项作为答案。这类题目中每题只有一个选项是正确的，多选或者不选都不给分，选错也不给分，但选错不倒扣分。答题技巧如下。

① 如果对题中给出的四个选项，能肯定其中的一个是正确的，那么可以直接得出正确选择。注意，必须有百分之百的把握才行。

② 对四个给出的选项，一看就知其中的一个或两个或三个选项错误的。在这种情况下，可以使用排除法，即排除给出的选项中错误的，最后一个没有被排除的就是正确答案。

③ 在排除法中，如果最后还剩两个或三个选项，或对某个题一无所知时，也别放弃选择，在剩下的选项中随机选一个。如果剩下的选项值有两个，还有 50%答对的可能性。如果是在三个选项中进行选择，仍有 33%答对的可能性。就是在四个给出的答案中随机选一个，还会有 25%答对的可能性。因为不选就不会得分，而选错了也不扣分。所以应该不漏选，每题都选一个答案，这样可以提高考试成绩。

3. 填空题答题技巧

对于填空题，许多题目的答案可能不止一个，只要填对其中的一种就认为是正确的。另外应注意，有的题目如细节问题弄错就不给分。所以，即使有把握答对或有可能答对，也一定要认真填写，字迹要工整、清楚。

答题时，会的题目要保证一次答对，不要想再次印证，因为时间有限。不会的内容，可以根据经验先初步确定一个答案，但应该在答案上做个标志，表明这个答案不一定对，在时间允许的情况下，可以回过头来重读这些作了标志的题。

不要在个别题上花费太多的时间，因为每个题的得分在笔试部分仅占 2 分。如果个别题目花费了太多时间，会导致最后其他题没有时间去做。

13.2　上机应考策略

二级 Access 的上机考试有三个类型的题目，基本操作题（30 分）、简单应用题（40 分）和综合应用题（30 分）。考试时间为 90 分钟。

1. 备考指南

① 利用本书配套光盘，多做上机模拟题，熟悉上机考试的题型和环境。应较熟练地掌握 30～50 个左右的程序例子，并且还要掌握一定的解题技巧。

② 对于要求编程的题目，要掌握程序调试的一些技能，在有疑问的地方设置一些临时检查变量，在检查变量的下面让程序暂停，这样才不至于犯一些“想当然”的错误，完成后再删除检查变量。一定要在运行中调试和编写程序，这样可很快找到错误。平时多积累调试经验，熟悉常见的出错信息，大体知道可能是什么原因引起的，相应采用什么方法去解决。

③ 有些考场要求考生输入准考证号并进行验证以后，进入要求单击按钮开始考试的界面。有些考场给每个考生固定了考试机器，考生无需输入准考证号，直接便可以按提示单击按钮，开始考试并计时。正是因为有这些区别，所以各个考场在考试之前都会为考生安排一次模拟考试，模拟考试所使用的考试环境与该考场正式考试所使用的一样，因此，建议考生参加各个考场正式考试之前的模拟考试。

2. 考试注意事项

① 几乎每次考试都有难题、简单题，遇到难题不要心慌，不要轻易放弃；遇到简单题目不要得意忘形，要保持正常心态。

② 理解题意很重要。应对题目认真分析研究，不要匆忙开始，一般一些题目都有一点小弯。稍不注意，就会理解错误。

③ 对于涉及到编程的题目，要运行程序；每类题目，都要注意保存文件。

④ 不得擅自登录与己无关的考号，不得擅自复制或删除与己无关的目录和文件，否则会影响考试成绩。

⑤ 按要求存盘。一定要按考试要求的各种文件名调用和处置文件，千万不可搞错。要按要求保存文件名，要保存在指定的考生文件夹下，否则即便是做对了，也不会得分。

⑥ 在上机考试期间，若遇到死机等意外情况（即无法正常进行考试），应及时报告监考老师协助解决，可进行二次登录，当系统接受考生的准考证号，并显示出姓名和身份证号，考生确认是否相符，一旦考生确认，则系统给出提示。此时，要由考场的老师来输入密码，然后才能重新进入考试系统，进行答题。如果考试过程中出现故障，如死机等，则可以对考试进行延时，让考场老师输

入延时密码即可延时 5 分钟。

⑦ 考生文件夹的重要性。当考生登录成功后，上机考试系统将会自动产生一个考生考试文件夹，该文件夹将存放该考生所有上机考试的考试内容以及答题过程，因此考生不能随意删除该文件夹以及该文件夹下与考试内容无关的文件及文件夹，避免在考试和评分时产生错误，从而导致影响考生的考试成绩。考生在考试过程中的所有操作都不能脱离上机系统生成的考生文件夹，否则将会直接影响考生的考试成绩。在考试界面的菜单栏下，左边的区域可显示出考生文件夹路径。考生一定要按照要求将文件存入指定的文件夹，并按照指定的文件名保存文件，一定不要存入别的文件夹和自己为文件另起新的名称。

⑧ 上机考试结束后，考生将被安排到考场外的某个休息场所等待评分结果，考生切忌提早离开，因为考点将马上检查考试结果，如果有数据丢失等原因引起的评分结果为 0 的情况，考点将酌情处理。说不定需要重考一次。如果这时找不到考生，考点只能将其机试成绩记为 0 分。

3. 上机考试过程

全国计算机等级考试上机考试使用教育部考试中心研制开发的专用考试系统，该系统提供了开放式的考试环境，具有自动计时、断点保护、自动阅卷和回收等功能。这里以本书配套光盘的上机模拟环境为例说明上机考试的过程。实际考试过程与此类似。

（1）登录过程

① 双击桌面上的图标"上机系统（二级 Access）"启动上机模拟系统。如果系统中没有安装 Access，则会弹出"提示信息"对话框，如图 13-1 所示。

图 13-1　"提示信息"对话框

② 若已经安装好了 Access，则启动后直接进入欢迎界面，如图 13-2 所示。

图 13-2　初始屏幕界面

③ 按回车键，或者单击"开始登录"按钮，出现图 13-3 所示的登录界面。

图 13-3 登录界面

④ 此时应当输入准考证号（模拟系统中直接提供了，实际考试考生需要输入自己的准考证号），单击"考号验证"按钮，准考证号码输入正确，进入验证身份证和姓名的界面，如图 13-4 所示。实际考试中，一定要注意输入的准考证号是否正确，输入后看系统显示的姓名和身份证是否正确。

图 13-4 "确认信息"对话框

⑤ 如果是第一次使用该考号登录，单击"是"按钮后，将进入图 13-5 所示的界面，否则将要求输入重新抽题或二次登录密码（二次登录表示继续上次考试的题目及考试剩余时间），这两个密码都已在界面上给出，如图 13-6 所示（这里和真实考试环境有所区别：在真实的考试环境里，这两个密码一般由监考老师所掌握，以控制考生不让其随便退出上机系统）。模拟系统为了方便考生，如果没有输入密码而直接单击"密码验证"按钮，与输入了重新抽题密码"123"的效果是一样的。

图 13-5 进入考试界面

图 13-6 输入二次登录密码

⑥ 密码验证通过后（输入正确的密码后按回车键），若输入的是重新抽题密码，或者是第一次

登录单击了"开始考试"按钮，则显示抽题界面，如图 13-7 所示，否则显示图 13-8 所示考生须知界面。

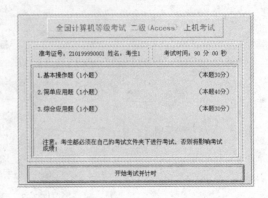

图 13-8　考生须知界面

图 13-7　抽题界面

⑦ 在抽题界面考生可以抽取指定的题目，也可以随机抽题（真实环境没有此步骤），输入屏幕提示范围内的数值按回车键即可。接下来进入考生须知界面。

⑧ 单击"开始考试并计时"按钮结束登录过程，开始计时考试。

（2）考试过程

① 登录成功后，将进入试题显示窗口，如图 13-9 所示。

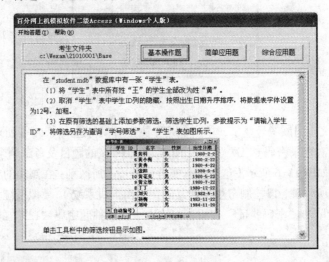

图 13-9　试题显示窗口

② 要开始答题，需选择"开始答题"→"启动 Access"菜单命令，如图 13-10 所示。

图 13-10　启动 Access

（3）交卷评分

① 试题回答结束后，请先退出 Access，然后单击控制菜单的"交卷"按钮，如图 13-11 所示。

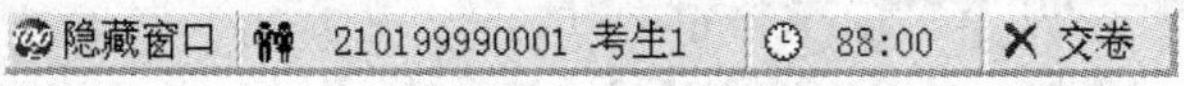

图 13-11 "交卷"按钮

② 系统会询问是否要交卷，如图 13-12 所示。

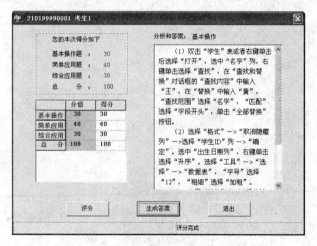

图 13-12 询问是否交卷

③ 单击"是"按钮即可完成交卷。在真实考试中，到这一步就可以下机退出考场了，模拟系统接下来会进一步弹出评分评析界面，如图 13-13 所示。

图 13-13 评分评析界面

④ 其中，窗口左侧显示了这次考试的成绩，右侧显示的是分析和答案。单击窗口左下方表格的"基本操作"、"简单应用"和"综合应用"三行中的任意单元格可在不同题目类型之间进行切换。单击"评分"按钮可对考生文件夹内的文件重新进行评分；单击"生成答案"按钮可将正确答案生成到考生文件夹内（注意：该步骤将覆盖考生文件夹内的已有文件，即如果想比较自己和正确答案之间的区别，应该先将考生文件夹复制一份到其他地方再生成答案）；单击"退出"按钮可返回欢迎界面。